O CLUBE DE BOXE DE BERLIM

ROBERT SHARENOW

O CLUBE DE BOXE DE BERLIM

Tradução
RAQUEL ZAMPIL

ROCCO
JOVENS LEITORES

Título original
THE BERLIN BOXING CLUB

Copyright © 2011 *by* Robert Sharenow

Edição brasileira publicada mediante acordo com
a HarperCollins Children's Books, uma divisão da HarperCollins Publishers.

Todos os direitos reservados.
Nenhuma parte desta obra pode ser reproduzida ou transmitida por qualquer
forma ou meio eletrônico ou mecânico, inclusive fotocópia, gravação ou sistema
de armazenagem e recuperação de informação, sem a permissão escrita do editor.

Direitos para a língua portuguesa reservados
com exclusividade para o Brasil à
EDITORA ROCCO LTDA.
Av. Presidente Wilson, 231 – 8º andar
20030-021 – Rio de Janeiro, RJ
Tel.: (21) 3525-2000 – Fax: (21) 3525-2001
rocco@rocco.com.br / www.rocco.com.br

Printed in Brazil / Impresso no Brasil

Preparação de originais
JOÃO CARLOS MARTINS

CIP-Brasil. Catalogação na fonte.
Sindicato Nacional dos Editores de Livros, RJ.

Sharenow, Robert
S541c   O clube de boxe de Berlim / Robert Sharenow; tradução de
Raquel Zampil. – Rio de Janeiro: Rocco Jovens Leitores, 2013.

Tradução de: The Berlin Boxing Club
ISBN 978-85-7980-159-4

1. Literatura infantojuvenil. I. Zampil, Raquel. II. Título.

13-2024   CDD – 028.5   CDU – 087.5

Este livro obedece às normas do novo
Acordo Ortográfico da Língua Portuguesa.

Para Stacey,
que está sempre no meu corner.

"Existe um esporte que deveria ser especialmente encorajado, embora muitas pessoas... o considerem brutal e vulgar, e este é o boxe... Não há outro esporte que a ele se iguale ao desenvolver o espírito militante, nenhum que demande tamanho poder de tomar decisões rápidas ou que dê ao corpo a flexibilidade do bom aço... Mas, acima de tudo, um jovem saudável tem de aprender a suportar golpes fortes.

– Adolf Hitler, *Mein Kampf*

PARTE I
1934–1935

"A primeira e mais difícil lição para jovens boxeadores é aprender a receber um murro. Se você não dominar essa habilidade, nunca terá sucesso no ringue. Mesmo os maiores campeões precisam absorver incontáveis golpes."

Helmut Müller, *Boxing Basics for German Boys*
[*Fundamentos de boxe para garotos alemães*]

Como me tornei judeu

Enquanto Herr Boch concluía a última aula do ano letivo, eu esboçava uma última caricatura sua nas margens do meu caderno. Ele tinha vastos cabelos grisalhos e longas costeletas que lhe emolduravam o rosto e a papada. Eu gostava de desenhar seus traços exagerados, e isso me ajudava a suportar até mesmo suas aulas mais entediantes. Em um dia eu o desenhava como o Kaiser, no seguinte como Napoleão. Hoje, porém, eu simplesmente o retratei como uma enorme morsa, que era o animal com que mais se assemelhava. Ele era um de nossos instrutores mais gentis, conhecido tanto por seu gosto pelas histórias de cavaleiros teutônicos quanto pelas fartas pilhas de caspa que se amontoavam em seu paletó. Por isso, às vezes eu me sentia mal por causa de minhas criações cruéis, embora não o bastante para deixar de fazê-las. Eu estava acabando de completar o desenho quando a sineta soou, pondo fim à aula e ao período letivo.

– Por favor, lembrem-se de deixar os livros do trabalho final – disse Herr Boch, fechando o livro que estivera lendo. – E aproveitem o verão.

— *Danke*, Herr Boch — replicou a maioria dos garotos ao se levantar, seguir até a frente da sala e deixar os livros em uma pilha em sua mesa.

Joguei meus outros livros na mochila e rapidamente me virei para me juntar ao fluxo de garotos que deixavam a sala, ansiosos para que as férias começassem.

— Stern — ouvi Herr Boch me chamar.

Eu congelei e me virei em sua direção.

— *Ja*, Herr Boch? — respondi.

— Fique mais um momento.

Caminhei lentamente até a frente da sala, um bolo se formando em minha garganta. Será que ele finalmente tinha me apanhado? Parei diante da mesa dele.

— Gostaria que você me ajudasse a colocar os livros em ordem alfabética.

— Claro — falei, suspirando de alívio.

Quando finalmente saí da sala de aula, todos os meus amigos já tinham ido embora e o corredor estava sinistramente silencioso e vazio. Uma porta rangeu a distância. Provavelmente era apenas o edifício velho gemendo com o vento, pensei, mas algum instinto fez um calafrio percorrer meu corpo, e os pelos se arrepiaram na minha nuca.

Cheguei à escada dos fundos e captei o leve som de um assovio. À medida que descia os degraus, o assovio foi ficando mais alto, até eu discernir a melodia gutural da canção "Horst Wessel", o hino não oficial dos nazistas. Se não o conhecesse, teria jurado que se tratava de um grupo de escoteiros em uma caminhada pelos Alpes bavarianos. Então ouvi o ruído de solas de couro batendo no chão no ritmo da música, como um pelotão de soldados se aproximando.

De repente, eu soube exatamente quem eram. E soube que estavam atrás *de mim*.

Meu cérebro gritou para que eu corresse, mas alguma coisa, medo provavelmente, impedia que minhas pernas acelerassem. Reduzi o ritmo até estar quase descendo os degraus na ponta dos pés, torcendo contra todas as probabilidades para passar despercebido por eles. No entanto, quando cheguei ao segundo andar, a porta que dava para o corredor se abriu e o grupo de garotos precipitou-se no patamar.

Eles eram três, todos um ano mais velhos que eu: Gertz Diener, Julius Austerlitz e Franz Hellendorf. Rapidamente desviei o olhar, baixando os olhos para os pés, enquanto tentava continuar minha descida para o primeiro andar. Porém, antes que pudesse dar outro passo, o assovio cessou e eles bloquearam abruptamente minha passagem. Baixo, largo e zangado, Gertz tinha cabelos louros espetados e falava com um leve ceceio. Julius era uns trinta centímetros mais alto que Gertz e tinha o torso muito grosso, como se houvesse um pequeno barril sob a camisa. E Franz era magricela e moreno, como uma versão júnior de Josef Goebbels. No passado, ao vê-los andarem juntos pelo corredor, eu os achara engraçados, cada um com uma silhueta distinta – pequena, média e grande. Contudo agora, ao se postarem à minha volta como uma compacta cerca humana, não havia nada de cômico neles.

Eles se autodenominavam Matilha de Lobos; na verdade, porém, eram um clube nacional-socialista improvisado, e vinham aterrorizando os poucos alunos judeus de nossa escola nos últimos meses. Cada um dos outros quatro judeus do Ginásio Holstein havia recebido pelo menos um trote violento da Matilha de Lobos, exceto eu. Até esse momento eu tinha conseguido evitá-los, acreditando que conseguira ocultar minha origem.

– *Guten Tag*, Stern – disse Gertz, numa polidez zombeteira.

– *Guten Tag* – consegui gaguejar.

– Sabemos o seu segredinho – disse ele.

– Que segredo?

– Ah, você sabe. Você deveria ter sido sincero conosco, Stern.

– Afinal, talvez quiséssemos pegar dinheiro emprestado com você, judeu – acrescentou Franz.

Fiquei rígido de medo. Eu realmente não me considerava judeu. Criado por pai ateu e mãe agnóstica, cresci em uma casa não religiosa. Não tive absolutamente nenhuma formação ou educação religiosa. Também fora abençoado com um nome neutro, religiosamente falando: Karl Stern. "Karl" não tinha qualquer conotação judaica, e quanto a "Stern", podia-se encontrar Stern judeus, Stern luteranos, até mesmo alguns Stern católicos. E, de todos os membros da minha família, eu era de longe o de aparência menos judia. Alto e magricela, de pele clara, cabelos louro-escuros e nariz pequeno e afilado, diziam que eu era mais parecido com o único não judeu de meus avós, o pai de minha mãe, um holandês alto e louro. Como eles haviam descoberto meu segredo? Teriam visto meu pai ou minha irmã?

– Não sei do que vocês estão falando. Eu não sou judeu – gaguejei.

– Ah, não? – disse Gertz. – Então o que você é?

– Não fui criado em nenhuma religião.

– Então você é comunista – desdenhou Gertz. – O que é ainda pior.

— De qualquer forma, todos os comunistas são judeus, não são? – interveio Franz.

— *Schwein* comunista – disse Julius.

— Os judeus estão destruindo nosso país.

— Porco sujo.

— Mas eu não sou...

— Abaixe a calça! – latiu Gertz.

Antes que eu pudesse reagir, Julius agarrou meus braços. Tentei me soltar de suas mãos, mas ele me manteve preso com facilidade. Franz abriu meu cinto com brutalidade e desabotoou minha calça. Três botões se soltaram nesse processo e rolaram pelos degraus que eu desejava ter descido mais cedo, caindo com pequenos e agudos estalidos. Durante todo aquele ano eu conseguira resguardar minha nudez de meus colegas de turma. As atividades desportivas não eram incentivadas em nosso ginásio, por isso tínhamos educação física apenas uma vez por semana, e no vestiário eu sempre conseguia proteger meu pênis incriminador atrás de uma toalha. Agora, porém, Franz baixou minha calça e a cueca até os tornozelos, e meu pênis balançou diante deles em toda a sua glória circuncidada. Meu pai explicara que o procedimento fora realizado por motivo de saúde e que muitas pessoas na Europa e nos Estados Unidos estavam circuncidando os filhos. Qualquer que fosse o motivo, independentemente do quanto o restante de mim parecesse e se sentisse não judeu, eu tinha um pênis que era inegavelmente judeu.

— Aí está, rapazes – declarou Gertz. – Uma salsicha *kosher* cem por cento autêntica.

— Mas eu não sou judeu – apressei-me a dizer. – Nunca nem fui a uma sinagoga.

— Não importa — disse Gertz. — Você tem sangue judeu.

— Só tem uma coisa pior que um judeu: um judeu que tenta fingir que não é judeu — acrescentou Fritz.

— Seu merdinha dissimulado — sibilou Julius. — Hitler tem razão sobre vocês.

Eu ansiava por confessar que não só não me considerava judeu, como, tanto quanto eles, não gostava dos judeus. Não me identificava absolutamente com eles e me sentia furioso em ser associado àquele povo. Para mim, a maior parte da propaganda nazista sobre os judeus tinha um quê de verdade. Havia muitos judeus nos setores bancários e financeiros. Eles geralmente viviam em seus próprios bairros, separados e isolados dos "verdadeiros" alemães. Minha família não morava em um bairro judeu, e meu pai costumava se queixar de judeus religiosos quando passava por suas vizinhanças. Quando os via na rua, ele murmurava: "Lá vêm os agentes funerários." Uma vez eu o ouvira comentar: "Finalmente vivemos em tempos modernos e podemos nos livrar de toda aquela *Scheiss* primitiva e viver como todo mundo. No entanto, *eles* ainda vivem em um gueto."

Muitos dos judeus religiosos que eu vira tinham nariz grande, lábios vermelhos e grossos e olhos pequenos e escuros, e usavam chapéu e casaco pretos. Eu achava mais do que levemente irônico que meu pai também possuísse essas características físicas básicas, salvo pelas roupas.

Os judeus falavam diferente. Agiam diferente. Eram diferentes. E, exatamente como Adolf Hitler, eu acreditava que eles estivessem arruinando tudo. Só que Hitler achava que os judeus estavam arruinando a Alemanha, enquanto eu simplesmente os via como uma ameaça à minha permanência na escola, ao lado dos meus amigos. Fiquei parado na escada, me perguntando como a Matilha de Lobos havia descoberto minha origem.

Franz avançou e cuspiu no meu rosto. Uma linha espessa e quente de saliva escorreu por minha bochecha direita até ficar pendurada na lateral do rosto. Gertz limpou a garganta e disparou seu próprio jato de cuspe contra minha outra bochecha. Eles riram. Meus membros pareciam dormentes, como se meu corpo houvesse de repente se tornado líquido. E então o medo me dominou tão completamente que perdi de todo o controle. Um pequeno rio de urina escorreu pelo lado da minha perna até a calça, que estava amontoada aos meus pés. Senti a umidade quente em minhas pernas.

– *Verdammt!* – gritou Hertz. – Ele está se mijando!

Julius soltou meus braços.

– Afaste-se de mim, seu porco judeu!

Ele me chutou por trás, me derrubando de joelhos na pequena poça de mijo. A umidade infiltrou-se na lã da perna da minha calça e foi subindo pela lateral do tecido. Quando os três garotos apertaram o cerco à minha volta, ergui os olhos para eles e murmurei fracamente:

– Mas eu não sou judeu.

– Levante-se! – ordenou Gertz. – Levante-se e lute!

Nocaute no primeiro *round*

A palavra "luta" feria meus ouvidos quase com a mesma intensidade da palavra "judeu". Eu nunca me envolvera em uma briga antes, sempre evitando qualquer tipo de conflito por medo de me machucar. Fiquei ali caído, em silêncio, com esperanças de que cuspir no meu rosto, tirar minha calça e me ver me mijando nela seria o suficiente para satisfazê-los.

– Vista a calça e lute como um homem – ordenou Gertz. – *Schnell!*

Esforcei-me para me pôr de pé, subindo a calça com o máximo de dignidade que me foi possível. Enquanto eu afivelava o cinto, a umidade encharcava minha virilha, e eu me senti como um bebê usando uma fralda molhada.

– Olha, eu não quero brigar – gaguejei.

– É claro que não – zombou Gertz. – Todos os judeus são covardes.

Resisti ao ímpeto de lhes dizer que dois dos meus tios, irmãos mais velhos de meu pai, haviam sido mortos na Primeira Guerra Mundial. Tio Heinrich fora até mesmo postumamente condecorado com a Cruz de Ferro.

— Franz, você fica com este — ordenou Gertz.

Franz Hellendorf, o menor do grupo, avançou lentamente, e naquele momento vi algo familiar em seus olhos escuros e úmidos. Medo.

Ele também estava assustado.

Um covarde reconhece outro covarde quando o vê. Franz olhou meu corpo de cima a baixo, comparando-se a mim. Eu era pelo menos quinze centímetros mais alto que ele. Seus olhos encontraram os meus, e ele piscou, nervoso. Eu devia parecer um gigante desajeitado para ele.

— Vá em frente. — Julius empurrou Franz em minha direção. — Você dá conta dele.

Quando Franz deu mais um pequeno passo à frente, eu instintivamente recuei. Gertz e Julius riram.

— Olhe só para isso. Ele tem medo do pequeno Franz — disse Gertz.

Até Franz sorriu ligeiramente diante da minha reação, e eu pude ver seu medo regredindo; o lago negro em seu olho secou, tornando-se duro.

— Erga os punhos e lute — disse ele.

Tentei reagir, mas não conseguia fazer meus braços se moverem.

Franz lançou-se à frente e disparou em minha direção um punho que foi aterrissar na base de minha caixa torácica. Foi um soco leve, mas ainda assim tirou um pouco do ar de meus pulmões. Tossi. Os outros riram, então ele me socou novamente e dessa vez me acertou na extremidade do queixo, lançando minha cabeça para trás. Mais risadas. Franz então desferiu vários socos contra meu rosto, acertando o olho e a lateral da boca. Meu lábio superior pegou no canto do canino direito, e o sangue esguichou de minha boca e escorreu pelo queixo, provocando mais uivos. A visão do meu sangue deu a Franz uma dose maior de confiança, e ele dançava à minha volta, como um pugilista, me provocando para que eu me defendesse.

— Ande, vamos!

De repente, ouvi a voz de Herr Boch da escada acima de nós:

— *Hallo?* O que está acontecendo aí embaixo?

As voltas da escada impediam que ele nos visse. Gertz, Julius e Franz trocaram olhares de pânico. Minha respiração pesada era o único som na escada.

— *Hallo?* — Herr Boch tornou a chamar enquanto começava a descer os degraus. Infelizmente ele era um dos professores mais velhos na escola e não se movia com muita rapidez.

Gertz me agarrou pela camisa e sibilou em meu ouvido:

— Você caiu da escada. Entendeu?

Antes que eu pudesse responder, ele me empurrou e eu fui lançado com violência de encontro à lateral da escada, batendo o rosto no corrimão de metal ao cair. Deslizei por alguns degraus até parar de cara no patamar. Minha boca se encheu de sangue quando um dos dentes inferiores se soltou e ficou pendurado contra a língua. A queda doeu mais do que todos os socos de Franz juntos.

A Matilha de Lobos passou em disparada por mim na descida da escada e desapareceu pela porta antes que o professor surgisse à vista.

— Stern! — gritou ele quando me viu. — Você está bem?

Ele correu até mim.

— *Du lieber Gott!* — disse ele. — Meu Deus! O que aconteceu?

Ele me estendeu a mão e me ajudou a levantar novamente. Foi então que ele percebeu a mancha em minha calça e franziu o nariz diante do cheiro. Meu rosto inteiro latejava, como se minúsculas bombas de bicicleta estivessem inflando finos balões sob minha pele e contra os ossos da cabeça. O dente pendurado caiu, mas eu o enfiei debaixo da língua, não querendo que Herr Boch o visse.

– O que aconteceu? – tornou ele a perguntar.

Eu sabia que ele gostava de mim, pois eu era um dos melhores alunos de história. Eu queria confessar, mas, embora Herr Boch nunca falasse de política, temi que, se descobrisse que eu tinha sangue judeu, ele se viraria contra mim e me daria notas ruins.

– Eu caí da escada – consegui dizer com a boca inchada.

– Stern, ouvi outros garotos com você. Quem estava com você?

– Eu caí da escada – repeti. – *Danke*, Herr Boch. Estou bem.

Rapidamente terminei de descer os degraus, antes que ele pudesse continuar fazendo perguntas. Quando empurrei as portas, saindo no corredor do primeiro andar, eu quase esperava ver Gertz e a Matilha de Lobos à minha espera. Felizmente o corredor estava misericordiosamente vazio. Meu corpo reagiu com um estremecimento de alívio. Um soluço escapou de minha boca, vindo das profundezas do meu corpo. Eu ansiava por chorar, pôr tudo para fora, mas engoli essa urgência e a enterrei novamente em minhas entranhas. Eu precisava chegar em casa. Já estava atrasado uma hora. Cuspi o dente e um jato de saliva ensanguentada na sarjeta e saí correndo.

Winzig und Spatz

TENTEI SER ABSOLUTAMENTE SILENCIOSO AO ENTRAR EM NOSSO EDIfício, subindo com cuidado a escada sinuosa que se retorcia no centro do prédio. Morávamos em um espaçoso apartamento de três quartos no último dos quatro andares do edifício de tijolos, num bairro tranquilo de classe média. Cada andar abrigava um apartamento. Eu sabia que meus pais já estariam na galeria, preparando a abertura. Minha irmã e Frau Kressel, nossa governanta, estavam em casa à minha espera; eu precisava chegar ao banheiro e me lavar antes que elas me vissem. Girei a chave na fechadura do apartamento o mais devagar possível e senti o mecanismo virar e rodar com alguns cliques audíveis. A porta se abriu com um pequeno guincho. O hall estava escuro e silencioso, e eu vi o brilho fraco de luz vindo do corredor na direção da sala de estar.

Quando dei um passo para o interior do apartamento, o piso de madeira gemeu sob o meu peso. Quase imediatamente ouvi uma vozinha chamar:

– Spatz? Spatz, é você?

Minha irmã, Hildy, me chamava de Spatz, e eu às vezes a chamava de Winzig, por causa de sua série de livros favorita,

Die Abenteuer von Winzig und Spatz (As aventuras de Minúsculo e Pardal), de Otto Berg. Os livros apresentavam ilustrações no estilo carimbo de Winzig, um rato minúsculo vestido com a jardineira de couro típica da Bavária, e Spatz, um grande pardal que usava chapéu com pena no estilo alpino. Eles passavam todas as aventuras tentando surrupiar comida e levar a melhor em cima de Herr Fefelfarve, o gordo chefe da estação ferroviária de Düsseldorf, onde viviam.

Como a maioria dos garotos, eu preferia as aventuras de caubói, de Karl May, passadas na América, mas, para Hildy, só existiam Winzig e Spatz. Em suas brincadeiras de faz de conta, Hildy me escalava como Spatz, o bravo e poderoso pardal que destemidamente levantava voo para buscar comida e salvá-los do perigo, enquanto ela era Winzig, um camundongo pequeno e inteligente, que tinha talento para escapar de sérios apuros e inclinação por doces. Eu sonhava ser um cartunista e desenhava quadrinhos originais de Winzig und Spatz para entreter Hildy, criando novas aventuras e histórias divertidas para a dupla.

Aos oito anos, Hildy mal tinha um metro e vinte. Como nosso pai, seus cabelos eram negros e encaracolados e o nariz pequeno e adunco. E ela já usava óculos por causa da miopia acentuada. Eu costumava imaginar que seu problema de visão lhe dava uma visão distorcida do mundo que fazia tudo parecer o contrário. Ela era sempre otimista e alegre, mesmo quando não havia nada por que se alegrar. Acima de tudo, Hildy tinha uma visão completamente inversa de mim. Para ela, eu era forte, inteligente, confiante, bonito, heroico e capaz de praticamente qualquer feito intelectual ou físico. Eu certamente não queria que ela soubesse que meus colegas de escola haviam acabado de me usar como saco de pancadas e escarradeira.

SPATZ

WINZIG

FEFELFARVE

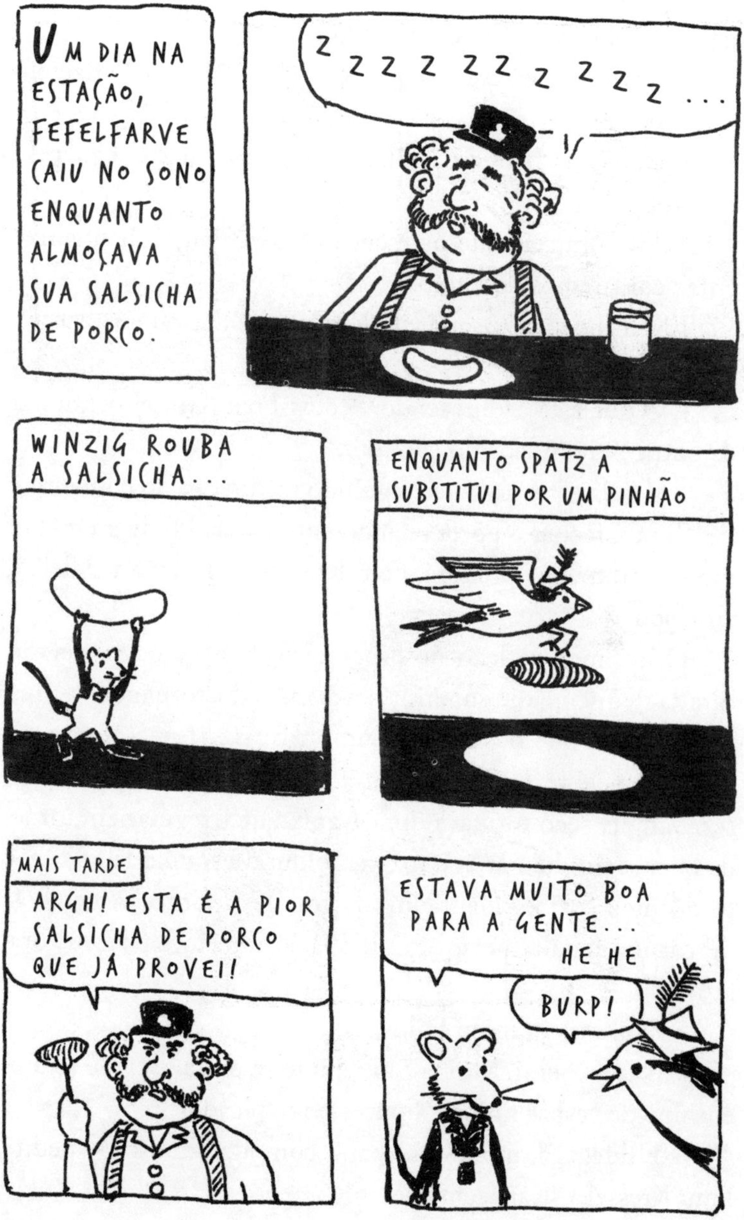

Fechei a porta da frente e me encaminhei rapidamente para o banheiro no fim do corredor.

– Onde você estava? – perguntou ela. – Ainda não fizemos o vinho.

Quando ela apareceu, voltei o rosto para baixo e segui para o banheiro.

– Tive um acidente na escola. Deixe-me ir ao banheiro e então cuidaremos do vinho.

Ela acendeu a luz, me viu de relance e deixou escapar um grito agudo.

– O que está acontecendo? – ouvi Frau Kressel perguntar da outra extremidade do corredor.

– Caí da escada – falei, seguindo na direção do banheiro.

Tentei fechar a porta quando entrei, mas Hildy a empurrou e entrou, me seguindo. Frau Kressel apareceu atrás dela e arquejou.

Olhei meu reflexo no espelho do banheiro. A metade direita do meu lábio superior havia inchado, tornando-se três vezes maior que o normal, e uma cicatriz vermelho escura riscava a pele rosada e macia ao longo do topo de meus dentes. Sangue seco formava um cavanhaque irregular em torno da boca, e um hematoma roxo emoldurava todo o lado direito do meu rosto, salientado por grandes montes vermelhos de carne inchada perto do olho e do queixo, onde eu fora atingido.

– Dói? – perguntou Hildy.

– Não – menti. Minha cabeça inteira pulsava como se um enxame de vespas furiosas houvesse me picado.

– Hildegard, molhe um pano com água morna – pediu Frau Kressel. – Karl, sente-se.

Uma robusta camponesa na casa dos sessenta, Frau Kressel cozinhava e limpava para nossa família desde quando eu podia me lembrar. Morava em um quartinho pequeno ao lado da cozinha, com apenas uma cama de solteiro, uma cômoda e uma pia minúscula. Era uma mulher de poucas palavras, mas uma âncora para Hildy e para mim. Enquanto tanto meu pai quanto minha mãe eram intelectuais que falavam em minúcias sobre tudo e qualquer coisa, Frau Kressel raramente falava além das frases mais simples, mas, quando falava alguma coisa, Hildy e eu ouvíamos.

Sentei-me obedientemente no vaso sanitário enquanto Frau Kressel pegava o pano molhado de Hildy e gentilmente limpava o sangue em meu rosto. Ela tentou fazê-lo o mais delicadamente possível, mas cada toque parecia a estocada de um canivete. Conseguiu limpar a maior parte do sangue, e eu passei a língua sobre o corte acima do lábio e o buraco onde meu dente costumava ficar. Eu sabia que papai ia ficar furioso por eu estar com aquela aparência medonha em um vernissage na galeria.

– Que cheiro horrível é esse? – perguntou Hildy.

A dor me distraíra tanto que eu havia esquecido da minha calça suja.

– Não é nada! Vá preparar as garrafas de vinho que vamos misturá-las em um minuto.

Empurrei Hildy para fora do banheiro. Frau Kressel me olhou.

– Quer me contar o que aconteceu?

Fiz uma pausa por um longo momento, e então sacudi a cabeça.

– Não.

– Tem certeza?
Assenti e suspirei.
– Me dê a calça. Amanhã de manhã estará limpa.
Tirei a calça e a cueca e as entreguei para Frau Kressel. Ela me dera banho e trocara desde que eu era bebê e cuidara de mim todas as vezes em que eu ficara doente. Assim, ela era uma das poucas pessoas no mundo na frente da qual eu podia ficar nu sem sentir vergonha.

– Não se esqueça de se lavar ou vai ficar com assaduras – disse ela, e então saiu do banheiro.

Enquanto limpava a virilha e as pernas com o pano molhado, vislumbrei minha imagem no espelho e estremeci diante da figura patética. Durante anos eu conseguira passar como não judeu, o que me permitia andar pelas ruas e pelos corredores da escola sem ser provocado por causa da minha origem. Agora tudo seria diferente.

Hitler chegara ao poder no ano anterior, e eu sabia que as coisas estavam se complicando para os judeus por toda a Alemanha. Ainda assim, por causa de meu anonimato religioso na escola, Hitler e os nazistas ocupavam apenas a quinta posição na lista de minhas maiores preocupações na vida:

1. Descobrir uma forma de ganhar peso
2. Ficar livre da acne
3. Namorar com Greta Hauser
4. A situação financeira de papai
5. Hitler e os nazistas

Eu era alto e extremamente magro. Magro demais. A magreza não era o ideal alemão que Hitler e sua máquina de propaganda promoviam. No entanto, por mais que eu comesse, não conseguia ganhar peso. E ainda era atormentado pela acne. Apesar de lavar o rosto diligentemente três vezes ao dia, pequenas manchas vermelhas de acne brotavam implacáveis em minha testa e bochechas, e às vezes na ponta do nariz.

Eu também estava obcecado pelos seios recém-desabrochados de Greta Hauser, que morava com a família no nosso prédio. A galeria de arte e as finanças de meu pai completavam minha lista de preocupações. Ele parecia não vender quadros nunca, e eu não conseguia entender como sobrevivíamos com seus magros rendimentos.

No entanto, todas aquelas preocupações foram superadas nesse dia, pois sabia que dali em diante eu teria de me precaver contra futuros ataques. Desviei os olhos de meu reflexo, terminei de me limpar e fui para o meu quarto vestir a roupa branca de trabalho.

Hildy e eu sempre trabalhávamos quando nosso pai tinha um vernissage na galeria. Usávamos camisas e calças brancas para nos dar um aspecto oficial e ajudávamos a servir o vinho e o queijo e a pendurar casacos. Quando cheguei à cozinha, Hildy já estava vestida com seu traje branco e me aguardava com dez garrafas de vinho dispostas diante dela na mesa. Sete garrafas estavam cheias de vinho branco barato, enquanto as outras três encontravam-se vazias. Minha função era redistribuir o vinho das garrafas cheias entre as três vazias e então completar a diferença com água. Os negócios na galeria estavam extremamente devagar, e papai vinha adicionando água ao vinho nos últimos anos, primeiro acrescentando apenas uma garrafa de água em dez; então, gradualmente, à medida que os negócios pioravam, o número subiu para três em dez. Abri as garrafas e usei um funil para distribuir uniformemente os líquidos. Hildy segurava o funil enquanto eu despejava. A fim de assegurar que o vinho ainda tivesse sabor suficiente, acrescentava meia colher de chá de açúcar a cada garrafa. Hildy me seguia ao longo da linha, recolocava as rolhas e sacudia as garrafas.

Depois de todas as garrafas misturadas, eu provava um pouquinho de cada. Os dez pequenos goles ajudaram a adormecer a dor em minha cabeça e fizeram minhas pernas parecerem mais firmes e quentes.

– Posso provar um pouquinho, Spatz?

– Quando tiver treze anos – falei. – Agora, vamos aparar o queijo.

Hildy ergueu um queijo Muenster de cinco quilos e o colocou sobre a mesa. Estava coberto por uma espessa e penugenta camada de mofo verde e branco. Nosso pai só podia comprar os piores queijos do mercado, portanto era nosso trabalho torná-los apresentáveis. Peguei uma faca de cozinha e tirei a camada externa bolorenta.

– Eca! – disse Hildy ao jogar fora os restos verdes. – Os ratos pegaram este. Olhe, tem marcas de dentes.

– Quando eu acabar com isso, eles nunca saberão.

Após alguns minutos descascando, eu havia esculpido os cinco quilos de mofo, transformando-o no que eu esperava se tratar de um queijo Muenster de mais de três quilos. Cortei uma fatia para cada um de nós provarmos.

– Nada mau – disse ela.

– Muito bem. Ponha-o na sacola e vamos.

Hildy hesitou.

– Venha… já estamos atrasados – falei.

– Acha que papai vai vender algum quadro hoje?
– Com a porcaria que anda expondo atualmente... é pouco provável.
– Spatz, estou com medo. Ouvi mamãe dizer que talvez a gente tenha de se mudar, se papai...
- Não se preocupe. Vai ficar tudo bem. Papai sempre dá um jeito.
– Mas e se ele não der?
– Vai dar – falei sem acreditar. – Agora, *mach schnell*. Se nos atrasarmos mais um pouco, papai vai matar nós dois, e então você não terá mais nenhuma razão para se preocupar.

Em todos os livros de Winzig und Spatz, eles diziam a mesma coisa sempre que partiam em uma aventura. Spatz começava e Winzig completava seu chamado à ação. Assim, reunindo todo o entusiasmo que me foi possível, eu disse à minha irmã:

– Venha, Winzig. A aventura está no ar...

Ela olhou para o meu rosto machucado e pôde ver que eu também estava assustado.

– Karl. O que vamos fazer se...
– A aventura está no ar... – insisti.
– E o bolo espera para ser comido – ela finalmente entrou na brincadeira.

Coloquei as garrafas em uma cesta de arame junto com uma pilha de copos de papel. Dissemos até logo a Frau Kressel e deixamos o apartamento correndo.

Galeria Stern

Já passava das oito quando chegamos à galeria, e, ao entrarmos, bastou um olhar para ver que meu pai estava bufando, apesar de sua tentativa de mostrar-se o anfitrião perfeito. Alguns clientes já perambulavam pelo espaço, olhando os quadros de um artista austríaco chamado Gustav Hartzel. Papai nem sequer notou meu rosto machucado; ele apenas indicou bruscamente com o queixo a mesa onde deveríamos arrumar a bebida e a comida. Os cabelos dele estavam perfeitamente alisados para trás, e ele usava o smoking recém-passado, realçado por uma echarpe de seda azul. Voltou-se para falar com um dos clientes, jogando a echarpe em torno do pescoço com um floreio teatral. Ele sempre usava a echarpe azul nos vernissages, e vê-lo com ela fazia minha pele arrepiar. Esquadrinhei a multidão e, como sempre, nenhum outro homem usava echarpes de seda. A única outra pessoa a usar uma echarpe era uma senhora idosa em um longo vestido de veludo. Mamãe não estava à vista.

Meu pai fundou a galeria Stern na década de 1920, especificamente para exibir artistas expressionistas, como Otto Dix e George Grosz. Duro, cru e abstrato, o trabalho deles representava de tudo – das sangrentas trincheiras da Primeira Guerra Mundial à vida nas ruas de Berlim. "O tempo de lindos quadros de flores e reis já passou", explicava meu pai. "A arte precisa mostrar a vida, a vida real, em todas as suas maravilhas e seus horrores." Meu pai havia servido com Dix na Primeira Guerra Mundial. Ele nunca falava de sua experiência na guerra. Quando eu perguntava, ele simplesmente me mostrava alguns trabalhos de Dix e dizia: "Isso é tudo que você precisa saber sobre a vida durante a guerra."

Eu frequentemente praticava minha técnica de desenho, sentando-me no porão da galeria e copiando trabalhos da coleção de meu pai. Os artistas expressionistas tinham estilos diferentes, mas tendiam a usar pinceladas espessas e ásperas ou traços finos e irregulares. Não havia nada de suave ou fácil em nenhum de seus trabalhos ou nos mundos que representavam. Meus preferidos eram suas pinturas e desenhos de prostitutas mostrando-se aos homens nas ruas e em bordéis.

No entanto, Dix, Grosz e a maior parte dos outros artistas modernos que meu pai representava haviam fugido da Alemanha desde a ascensão dos nazistas ao poder. Hitler havia julgado sua arte corrupta, e as galerias foram proibidas de expor seu trabalho. Muitos artistas foram presos por atentado ao pudor ou por acusações políticas. No dia em que deixou Berlim, George Grosz foi despedir-se de meu pai.

– Hora de partir, Sigmund – disse Grosz. – O bom artista sabe ler a paisagem. Você também deveria ir embora.

– Isso vai passar – replicou meu pai. – Os políticos vêm e vão, mas a arte... a arte resiste.

– Bem, a minha arte irá resistir em outro lugar. Estão queimando quadros, Sig – disse ele com um suspiro. – Você ouviu dizer que derreteram as esculturas de Belling? Derreteram-nas, como se fossem sucata sem valor. Pense nisto: estão derretendo a arte para fazer balas. Estamos lidando com selvagens.

Contrariando o conselho de Grosz, meu pai ficara, e, em vez de fechar a galeria, começou a exibir artistas aprovados pelo governo. A maior parte dos quadros mostrava paisagens entediantes ou trabalhadores bochechudos arando os campos em poses heroicas. Meu pai reunia todo o entusiasmo que lhe era possível ao vender essas obras, mas eu podia ver que seu coração não estava ali. No passado, os vernissages na galeria eram momentos de celebração, e a adrenalina era tanta em suas veias que ele mal conseguia dormir depois de um vernissage. Agora esses eventos deixavam-no esgotado, o sorriso desaparecendo assim que a porta se fechava.

Hartzel, o artista que expunha naquela noite, tinha cabelos compridos e barba e usava uma camisa de algodão verde limão para fora da calça. Suas telas grandes mostravam montanhas bávaras nas cores púrpura e marrom sob céus azuis dramáticos e nuvens enormes, o tipo de arte que meu pai costumava rejeitar como "quadros de flores bonitas".

Ele e meu pai encontravam-se diante de um dos quadros, conversando com um possível comprador.

– A força das montanhas sempre me inspirou – disse Hartzel.

– Sim – acrescentou meu pai –, a beleza natural é um símbolo da força do povo alemão.

O cliente dirigiu-lhes um sorriso educado e passou para a tela seguinte, claramente não impressionado. Hildy e eu ficamos parados junto à porta, recolhendo casacos e oferecendo comida e bebida.

— Karl! Traga vinho para Herr Hartzel.

Apanhei um copo de vinho. Hartzel pegou-o da minha mão e o tomou de um só gole.

— Não vamos fazer uma só venda com essa gente — afirmou Hartzel.

— Paciência — disse meu pai. — A noite é uma criança.

Hartzel notou meu rosto.

— O que aconteceu com você?

— Caí da escada. Na escola.

— *Wunderbar* — disse meu pai. — Temos um vernissage importante e você parecendo o monstro de Frankenstein. Vá lá embaixo e pegue as biografias dos artistas que estão na prensa tipográfica. E tome cuidado com a escada.

Enquanto eu descia os degraus, vi que havia uma luz acesa no porão e esperei encontrar minha mãe imprimindo as biografias dos artistas, uma de suas tarefas na galeria, mas o local estava vazio. Dirigi-me ao fundo da fria sala de pedra e segui para a sala de impressão, onde encontrei os papéis que procurava em uma pilha organizada ao lado do prelo. Uma grande geringonça de ferro, manchada de ferrugem, anos de tinta e grandes borrões de graxa espessa, a velha prensa tipográfica era usada para fazer pôsteres, catálogos e folhetos para os artistas de meu pai. Eu estava apanhando a pilha de folhas sobre Hartzel quando um papel amassado no chão chamou minha atenção. Apanhei a folha, que estava um pouco borrada de tinta.

BERLIM AINDA É CALOROSA, SENHORAS...
SÓ É PRECISO OLHAR NAS FRESTAS CERTAS.
A CONDESSA TEM EXATAMENTE O QUE VOCÊ ESTÁ ESPERANDO...

A mancha de tinta impediu que eu lesse o restante da folha. O sangue subiu ao meu rosto enquanto eu relia a mensagem sensual. Isso claramente nada tinha a ver com os negócios da galeria. Quem eram essas senhoras? Onde eram as frestas? E quem era a Condessa? Em minha mente formou-se a imagem de uma mulher misteriosa com cabelos compridos e um vestido de festa provocante.

– Karl! – meu pai chamou lá de cima. – Karl, cadê você?

Enfiei o papel no bolso e subi a escada, descobrindo que a galeria agora estava bastante cheia. Coloquei as folhas sobre Hartzel na mesa ao lado do queijo Muenster, que tivera vários pedaços consideráveis cortados. Olhei à volta para me certificar de que ninguém estava tendo ânsias de vômito depois de comer o queijo estragado, mas todos pareciam bem até o momento.

Hildy, animada, abriu caminho em meio à multidão até mim.

– Karl, você viu?

– O quê? Mamãe está aqui?

– Não... *der Meister* – disse ela.

– Hein? – perguntei, sem entender.

– O campeão está aqui. Está aqui de verdade!

Virei-me e vi a figura imponente de Max Schmeling de pé ao lado da porta.

Der Meister

A CORRENTE DE AR NO SALÃO MUDOU ASSIM QUE O CAMPEÃO entrou, como se uma brisa houvesse feito todos se voltarem em sua direção. Cabeças e pescoços se esticavam, pessoas apontavam sutilmente, assentiam e sussurravam, entusiasmadas, todos confirmando para si mesmos e uns para os outros que, sim, ele estava mesmo ali – empertigado e alto, erguendo-se acima daqueles à sua volta. O rosto largo era luminoso, apesar das sobrancelhas escuras e dos olhos fundos. Na América, era conhecido como o Ulano Negro do Reno, um apelido que seu empresário havia inventado para incutir medo em seus adversários. O nome era adequado. Os ulanos eram soldados montados de elite. E ele parecia de fato um guerreiro moreno. Mas o sorriso amplo e acolhedor me surpreendeu, um estranho contraste à maciça máquina de combate que era o restante de seu corpo. Usava um grande sobretudo e um smoking com uma camisa branca engomada e um lenço de seda no bolso.

Ao lado dele estava a esposa, a atriz checa Anny Ondra, que usava um vestido longo branco com uma pequena estola de pele sobre os ombros. Também irradiava o brilho especial dos famosos, como se houvesse um refletor sobre ela o tempo todo, acentuando os cachos louros reluzentes, os lábios de um vermelho intenso e as sobrancelhas finas perfeitamente curvas, que se posicionavam acima de olhos grandes e confiantes. Ela era uma das estrelas do cinema mais famosas da Alemanha e havia recentemente estrelado com o marido um filme de boxe chamado *Knockout*, no qual representava uma aspirante a atriz que se apaixona por Max, um trabalhador nos bastidores de um teatro.

Anny cumprimentou alguém à porta com dois beijos rápido em cada bochecha. E Max me deixou estupefato ao caminhar diretamente até meu pai e lhe dar um afetuoso aperto de mãos e um abraço breve e viril.

Durante anos meu pai afirmara ser amigo do ex-campeão dos pesos-pesados, mas eu nunca acreditara muito nisso até aquela noite.

– Ele costumava vir sempre à galeria – gabava-se meu pai. – Você era pequeno demais para lembrar.

– Ele era artista? – perguntei certa vez.

– Só com os punhos. – Meu pai riu. – Mas ele amava os artistas, e os artistas o amavam. Berlim era um lugar diferente naquela época, Karl. Todos se misturavam: artistas, músicos, estrelas do cinema, atletas. Eram outros tempos. Uma época maravilhosa.

Enquanto ficava ali ao lado de Hildy, observando-os se cumprimentarem, eu me perguntava o que alguém como Max teria para dizer a meu pai, um intelectual baixinho e obcecado por arte. Meu pai disse alguma coisa e Max riu. O que ele poderia ter dito que soasse divertido a Max Schmeling?

Em seguida meu pai esquadrinhou rapidamente a multidão, até seus olhos encontrarem a mim e a Hildy. Ele nos fez um sinal estalando os dedos. Eu estava tão absorto observando a cena que não percebi que ele estava tentando se comunicar conosco, até que Hildy me cutucou com o cotovelo.

– Karl, ele está nos chamando.

Seguimos os dois na direção deles. Nesse momento, Max se voltou e olhou para mim. Senti seus olhos pousarem em mim. Era a primeira vez que eu era observado por alguém famoso, e tive a sensação de ser apanhado pela periferia do brilho cálido de seu holofote.

– Max, estes são meu filho, Karl, e minha filha, Hildegard.

– Hildy – ela rapidamente o corrigiu.

– É um prazer conhecê-la, Hildy – disse Schmeling, galantemente tomando-lhe a mão e depositando nela um beijo de leve. O rosto dela ficou vermelho vivo, e ele voltou-se para mim, oferecendo a mão. Estendi a minha também e trocamos um aperto de mãos.

– O que aconteceu com você? – perguntou ele, fazendo um gesto com a cabeça na direção do meu rosto.

– Caí da escada – respondi rapidamente.

– Receio que meu filho não tenha sido abençoado com a graça de um atleta, Max – acrescentou meu pai. – Mas ele tem a quem puxar. Nunca fui muito de esportes também.

Meu rosto queimou, ficando mais vermelho que o de Hildy. Como meu pai ousava me considerar junto com ele como um não esportista sem coordenação? Na verdade, eu era um jogador de futebol bem razoável, embora meu pai não soubesse disso. Nunca havíamos jogado bola juntos.

– Somos pessoas da mente – uma vez ele explicara quando lhe pedi que chutasse uma bola comigo. – Nossos cérebros não ficam nos pés.

– Qual a sua idade, garoto? – perguntou Max.

– Catorze.

– Ora, ele é grande para catorze anos, Sig – disse Max. – Deve ter puxado à família da sua mulher. E olhe para a envergadura dele. Você tem um lutador nato aqui.

Ele ergueu meus braços e os estendeu em todo o seu comprimento, de modo que meu corpo formasse a letra *T*. Então mediu com os olhos a extensão combinada dos meus braços.

– A envergadura dele já deve ser pelo menos de um metro e oitenta. E a altura, qual é? Um metro e setenta e cinco? Setenta e sete?

– Setenta e sete – respondi.

– Ele tem a envergadura de um campeão, Sig – disse Schmeling, conclusivo, deixando meus braços caírem ao lado do corpo.

Meus batimentos cardíacos aceleraram. Eu nem sequer ouvira falar em "envergadura" antes daquela noite, mas agora eu queria ter uma boa envergadura mais do que qualquer outra coisa no mundo. Ele disse que eu era um "lutador nato". Isso poderia ser verdade? Meu pai parecia não ter entendido nada daquele milagre.

– Karl, por favor, pegue o casaco de Herr Schmeling e ofereça-lhe uma bebida. – Ele voltou-se para Schmeling. – Preciso cumprimentar sua linda esposa. Hildy, venha comigo e ajude com o casaco de Frau Ondra.

Meu pai e Hildy seguiram na direção de Anny, deixando-me momentaneamente sozinho com Max, que estava despindo o sobretudo.

– Deixe que eu fico com ele, Herr Schmeling – falei.
– *Danke* – replicou ele, entregando-me o casaco. – E me chame de Max.
– Está bem, Max – eu disse, embora o nome soasse informal demais.
– Então, quem pegou você, garoto? – perguntou ele.
– Como?
– Com quem você andou brigando?
– Eu... eu caí... e...
– Estive no ringue a maior parte da minha vida. Você pode ter caído de uma escada, mas também esteve metido numa briga. Conheço uma contusão causada por um soco quando vejo uma. Parece que alguém pegou você com um direto no queixo e um cruzado de direita logo abaixo do olho.

Eu não tinha a menor ideia de como responder. Não queria que meu pai soubesse, que pensasse que eu havia atraído a atenção para meus problemas e para mim mesmo na noite de um vernissage.

– Olhe, não é nenhuma vergonha levar uma surra – disse ele. – Eu já tive a minha cota. Contanto que você reaja, não é nenhuma vergonha. Certo?

Contanto que você reaja, não é nenhuma vergonha.

Meu pomo de adão travou na garganta, e uma umidade nublou minha visão. Rapidamente baixei os olhos para os pés, sentindo uma vergonha ainda mais profunda do que quando fora surrado pela Matilha de Lobos. Apenas segundos antes Max Schmeling havia me ungido um potencial campeão com grande envergadura, no entanto agora ele me conhecia pelo que eu realmente era: um fracote e covarde. Ergui os olhos para Max.

— Por favor, não diga nada ao meu pai.

Os olhos do campeão conectaram-se aos meus no instante em que meu pai se aproximou de nós acompanhado pela mulher de Schmeling.

— Max, não sei como ela consegue isso, mas Anny está ficando cada vez mais e mais bonita.

Max piscou furtivamente para mim ao me entregar o casaco.

— Sou um homem de sorte, Sig.

A permuta

À MEDIDA QUE A NOITE TRANSCORRIA, MANTIVE DISTÂNCIA DE Max o máximo que pude. Minha cabeça latejava com o peso combinado de meus machucados e minha vergonha. Papai cuidava para que Max e Frau Ondra sempre tivessem o copo cheio do que quer que estivessem bebendo, mas eu obrigava Hildy a servi-los. Como estava treinando, Max não bebeu álcool e contentou-se com água.

As perguntas atribulavam minha cabeça. Como era possível saber que um punho atingiu um rosto, e não o corrimão de uma escada? Como meu pai viera a ser amigo de Max? Será que Max sabia que meu pai era judeu? E onde estava minha mãe?

Papai encontrava-se com o pintor Hartzel, Anny e Max diante de um dos quadros, e me chamou para buscar mais água para Max. Evitei o contato visual com ele quando trouxe a jarra e tornei a encher-lhe o copo.

– ... E você não gostaria de ter uma das paisagens de Herr Hartzel, Max? Acho que Anny se encantou por esta aqui.

Meu pai apontou a tela, uma imagem simples de um pasto e colinas ondulantes.

— É bonito, Max — disse Anny. — Acho que vai ficar bom na casa de campo.

— Sim, seus quadros são muito bem-feitos, Herr Hartzel — disse Schmeling. — Talvez este fique bom na biblioteca. Vamos levá-lo.

— *Wunderbar!* — exclamou meu pai.

— Sinto-me honrado em tê-lo como proprietário de uma de minhas obras, Herr Schmeling — afirmou Hartzel, curvando-se levemente.

— Tem outro quadro no qual estou interessado — disse Max.

— Ah, sim, a cena de montanha que você admirou ainda há pouco — observou meu pai, gesticulando na direção de outra tela insípida.

— Não — replicou Max. — O quadro em que estou interessado não está em suas paredes esta noite.

O rosto de Hartzel murchou.

— Meu retrato pintado por Grosz — prosseguiu Max. — Você sabe que sempre estive de olho nele.

— Ah, Max, mas você sabe que ele não está à venda — afirmou meu pai.

— Deve ter um preço — insistiu Max.

— É meu último quadro de Grosz — explicou papai. — Eu sempre tento manter pelo menos um quadro de cada artista com quem trabalho.

— Traga-o para mim. Anny nunca o viu.

Meu pai revirou os olhos.

— Se você insiste. — Ele voltou-se para mim. — Karl, vá buscar o retrato de Herr Schmeling feito por Grosz. Está lá embaixo, no compartimento dezessete.

Voltei ao porão, onde uma das paredes era coberta por compartimentos altos de madeira cheios de telas. Procurando

MAX POR GROSZ

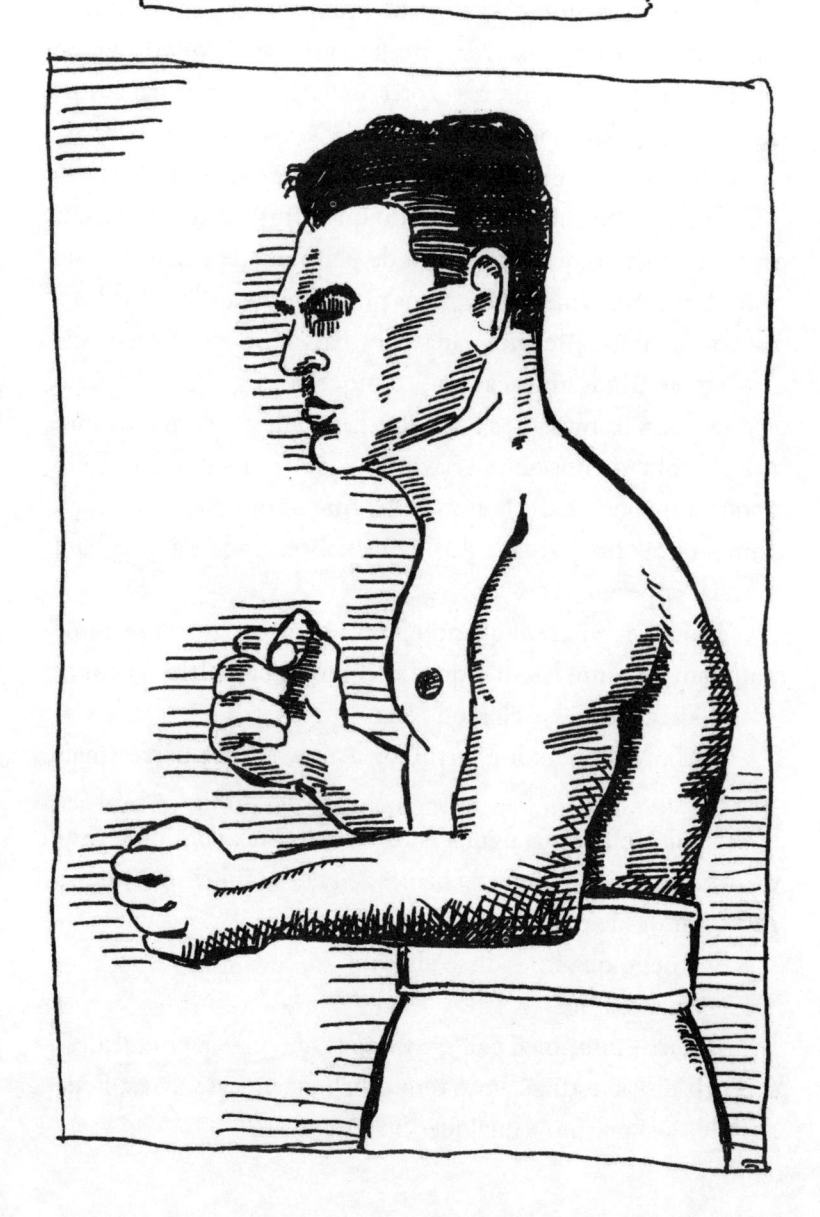

no dezessete, vi várias telas de George Grosz. Sabia que meu pai havia afirmado que era sua última a fim de estabelecer uma posição de barganha. Na verdade, ninguém estava comprando nada de Grosz, Dix, Max Beckmann, Emil Nolde nem de qualquer outro dos pintores expressionistas que meu pai costumava representar por causa da interdição nazista. Os compartimentos estavam cheios com suas obras não vendidas.

Finalmente cheguei ao retrato que Grosz pintara de Max, um óleo austero que o retratava de peito nu, de perfil, usando calção de boxe azul-real e com os punhos estendidos. A cabeça estava ligeiramente inclinada para baixo, os olhos escurecidos em sombras ameaçadoras, e pinceladas grossas de preto acentuavam os músculos do braço. Eu conhecia bem o quadro porque fora um dos que eu havia copiado em meu diário. Tudo naquela imagem parecia transmitir força, confiança e ameaça. Limpei uma fina camada de pó que cobria a tela e a levei para o andar superior.

Todos se reuniram quando Max, Anny e meu pai se aproximaram de mim. Ergui o quadro como um cavalete humano.

– Ah, aí está! – exclamou Max.

– Ah, Max, é lindo – arrulhou Anny. – Você parece mais magro.

– Foi pintado há alguns anos – disse Max com uma risada, esfregando os bíceps de brincadeira. – Ganhei mais massa muscular desde então.

– Amei o quadro – disse ela.

– Quanto, Sig?

– Bem – disse meu pai –, você sabe que não quero me desfazer dele. Além disso, você tem espelhos em casa, Max. Pode admirar a si mesmo a qualquer hora.

— Mas num espelho é difícil me ver de perfil assim — contrapôs Max com um sorriso malicioso.

Os presentes na galeria riram de sua disputa.

— É para mim, Herr Stern — interveio Anny —, para me lembrar de Max quando ele estiver fora lutando.

Até onde eu sabia, a tela de Hartzel que Max comprara era a única vendida naquela noite, e precisávamos desesperadamente vender.

— Por favor, Herr Stern — pediu Anny.

— Bem...

Antes que meu pai pudesse dar um preço, senti que Max olhou para mim. Eu ainda estava com muito medo para olhá-lo nos olhos.

— Espere! — disse Max. — Tenho uma ideia. Vamos fazer uma permuta.

— Uma permuta? — perguntou meu pai.

— Sim. Nós ficamos com o quadro e eu dou aulas particulares de boxe ao seu filho.

Os clientes da galeria reagiram, assentindo com a cabeça e sussurrando em aprovação.

— Certamente que não se pode pôr preço a aulas particulares de boxe com o maior peso-pesado da Europa.

— Aulas de boxe? — repetiu meu pai, consternado. — Meu filho vai entrar no mundo da arte, não do ringue.

— Um grande lutador tem muita arte — contrapôs Max.

— Para que ele precisa de aulas de luta? — perguntou meu pai.

— Todo garoto deveria aprender a se defender, Sig — replicou Max. — Ao que parece, as aulas seriam benéficas a ele.

Ele gesticulou em minha direção, eu ainda segurando o quadro. Alguns clientes riram nervosamente. Minha cabeça zuniu ainda mais, à medida que mais sangue fluía para o meu rosto e parecia entrar e sair em redemoinho dos ferimentos. Tive vontade de me esconder atrás da tela, mas eu também me sentia intrigado pela ideia. Que garoto não gostaria de aprender a lutar com um campeão?

— Bem, garoto — disse Schmeling —, você quer aprender?

Todos os olhos pousaram em mim, esperando uma reação. Eu queria mais do que tudo gritar um "sim", mas sabia que meu pai ainda tinha esperança de conseguir dinheiro pelo quadro. Meu pai me fitava com mais intensidade, tentando me forçar, com os olhos, a recusar. Max me olhava com um sorriso divertido, claramente não vendo a corda de tensão que me ligava a meu pai. Embora minha voz permanecesse calada, minha cabeça instintivamente fez que sim. Vi a boca de meu pai momentaneamente retorcer-se num esgar e em seguida voltar ao normal.

— Ah, entendi. É claro que ele quer aprender a lutar. O que me diz, Sig?

Todos os olhos voltaram-se para meu pai, e eu sabia que ele não tinha escolha senão concordar.

— Se Frau Ondra quer o quadro — disse ele —, tenho de me curvar ao desejo de uma bela mulher.

— Então está feito — disse Max, adiantando-se para apertar a mão do meu pai e selar o acordo. — Quando eu estiver em Berlim, seu garoto irá se juntar a mim em meu ginásio de treinamento, o Clube de Boxe de Berlim, para ter aulas.

Algumas pessoas deram tapinhas nas costas do meu pai e de Max, congratulando-os pelo acordo. Alguns clientes também se aproximaram de mim e me deram tapinhas nos ombros, enquanto eu ficava ali parado, ainda segurando o quadro.

Lição de boxe nº 1

A MULTIDÃO COMEÇOU A SE DISPERSAR POR VOLTA DAS ONZE, E ainda não havia qualquer sinal de minha mãe. No fim da noite, Hildy e eu voltamos ao porão e embrulhamos os dois quadros de Max em papel pardo, as únicas telas vendidas na noite toda. Hildy segurou o barbante no lugar com seu dedinho polegar enquanto eu fazia os laços, prendendo a embalagem no lugar. Minha mente disparava cheia de entusiasmo diante da possibilidade de treinar com Max. Será que ele podia me transformar em um campeão? Será que nos tornaríamos amigos?

– Ela é tão bonita – disse Hildy, melancólica.

– Quem?

– Frau Ondra. Parece ainda mais bonita do que no cinema. Queria que papai tivesse negociado aulas de beleza para mim, assim como aulas de luta para você.

– Aulas de beleza?

Dei-me conta de que Hildy estivera pensando em Frau Ondra tanto quanto eu estivera pensando em Max. Ela adorava cinema, e nós íamos às matinês de fim de semana no grandioso teatro Nollendorfplatz sempre que possível. Hildy gostava de se sentar perto de modo que todo o seu campo de visão fosse preenchido pela tela gigantesca.

— Ela parece tão perfeita. O oposto de mim.

Ela baixou os olhos escuros. Eu não havia percebido que minha irmã era sensível à sua aparência dessa forma. Hildy tinha apenas oito anos.

— Você não precisa de aulas de beleza, Winzig — falei.

— Mas eu sou tão morena.

— Não há nada de errado com isso.

— Fácil para você falar. Você é claro.

— E o que me diz de Claudette Colbert e Myrna Loy?

— Claudette Colbert tem cabelos vermelhos.

— Bem, e quanto a Louise Brooks? Ela tem cabelos ainda mais escuros que os seus.

— Acho que sim.

— Se quer saber, Frau Ondra é que podia ter aulas de beleza com você — eu disse, erguendo-lhe o queixo.

— Obrigada, Spatz. — Ela me dirigiu um sorriso fraco.

— Venha, é melhor voltarmos lá para cima.

Quando tornamos a subir, a maior parte dos clientes já havia ido embora, e Max e Anny vestiam o casaco diante da porta. Levei os dois quadros até eles.

— *Danke* — disse Max. — Agora, sua primeira lição.

Ele levou a mão ao bolso e tirou uma pequena bola de borracha vermelha, que rapidamente fez quicar no chão na minha direção. Estendi a mão para apanhá-la no ar, atrapalhei-me momentaneamente, mas logo minha mão a envolveu com firmeza.

— Muito bem. Você tem reflexos decentes — disse ele. — Mantenha essa bola no bolso e pegue-a e aperte-a sempre que estiver andando em algum lugar. Um lutador precisa de mãos e dedos fortes.

Apertei a bola rapidamente algumas vezes e senti os músculos nas costas da minha mão se flexionarem de forma agradável. Eu nem sabia que tinha músculos ali. A noite ainda não havia acabado e eu já sentia que estava ficando mais forte.

– Próximo passo – continuou ele. – Você tem carvão ou madeira em casa?

– Nosso prédio tem uma caldeira de calefação a carvão.

– Ótimo – disse ele. – Quero que fale com o superintendente do edifício e diga a ele que você quer alimentar a caldeira com o carvão, usando uma pá, todas as manhãs e todas as noites. Tenho certeza de que ele vai concordar; é um trabalho árduo e sujo, mas ótimo para os braços e os ombros.

– OK – falei.

– Por fim, você precisa ser capaz de fazer os trezentos.

– Os trezentos?

– É a base para se tornar um pugilista. Todos os dias você precisa fazer cem flexões de braço, cem abdominais, cinquenta flexões na barra fixa e cinquenta minutos de corrida, o que, somando, dá trezentos.

– Que tal um saco de pancadas ou algo parecido? – perguntei.

– Vamos nos preocupar com isso assim que você conseguir executar os trezentos. Quando chegar lá, vai estar pronto para sua primeira aula no ginásio. Estarei de volta a Berlim daqui a uns dois meses, o que deve lhe dar algum tempo.

Meu pai aproximou-se com Frau Ondra e Hildy para se despedir.

— Foi um prazer, como sempre, Sig — disse Max, estendendo a mão. Trocaram um aperto de mãos.

— Obrigado por vir, Max, embora tenha me roubado — replicou meu pai.

— O senhor tem lindos filhos, Herr Stern — disse Anny. Ela inclinou-se e deu dois beijinhos em Hildy, um em cada bochecha. — Especialmente esta aqui.

Hildy corou e respirou fundo, satisfeita.

Max estendeu a mão para mim, e trocamos um aperto de mãos.

— Lembre-se dos trezentos.

— Vou lembrar.

— *Gute Nacht!* Até breve! — disse ele.

Papai pousou a mão em meu ombro e exibiu um leve sorriso, que rapidamente desapareceu assim que eles transpuseram a porta. Senti sua mão apertar com força meu ombro enquanto ele se virava.

— Ora, onde está sua mãe?

Tio Jakob

Quando chegamos de volta ao apartamento, já era quase meia-noite. Hildy adormecera e meu pai teve de carregá-la no colo pelos últimos quarteirões e pela escada. Entrando no apartamento, fiquei aliviado ao ouvir vozes abafadas vindo da cozinha. Então ouvi um gemido de dor, e reconheci a voz de meu tio Jakob:
— Com delicadeza!
— Estou tentando — replicou minha mãe. — Fique quieto.
Frau Kressel veio apressada pelo corredor nos receber.
— *Gott sei Dank!* — disse ela. — Vocês chegaram.
— O que está acontecendo?
— A cozinha — disse ela. — Eu pego Hildy.
Ela tirou Hildy dos braços de meu pai e a levou para o quarto. Meu pai e eu continuamos pelo corredor. Quando entramos na cozinha, fiquei chocado ao deparar com tio Jakob debruçado na pia com o traseiro nu para o alto. Um pequeno buraco escuro e sanguinolento havia sido perfurado em sua nádega esquerda, e minha mãe o explorava com uma pinça comprida. Uma garrafa do conhaque de meu pai encontrava-se

aberta ao lado de Jakob, e ele apertava um copo do líquido marrom em uma das mãos.

— *Scheisse!* — arquejou ele quando ela moveu a pinça.

— Eu disse para ficar quieto.

— O que você está usando? — perguntou ele. — Uma concha de sopa?

— Que diabos está acontecendo aqui? — perguntou meu pai.

— Ah, pensei em dar uma passada para dizer olá, Sig — disse tio Jakob, irônico, entre dentes cerrados. — Faz muito tempo que minha irmã me espetou a bunda com um objeto pontiagudo. Ai! — gritou ele. Mesmo sob dor intensa, tio Jakob conseguia me fazer rir.

Antes de eu conhecer Max Schmeling, tio Jakob era a pessoa que eu mais admirava. Com vinte e tantos anos, tio Jakob era confiante, engraçado e rebelde, e sempre brigava com meu pai por tudo, de esportes a política, até mesmo pelo tempo. Partilhávamos um amor por filmes de caubói americanos, e ele sempre pontilhava suas falas com gíria do faroeste e me chamava de vaqueiro. Como eu, ele era alto e magro, tinha cabelos ruivos brilhantes e olhos cinzentos pálidos.

Quatro anos mais velha que ele, minha mãe era a mais séria e estudiosa dos dois. Tinha 1,72m, alta para uma mulher, e usava o cabelo puxado para trás, preso em um coque, revelando seus belos traços e a pele lisa que me lembrava a de uma boneca de porcelana. Ela raramente usava maquiagem, exceto por um pouco de batom. Seu único luxo era um creme facial muito caro em um grande tubo de vidro branco com uma tampa prateada, que ela passava todas as noites.

As pessoas que a conheciam superficialmente diriam que ela era quieta e quase submissa. Porém eu compreendia que sua quietude era na verdade uma qualidade pensativa. Era dada a períodos de melancolia, que meu pai descrevia como "um de seus humores", embora essa expressão parecesse leve demais para descrever esses profundos surtos de depressão. Quando um desses humores sobrevinha, minha mãe assumia uma expressão de olhos vidrados e se recolhia à sua cama por horas, às vezes dias, dormindo até vinte horas seguidas, levantando-se apenas para ir ao banheiro e pegar um copo d'água ou um pedaço de pão. Outras vezes ficava mergulhada na banheira de água quente por horas.

– Ela precisa descansar e ficar quieta – dizia meu pai. – Isso é tudo. Logo, logo estará de pé novamente.

E em geral ele estava certo. Repentinamente ela emergia de seu sono, como se nada tivesse acontecido, como se alguém houvesse erguido um manto de chumbo de cima dela e ela finalmente pudesse voltar a se mexer. Esses episódios eram assustadores e dolorosos, mas não afetavam nosso dia a dia, em grande parte porque Frau Kressel estava sempre lá para cozinhar, limpar e cuidar de nossas necessidades.

Eu raramente via minha mãe se opor ou questionar meu pai sobre alguma coisa. Essa noite foi uma rara exceção.

– Shhhhhh! – sibilou meu pai. – Os vizinhos.

– Ponha a toalha de volta na boca e morda – disse ela a Jakob.

– Eu já disse que não estou com fome, irmãzinha querida.

– Faça isso! – disse ela. Jakob obedientemente enfiou uma toalha enrolada na boca. – Quieto agora! – disse ela. – Acho que peguei.

Tio Jakob mordeu a toalha, abafando um gemido ainda mais profundo.

— Pronto — disse minha mãe, extraindo lentamente uma pedrinha negra e ensanguentada de dentro dele. Ela a colocou em uma tigelinha de cerâmica, com um tilintar agudo e molhado. Frau Kressel entrou na cozinha e minha mãe entregou-lhe uma toalha.

— Segure isto sobre o ferimento enquanto eu pego a linha.

Frau Kressel pressionou o ferimento com a toalha, fazendo escorrer um fiozinho de sangue pela parte posterior da perna dele.

— Puxa, Kressel, nós mal nos conhecemos — brincou Jakob.

— *Stillschweigen!* — disse ela, apertando com um pouco mais de força para fazê-lo calar-se.

Minha mãe finalmente quebrou a concentração e voltou-se para nos olhar, os olhos se arregalando ao pousarem em mim.

— O que aconteceu com você?

— Ele? — Meu pai arquejou. — Ele vai ficar bem. Agora, que diabos está acontecendo aqui?

Minha mãe o ignorou e veio até mim, ainda segurando as pinças ensanguentadas. Ela acariciou levemente o lado ileso do meu rosto.

— Você está bem? — perguntou ela.

— Estou. — Assenti com a cabeça. — Caí na escada.

— Espero que tenha dado uma boa surra na escada, vaqueiro — zombou tio Jakob. — Parece que você foi atingido por uma casa inteira.

— Um de vocês poderia explicar, por favor? — exigiu meu pai.

Mamãe voltou-se para seu kit de costura e pegou uma agulha com linha.

— Estamos fazendo uma reunião — começou Jakob. — Uma simples reunião...

– Espere – interrompeu meu pai. – Karl, vá para seu quarto.
– O quê? – gemi. – Tenho idade suficiente...
– Não – disse meu pai.
– Sig, ele tem catorze anos – interveio Jakob.
– Você... não diga nada – replicou meu pai, apontando um dedo furioso para ele. – Esta casa é minha.
– Ele deveria saber o que está acontecendo...
– Ele já sabe o bastante – objetou meu pai. – Você já está nos colocando em risco pelo simples fato de estar aqui.
– Estamos todos em perigo, Sig.
– Eu decido o que é certo para minha...
– Já chega – interrompeu mamãe. – Karl, vá para a cama.
– Mamãe...

Olhei para minha mãe, que veio até mim e deu um beijo de leve em minha testa, tomando o cuidado de evitar as áreas machucadas.

– Vá – disse ela. – Foi uma noite longa. Você precisa descansar. Todos nós precisamos.

Hesitei e olhei para tio Jakob na esperança de que ele fosse lutar para que eu ficasse. Ele limitou-se a me dar uma piscada.

– Uma de minhas namoradas descobriu sobre uma das outras, e sem que eu nem me desse conta lá estava eu com um buraco no *Hintern*. Aposto que foi isso que aconteceu com você também, e você só está com vergonha de dizer na frente da sua mãe, certo, vaqueiro?

Relutante, virei-me e me retirei, seguindo pelo corredor até meu quarto.

Desenhando Max

FIQUEI DEITADO NA CAMA, TENTANDO OUVIR ALGUMA COISA, MAS, do meu quarto, não dava para ouvir nada do que se passava na cozinha. Eu já suspeitava do que havia acontecido exatamente. De conversas sussurradas que ouvira no passado, eu sabia que tio Jakob era membro de um grupo comunista secreto, que estava tentando se organizar contra os nazistas. Deduzi que ele estivera tomando parte em uma reunião secreta que fora interrompida pela Gestapo e que levara um tiro ao fugir. Meu pai odiava política e sempre calava tio Jakob quando ele tentava falar sobre seu "grupo".

– Aprendi tudo que precisava saber sobre política e religião durante a guerra – dizia meu pai. – Elas não prestam para nada.

Cerca de uma hora depois que me retirei para o quarto, ouvi tio Jakob ir embora.

Minhas fantasias prevaleceram – sobre tudo o mais naquela noite, até mesmo sobre o fato de meu tio ter sido baleado. Eu ficava repassando os acontecimentos da noite repetidamente em minha cabeça e sentia uma estranha onda de agitação quando lembrava cada detalhe de meu encontro com Max. Depois de Adolf Hitler, ele era provavelmente o homem mais admirado na Alemanha. Fora o primeiro alemão a conquistar o título de mundial dos pesos-pesados em 1930, depois de vencer Jack Sharkey. Mesmo que dois anos depois Max houvesse perdido o título em uma nova disputa com Sharkey, ainda era considerado um dos melhores pugilistas do mundo. Em seu livro, *Mein Kampf*, Hitler defendia especificamente que o boxe devia se tornar parte do programa padrão para o bom condicionamento físico de todos os garotos alemães. O ministro da propaganda Goebbels usava Max na imprensa nazista como um exemplo do ideal alemão que os meninos deviam imitar.

O quarto dos meus pais era ao lado do meu, assim, mais tarde, quando eles foram para a cama, inclinei a cabeça contra a parede atrás da minha cama a fim de ouvir melhor o som que vibrava de seu quarto. Eles não estavam mais discutindo por causa de tio Jakob. Meu pai falava sobre as vendas decepcionantes da galeria, apesar da aparição de Max e de Anny, e finalmente do acordo para minhas aulas de boxe.

– Aulas de boxe? – Mamãe reagiu quase com o mesmo pavor que meu pai ao ouvir a sugestão. – Ele vai se machucar! Sig, você não devia ter deixado isso acontecer.

– Você acha que estou feliz com isso? Aquele dinheiro teria sido útil.

– Então diga a Max que Karl mudou de ideia e não quer as aulas – contrapôs minha mãe. – Tenho certeza de que ele vai lhe pagar alguma coisa pelo quadro.

Todo o meu corpo ficou tenso. Eu já havia começado a me imaginar como protegido de Max, transformando-me em um guerreiro, alvo de inveja de todo garoto na Alemanha. Agora ela ameaçava pôr fim ao meu sonho antes mesmo que ele começasse. Prendi a respiração.

— Seria muito embaraçoso, Rebecca — disse meu pai. — Nós fizemos um acordo. Trato é trato.

— Por que você não pode simplesmente dizer a ele que Karl não quer fazer isso?

— Mas ele quer — afirmou meu pai.

— Como você sabe?

— Que garoto em perfeito juízo não ia querer aulas de boxe com Max Schmeling? — Papai prosseguiu: — E olhe só para ele. O menino é um fiapo. Ele anda por aí como se uma brisa pudesse derrubá-lo. Ele precisa ser capaz de se defender.

Por mais que doesse ouvir a pouco lisonjeira avaliação de minha condição feita pelo meu pai, sabia que ele tinha razão.

— O que aconteceu com meu marido pacifista?

— Você viu o rosto dele esta noite?

— Ele disse que caiu da escada...

— Talvez tenha caído mesmo, mas só depois de ter sido surrado e empurrado — disse meu pai. Minha boca escancarou com a surpresa de que ele soubesse da verdade o tempo todo.

— Quem? — Minha mãe arquejou.

— Não sei — disse meu pai. — Talvez aquele garoto, Hellendorf. O pai é um deles. Tem um emprego novo no governo. Com as coisas como estão agora, não seria ruim para Karl aprender a usar os punhos.

— Mas nosso filho quer ser um artista. Ele tem o talento do meu pai.

Embora houvesse morrido antes de eu nascer, eu sabia que meu avô havia sido um artista conhecido. Fora até mesmo contratado para pintar um retrato do Kaiser que há anos decorava a casa dele. Quando jovem, minha mãe também havia sido uma pintora talentosa. Ela estudava no instituto de arte quando conhecera meu pai, que a escolhera em uma exposição de estudantes, oferecendo-se para representá-la. Casaram-se quando minha mãe ainda estudava, e ela deixou o instituto para construir um lar para a família. Depois disso, nunca mais pegou um pincel. Sempre que o assunto surgia, ela dizia simplesmente que havia "perdido o interesse". Quando perguntei ao meu pai, ele afirmou que ela "não tinha o temperamento de uma pintora".

A arte sempre foi algo natural para mim. Desde os dez anos, eu mantinha uma espécie de diário, um caderno de desenhos no qual registrava pequenas ilustrações e cartuns do que estava acontecendo à minha volta ou dentro da minha cabeça. Meus pais esperavam que eu me tornasse pintor ou talvez arquiteto. Porém eu era louco pelas tirinhas de jornal que ganhavam popularidade e sonhava trabalhar como cartunista ou ilustrador em um jornal. Meu pai odiava cartuns e os considerava vulgares e inferiores a mim. Essa era uma fonte constante de atrito entre nós.

— Por que você ia querer desperdiçar o seu talento com risadas baratas provocadas por camundongos e crianças? — dizia ele com desprezo. — A arte deve elevar a humanidade. Deve ser mais do que bobagens do tipo torta na cara.

Apesar de sua desaprovação, eu seguia fielmente praticando com meus cartuns e me agarrava à fantasia de um dia trabalhar num grande jornal.

Naquela noite, tive dificuldade para dormir. Então, para relaxar, procurei uma foto de Max em um livro de grandes heróis do esporte alemão e esbocei uma caricatura dele em meu diário. Enquanto desenhava as linhas e sombras profundas e másculas de seu rosto, uma coisa ficou clara para mim: Max não se encaixava no estereótipo do super-homem ariano louro e de olhos azuis. Ele tinha cabelos e olhos escuros, sobrancelhas espessas e nariz largo. Sua barba tendia a formar uma sombra escura. Ele se parecia mais com um judeu do que com um herói nórdico. Isso me fez me sentir mais próximo de Max e de seu mundo. À medida que a imagem se formava, um novo sonho surgia em minha mente, enquanto eu imaginava minha transformação em um campeão do boxe.

Deixei a caneta e o bloco de lado, ergui os braços na escuridão e olhei as finas silhuetas de meus dedos. Então os encolhi, fechando os punhos, e fiquei satisfeito com a transformação à medida que cada dedo delicado desaparecia em uma sombra pequena e arredondada. Max havia elogiado a extensão de meus braços. Estendi ambos à minha frente e os abri, e pela primeira vez percebi o quanto eram longos, como se eu fosse uma ave estendendo as asas em toda sua envergadura. Talvez eu fosse mesmo o poderoso Spatz, como Hildy imaginava.

Apanhei na mesa de cabeceira a bolinha de borracha que Max me dera e a apertei cem vezes em cada mão. Jurei seguir ao pé da letra cada conselho que Max me desse, pensando que, se assim fizesse, eu me transformaria e ficaria mais parecido com ele.

O quarto de meus pais finalmente mergulhou no silêncio e eu pus a bola de volta na mesa de cabeceira. Em meus sonhos semiacordados, eu me via em um ringue de boxe, me preparando para enfrentar a Matilha de Lobos. Lutei contra um de cada vez, dançando pelo ringue e despachando-os com uma série de golpes de especialista. Eu me movia com facilidade, como se estivesse girando em torno deles com patins de gelo, aproximando-me para golpeá-los e então me afastando. Primeiro caiu Franz, depois Julius e finalmente Gertz também desabou, formando uma pilha. Eu me ergui em cima de seus corpos caídos e ouvi a multidão aplaudindo freneticamente. Levantei meus longos braços acima da cabeça, vitorioso, e eles pareciam se estender até as nuvens.

MAX

Greta

ÀS CINCO E MEIA DA MANHÃ SEGUINTE, MEU DESPERTADOR ME acordou com um sobressalto. Eu normalmente dormia até as sete pelo menos, e a princípio fiquei tão confuso que não conseguia lembrar nem mesmo por que havia ajustado o despertador. Então senti o rosto machucado latejar quando deslizei a cabeça pelo travesseiro, e os acontecimentos do dia anterior me voltaram precipitadamente: a surra que levara da Matilha de Lobos, o encontro com Max Schmeling e a permuta. E pulei da cama, determinado a cumprir o regime de treinamento de Max ao pé da letra, inclusive os trezentos diários. Quando ele me chamasse para a primeira aula, eu estaria pronto. Jurei que todas as manhãs eu faria abdominais e flexões de braço assim que saísse da cama; então correria para o parque perto de casa, que tinha uma barra fixa para exercícios. O trajeto até o parque e a volta totalizariam uns cinquenta minutos de corrida. Parecia simples. No entanto, quando saí da cama e tentei fazer as flexões, mal cheguei aos dez antes que meus braços começassem a fraquejar. No décimo quinto, podia sentir os músculos do meu peito e dos ombros tremerem, e na décima sétima desabei. Consegui completar oitenta abdominais, somente vinte a menos que minha meta.

Vesti rapidamente uma calça leve e um agasalho azul e corri para o parque. O céu estava apenas começando a clarear, e as ruas encontravam-se relativamente vazias e silenciosas àquela hora. Quando passei bela banca de jornais na nossa esquina, um entregador descarregava na calçada pilhas amarradas de jornais matutinos. Ele me cumprimentou com a cabeça e ficou me observando com um olhar que supus ser de respeito. Cumprimentei-o de volta, endireitei a postura e corri um pouco mais rápido. No caminho, passei por um leiteiro em uma carroça puxada por um burro fazendo suas entregas, um velho e maltrapilho varredor de ruas empurrando uma lata de lixo enferrujada com rodinhas, até mesmo uma prostituta esgotada andando para casa após uma longa noite. Senti uma onda prazerosa de adrenalina por ser a única pessoa ali fora treinando, vendo um lado do mundo que eu nunca vira antes. Eu já era alguém diferente, alguém especial. A corrida até o parque me deixou sem fôlego, mas ainda firme.

Parei diante da barra, examinando-a. Eu nunca tentara fazer exercícios na barra fixa. Mas que dificuldade poderia oferecer? Levei as mãos ao metal, que estava frio e implacável. Puxei a barra com força e meus braços tremeram com o esforço. Eu mal consegui erguer o queixo acima da barra quando meus músculos cederam e tornei a descer, ficando pendurado da barra por alguns segundos, tentando buscar forças para me erguer novamente, antes de despencar no chão, me sentindo totalmente derrotado. Toda a energia da corrida se esvaiu enquanto eu me erguia do chão e praguejava contra minha fraqueza. Eu podia ter uma boa envergadura, mas não era nenhum atleta. Corri de volta para casa, determinado a completar ao menos a parte dos trezentos que correspondia à corrida.

Infelizmente, fiquei sem forças e tive de caminhar os últimos cinco minutos do trajeto de volta ao apartamento, o que me deixou com o total de quarenta e cinco minutos de corrida, um exercício na barra, dezessete flexões e oitenta abdominais, num total geral de cento e quarenta e três. Nem mesmo metade dos ambicionados trezentos. Desenhei diagramas dos exercícios básicos em meu diário, tomando o cuidado de capturar o que eu achava que fosse a técnica perfeita. Então diligentemente registrei meus totais, desapontado com os pobres resultados, mas determinado a abastecer a caldeira com o carvão de modo a ter sucesso pelo menos em uma de minhas tarefas.

Então me dirigi ao porão para falar com o zelador de nosso prédio, Herr Koplek, que morava em um quartinho adjacente à sala da fornalha. Ele era também um fã confesso de Hitler e mantinha uma bandeira nazista pregada do lado de fora da porta. Lia fielmente o tabloide nazista, *Der Stürmer*, que publicava os artigos e cartuns antissemitas mais virulentos. Eu secretamente surrupiava as cópias antigas do *Der Stürmer* de Herr Koplek e as guardava debaixo de meu colchão, não por causa da propaganda nazista, mas pelas fotos das garotas.

Minha mãe e meu pai achavam Herr Koplek um imbecil. Quando ele pendurou a bandeira nazista na porta, meu pai disse:

– Koplek é exatamente o tipo de idiota que cai nessa história.

Hesitei por um momento, mas então respirei fundo e bati na porta, no centro da bandeira com a suástica.

– *Ja?* – soou uma voz rouca lá dentro.

– É Karl Stern, Herr Koplek.

Ouvi movimento lá dentro, e então a porta se abriu, revelando Herr Koplek, um homem atarracado, com um grosso pescoço vermelho e os cabelos grisalhos arrepiados cortados rente, ali de pé de camiseta, com ar aborrecido.

– Sim? – perguntou ele, impaciente.

– Queria ver se o senhor me permite abastecer a fornalha de manhã pelo senhor.

– Abastecer a fornalha? – Os olhos dele se estreitaram.

– Sim...

– Não vou deixar que você roube do suprimento do edifício para o seu fogão – disse ele, fechando a porta.

– Não, Herr Koplek – falei, agarrando a porta antes que ela se fechasse. – Eu estou treinando.

– Treinando? – Ele fez uma pausa. – Treinando para quê?

– Para ser pugilista.

Ele riu.

– Uma coisinha raquítica como você seria partida ao meio.

– É por isso que preciso abastecer a fornalha com o carvão, para ganhar força. Foi Herr Schmeling quem sugeriu.

– Herr Schmeling? – disse ele, erguendo uma sobrancelha.

– Sim. Ele vai me ensinar.

– Max Schmeling?

– Ele é amigo do meu pai.

– Por que um bom alemão como Schmeling seria amigo de alguém como o seu pai?

– Meu pai vendeu um quadro a ele ontem à noite mesmo.

– Sim. Tenho certeza de que seu pai encontrou uma forma esperta de tirar dinheiro dele.

PROGRAMA DE EXERCÍCIOS DIÁRIO

– Posso abastecer a fornalha? *Bitte?* O senhor pode me observar, para ter certeza de que não vou roubar.

Ele cruzou os braços, o cérebro lento ponderando.

- Isso não vai lhe poupar trabalho? – acrescentei. – E lhe dar tempo para cuidar de questões mais importantes?

– A pilha de carvão está aqui – disse ele, indicando um grande monte no canto do porão perto da base da passagem que levava até a rua. – Encha o carrinho de mão até o alto e abasteça a fornalha uma vez pela manhã e outra vez à noite.

– *Danke*, Herr Koplek.

– Mas, se eu o pegar roubando um só pedacinho que seja, a polícia o levará daqui arrastado. Compreendeu?

Enrolei as mangas, apanhei a pá encostada à parede perto da pilha de carvão e comecei a encher o carrinho de mão. Fui cavando a pilha e entrei em um ritmo agradável, ouvindo o carvão cair no fundo de metal com um ruído intenso e prazeroso. Porém, após apenas umas dez pás, minhas mãos e meus braços começaram a doer. Com o carrinho apenas pela metade, uma bolha se formou na palma da minha mão direita, logo abaixo do polegar. Quando o carrinho ficou cheio, minhas mãos latejavam de dor. Inclinei o carrinho um pouco para cima para levá-lo até a fornalha, mas tinha dado apenas dois passos quando o carrinho oscilou e virou de lado, derramando todo o carvão.

– Não é assim tão fácil, hein? – Koplek riu. – Não se esqueça de varrer o pó.

Então ele voltou para dentro do quarto e fechou a porta. Amaldiçoei a mim mesmo e reenchi o carrinho. Quando consegui chegar à fornalha, a poeira do carvão cobria minhas roupas e minha pele. Abri cuidadosamente a porta gradeada da fornalha de ferro, uma coisa monstruosa que chiava, com grossos canos de metal projetando-se do alto como braços gigantescos perfurando diferentes pontos no teto.

Minha camisa estava imunda e encharcada de suor, então decidi tirá-la para me refrescar e poupá-la de mais danos. O calor da fornalha ferroava minhas mãos enquanto eu levava a pá até sua boca e a trazia de volta. Senti uma dor aguda e molhada na palma da mão quando uma das bolhas se rompeu. Eu tinha de ajustar a posição da pá a todo instante, tentando encontrar um pedaço de pele ileso onde apoiar o cabo. Eu havia quase terminado quando ouvi uma voz feminina atrás de mim:

– Ora, se não é Vulcano em sua forja.

Virei e deparei com Greta Hauser, meu maior objeto de desejo, de pé à entrada do porão, observando-me com um sorriso divertido. Senti-me imediatamente constrangido, só conseguindo imaginar o quanto eu parecia ridículo com suor e fuligem escorrendo pelo meu peito esquelético. Agarrei a camisa e tornei a vesti-la, lutando para passar os braços grudentos pelas mangas.

– Não é educado ficar espiando as pessoas assim.

– Eu não estava espiando, Vulcano. Vim aqui por acaso.

– Vulcano? – perguntei.

– O deus do fogo. Eles não ensinam nada na sua escola?

Greta morava com a família debaixo do nosso apartamento, no terceiro andar. Era um ano mais velha que eu e tinha longos cabelos louros platinados que usava em uma espessa trança que serpenteava pelo meio de suas costas. Um montinho de sardas no nariz a fazia parecer mais nova. Contudo, com seu corpo acontecia exatamente o contrário. Em apenas um ano seu peito deixara de ser completamente liso e nele despontava o mais milagroso par de seios em que eu já pusera os olhos. Ela usava uma saia azul simples e blusa branca, e um colar de prata pendia de seu pescoço com um pingente de trevo-de-quatro-folhas.

Eu nunca me sentia à vontade falando com garotas da minha idade, mas com Greta eu era um caso totalmente perdido. Ela exalava alguma coisa misteriosa e inteligente. Seus olhos e expressões davam a impressão de que ela estava sempre pensando alguma coisa inteligente, fazendo julgamentos e observações silenciosos. Tanto quanto olhava cobiçosamente seu corpo, eu também ansiava por simplesmente falar com ela, desvendar parte de seu mistério. Imaginava que, se a tivesse como namorada, a vida seria perfeita. Ela viera ao porão pegar uma caixa de roupas de um depósito diante da fornalha.

– Eu... hã... não. Ainda não estudamos os gregos – gaguejei.

– Vulcano era um deus romano. Uau, você é mesmo obtuso. Hefesto era o deus grego do fogo.

– Certo – menti. – Eu conheço Hefesto, mas ainda não chegamos aos romanos.

– Eles mal usavam roupas, você sabe – observou ela.

– Quem?

– Os gregos. Na maioria das estátuas que vemos deles, estão seminus. Isso não é engraçado?

– Hã... é. Eu acho.

– Afinal, eles não sentiam frio no inverno?

– Não sei. Será que tem inverno na Grécia? – perguntei.

– Essa nem eu sei, Vulcano – replicou ela.

Imagens de deuses e deusas gregos dançando nus na neve atravessaram minha mente. Torci para que ela me perguntasse por que eu estava abastecendo a fornalha com o carvão, para que eu tivesse a oportunidade de me gabar sobre Max Schmeling e minha nova vida de boxeador. Porém Greta não perguntou.

– Bem, até mais – disse ela.

Virou e foi embora, a trança comprida batendo em suas costas, deslizando de um lado para o outro como o pêndulo de um relógio. Fiquei olhando aquela trança até ela subir a escada, desaparecendo de vista.

Diretor Munter

PELO RESTANTE DO VERÃO, DEVOREI O JORNAL EM BUSCA DE QUALquer fragmento de informação sobre Max. Em junho, ele viajou para Barcelona e enfrentou Paulino Uzcudun, "o Lenhador Basco", obtendo um empate. Esperava que Max retornasse a Berlim após essa luta, mas ele seguiu para os Estados Unidos a fim de treinar e lutar por lá.

Apesar da ausência de Max, continuei meu programa de treinos durante as férias escolares. No início, Herr Koplek ficava parado me observando empilhar o carvão com a pá enquanto fumava seu cachimbo matinal. Ele exibia um sorriso malicioso enquanto eu trabalhava e ria se eu derrubava uma pá cheia. No entanto, à medida que o tempo passava, o trabalho foi ficando mais fácil, e eu sentia novos músculos se formando em meus braços, costas e ombros. Herr Koplek logo perdeu o interesse.

Todos os dias eu esperava ansiosamente que Greta Hauser aparecesse por trás de mim para pegar algo no depósito de sua família, então eu flexionava e estendia meus pequenos músculos do braço a cada movimento da pá para garantir que os bíceps se acentuassem ao máximo, dado o pouco que eu tinha para mostrar, só para o caso de ela entrar. Todo esse processo me parecia uma performance. Mas Greta não apareceu mais, e eu apresentava meu ato para público nenhum.

Também comecei a chegar mais perto dos trezentos. Os abdominais eram a parte mais fácil, provavelmente porque eu era muito leve. As flexões de braços eram mais difíceis, mas desenvolvi um padrão no qual eu aumentava meu total a cada três dias, e os números cresciam de modo constante. A parte mais difícil dos trezentos eram os exercícios na barra fixa. Em duas semanas eu só conseguia fazer três ou quatro flexões, até que fiz um grande avanço e consegui chegar aos dez, o que parecera um número impossível quando comecei. Uma vez atingidos os dez, minha força pareceu estabilizar-se novamente, e levei alguns dias para chegar a onze, doze, treze. Quando as aulas recomeçaram, eu ainda não tivera notícias de Max, mas elevara meu total de cento e quarenta e três para duzentos e vinte e cinco – ainda bem abaixo dos trezentos, mas um bom progresso.

Às vezes Hildy acordava cedo quando me ouvia em minha rotina matinal e perguntava se podia entrar e me ajudar a contar. Geralmente eu dizia não, mas, se ela insistisse, deixava que anotasse os resultados em meu diário. Ela se sentava em minha cama com seu coelho de pelúcia, Herr Karotte, e contava minhas repetições. Uma coisa era ter minha irmã caçula como assistente de treino, mas eu me sentia um completo idiota todas as vezes que a olhava e via Herr Karotte empoleirado ao lado dela, me fitando. Um dia, enquanto eu me esforçava para terminar as flexões de braços, Hildy balançou a pata dianteira de Herr Karotte, como se ele estivesse contando junto. Meus braços acabaram por ceder, e desabei de bruços.

— Poderia tirar esse coelho imbecil daí?
— Ele não é imbecil — respondeu ela. — Ele me ajuda a contar.
— Bom, vou usá-lo como saco de pancadas se você não o tirar da minha frente.
— Tudo bem — disse ela, dirigindo-se para a porta. — Tem mesmo certeza de que Max Schmeling vai lhe dar aulas?
— Claro que vai — respondi bruscamente, na defensiva. — Ele e papai fizeram um acordo.
— Então por que ele não telefonou?
— Ele está nos Estados Unidos — respondi. — Disse que ligaria quando estivesse em Berlim.
Na verdade, eu estava começando a ter minhas dúvidas quanto a Max, mas nunca admitiria isso para Hildy.

Apesar de minha força recém-adquirida, eu temia o retorno à escola. Na primeira manhã do novo ano letivo, parei diante da porta de entrada junto à escadaria onde eu tinha sido atacado e hesitei. Estaria a Matilha de Lobos à minha espera? Outros rapazes entravam rapidamente. Meu amigo Kurt Seidler se aproximou.
— Ei, Karl, você parece quase tão animado quanto eu para voltar aí para dentro.
— Ah, é...
— Vamos lá — disse ele. — Não tem outro jeito mesmo, não é?
Ele empurrou a porta, abrindo-a, e entrei atrás dele, hesitante. Respirei aliviado ao não ver sinal da Matilha de Lobos e subimos a escada.
Naquela manhã, todos os rapazes se reuniram no auditório da escola para um pronunciamento. Ao me arrastar até meu

assento, vi de relance Gertz Diener entrando numa das fileiras do fundo, com Franz Hellendorf e Julius Austerlitz logo atrás dele.

Eles usavam broches de suástica nos suéteres. Ao correr os olhos pela multidão, vi muitos garotos usando algum tipo de insígnia nazista ou da Juventude Hitlerista, desde *buttons* até fivelas de cintos ou lenços amarrados no pescoço. Parecia que, da noite para o dia, a maioria dos garotos alemães passara a portar algum tipo de emblema nazista. Uniformes da Juventude Hitlerista me enchiam de inveja mais do que de medo. Que garoto não gostaria de usar um uniforme militar?

Quando todos os garotos haviam se acomodado em seus lugares, um homem imenso, de rosto redondo e vermelho e a cabeça coberta por uma cabeleira prematuramente branca, adentrou o palco com passadas largas. Usava óculos redondos e pequenos, que ficavam sobre seus olhos como moedas minúsculas, acentuando sua cabeça gorda, e um paletó bávaro verde com um pequeno broche de suástica esmaltado na lapela.

Em vez de dizer "Bom dia, garotos" ou "Bem-vindos de volta", ele ergueu o braço na saudação nazista e gritou:

– *Heil* Hitler!

Na sequência, a maioria dos rapazes no auditório ergueu o braço e respondeu à saudação. Sem querer atrair a atenção por não o fazer, também repeti o gesto. O eco das vozes em uníssono fez um arrepio percorrer as minhas costas.

Eu estava sentado ao lado de Kurt e de nosso outro amigo, Hans Karlweiss. Nenhum dos dois se afiliara à Juventude Hitlerista, e pareciam não se dar conta de todas as mudanças que nos cercavam. Kurt bocejou e Hans passava os olhos num recorte dobrado da página de esportes do jornal que ele escondera dentro da manga da camisa.

– Bom – prosseguiu o homem imenso. – É ótimo escutar suas fortes vozes alemãs me cumprimentarem esta manhã. Alguns de vocês já devem ter ouvido falar que o diretor Dietrich foi dispensado por não concordar com algumas das novas políticas de nossa escola. Sou seu novo diretor, Herr Munter. Este será um ano glorioso para nossa escola e nosso país. Acredito em altos padrões, trabalho duro e disciplina. Nosso *Führer* nos desafiou a purificar nossa nação de influências corruptoras, e isso vale para esta escola também. Analisei meticulosamente nosso currículo, e vocês gostarão de saber que as obras de radicais de esquerda e judeus já foram removidas das prateleiras da biblioteca.

Ele disse a palavra "judeus" de forma muito casual, embora, aos meus ouvidos, tenha soado como se a tivesse gritado a plenos pulmões.

– Além disso, fui desafiado a garantir que todos os rapazes de nossa escola se filiem à Juventude Hitlerista, e estou determinado a que alcancemos esse objetivo. Em sua vida diária, eu os alerto para que evitem as influências perniciosas, particularmente os judeus, que são a maior ameaça à nossa pátria.

Aí estava. Ele não dissera a palavra "judeus" apenas de passagem. Advertira cada garoto da escola a que nos evitasse, especificamente. Por um momento me perguntei se ele sabia que havia judeus na escola. Porém, em seguida, ele deixou que os olhos passeassem pela multidão até pousarem nos poucos garotos judeus no salão, um a um: Benjamin Rosenberg, Mordecai Isaacson, Jonah Goldenberg e Josef Katz. Rezei para que ele não me incluísse, mas, por fim, seus olhos com os pequeninos óculos redondos me encontraram também e sustentaram meu olhar.

Olhei para Kurt e Hans, sentados ao meu lado, mas eles estavam distraídos, como se aquele fosse apenas outro pronunciamento entediante.

– Agora, vamos encerrar cantando o hino nacional, *"Deutschland über Alles"*, seguido pela *"Horst Wessel"*. – Quando todos os rapazes começaram a cantar, mexi os lábios, mas mal conseguia produzir qualquer som que fosse. Os nazistas haviam recentemente acrescentado *Horst Wessel* como parte oficial do hino do país, e todos tinham de erguer a mão numa saudação a Hitler durante o primeiro e o quarto versos. Ergui o braço e o mantive no ar como os demais, mas senti que ele começava a tremer. Apesar de ter ficado mais forte, eu mal conseguia sustentar a saudação. O braço doía e tremia, até que finalmente a música acabou e eu pude abaixá-lo sobre o colo.

A volta do Mijão

Felizmente, Herr Boch não se esforçou para integrar os ideais nazistas em seus ensinamentos. Enquanto outras turmas estudavam biologia e tinham longas aulas sobre a pureza do sangue ariano *versus* o sangue judeu, africano ou cigano, Herr Boch se mantinha fiel ao conhecimento científico tradicional. Ele nos ensinou sobre o ganhador do Prêmio Nobel, o cientista Karl Landsteiner, que havia descoberto o sistema de grupos sanguíneos ABO, que dividiu os tipos de sangue em três categorias básicas: A, B e O.

– Mais tarde, Landsteiner acrescentou um quarto tipo, o AB – explicou Herr Boch.

Hermann Reinhardt, sentado perto de mim, ergueu a mão.

– Com licença, Herr Boch, mas Herr Landsteiner fez experiências com o sangue ariano ou usou outros tipos também?

– Não faço a menor ideia de quem era o sangue que ele utilizou.

– Acabei de ler num artigo no *Der Stürmer* que um cientista provou que ciganos e judeus têm sangue de rato nas veias. Eles então não teriam um tipo de sangue diferente?

— Qualquer cientista sobre o qual o *Der Stürmer* escreve provavelmente tem é o cérebro do tamanho do de um rato — respondeu Herr Boch. — Todo sangue humano é basicamente o mesmo.

Apesar da habilidade com que Herr Boch lidou com a pergunta, a questão do sangue ficou em minha mente. O *Der Stürmer* frequentemente publicava artigos pseudocientíficos sobre pesquisadores do sangue que estavam provando as teorias de Hitler de superioridade racial, assim como mitos medievais sobre judeus sequestrando crianças cristãs e bebendo seu sangue em estranhos rituais religiosos. Falava-se tanto sobre sangue que eu me perguntava se meu próprio sangue *era* de alguma forma diferente. Judeus, africanos e ciganos tinham pele mais escura que a dos arianos, então talvez eles realmente tivessem algum elemento mais escuro no sangue.

Hans e Kurt sabiam que eu era judeu, mas não pareciam se incomodar com isso, porque, como a maioria dos garotos, tomavam como exemplo os pais, que ainda não haviam se filiado ao Partido Nazista. A maioria dos outros alunos da escola era indiferente a mim. Minha aparência não judia ainda me ajudava a me isolar da perseguição diária que começava a seguir Benjamin, Jonah, Mordecai e Josef. A Matilha de Lobos, porém, me mantinha diretamente sob sua mira. O grupo crescera significativamente, e eu tomava o máximo de cuidado para evitá-los no pátio da escola e tentava ficar o mais próximo possível de Kurt e Hans. Porém muitos dias eu encontrava em meu armário pedaços de papel dobrados e enfiados ali com passagens antissemitas de *Mein Kampf,* como cartõezinhos cruéis.

Certa tarde, no intervalo entre as aulas, precisei ir ao banheiro. Quando coloquei a mão na porta para entrar, senti um empurrão por trás. Tropecei e caí no chão duro do banheiro. Os ladrilhos pretos e brancos do piso formavam um padrão de tabuleiro de xadrez, e eu acompanhei com o olhar os pequenos quadrados até uma fileira de sapatos que formaram um círculo ao meu redor.

– Você vem se saindo bem ao nos evitar – disse Gertz, entrando no banheiro e parando à minha frente.

Olhei para cima e vi que Julius, Franz e pelo menos quatro outros rapazes de várias séries me cercavam. Atirei-me em direção à porta, mas Julius e Gertz agarraram meus braços e me puxaram de volta, prendendo-os nas costas.

– *Halt!* – gritou Franz.

– Temos muitos membros novos que ainda não conhecem você – acrescentou Gertz, fazendo um gesto para os outros garotos no banheiro. – Deem uma boa olhada, rapazes. Por fora, ele se parece conosco, mas o sangue e o pau dele são totalmente judeus.

Esquadrinhei os rostos à minha volta, todos ávidos com a expectativa do que poderia acontecer em seguida.

– Deixem-me ir embora – falei, contorcendo-me em suas mãos. Flexionei os músculos e os surpreendi, assim como a mim mesmo, quando de fato libertei meus braços. Até aquele momento, eu não tinha completa noção do quanto estava mais forte desde a última vez que eles me haviam confrontado.

– Segurem-no!
– Não o deixem fugir!

Dei um passo para trás e ergui os punhos, assumindo o que esperava que parecesse uma posição de guarda convincente. Antes que eu pudesse desferir um soco, porém, Julius, Franz e

Gertz me agarraram novamente e seguraram meus braços com mais firmeza.

– Sem luta hoje, Mijão – sibilou Gertz no meu ouvido. – Inventamos um novo método de iniciação para nosso pequeno grupo. Cada membro deve batizar um judeu.

Ele fez um sinal para os garotos novos, que um a um foram entrando em um dos boxes e urinando no vaso sanitário. Eu ouvia os jatos enchendo o vaso. Quando os quatro se aliviaram na mesma privada, eles me viraram na direção do boxe.

– Hora do seu batismo.

Novamente eu me retorci e tentei me soltar, dando chutes enlouquecidos a esmo.

– Segurem-no! – ordenou Gertz.

Dois dos novos garotos agarraram minhas pernas e me levantaram, de modo que fiquei completamente na horizontal, como se estivessem carregando um tapete enrolado. Moveram minha cabeça na direção do vaso sanitário, que agora estava quase cheio. Os outros riam enquanto baixavam minha cabeça. Rapidamente prendi a respiração ao sentir o cabelo e o alto do rosto mergulharem na água. Fechei os olhos com força, apertando cada músculo e cada poro da minha cabeça para impedir que qualquer coisa penetrasse a pele. Eu os ouvi contar até dez acima de mim.

– *Eins! Zwei! Drei! Vier!...*

Quando chegaram a dez, acionaram a descarga e senti o rodamoinho quando a água limpa escorreu para dentro do vaso ao redor do meu rosto, e a água velha foi sugada. Meu cabelo se retorceu para dentro da boca de porcelana no fundo do vaso e depois subiu de volta quando a sucção da descarga cessou. Eles puxaram meu corpo para cima e me jogaram no chão, no meio do banheiro. Urina e água escorreram do meu cabelo para dentro dos meus olhos e pelo meu rosto. Tossi e cuspi, e eles riram. Senti vontade de vomitar, mas controlei a ânsia, sem querer lhes dar a satisfação. A raiva cresceu dentro de mim, não tanto em relação à Matilha de Lobos, mas a Max Schmeling. Se ele tivesse honrado o acordo, eu teria tido condições de me defender. Assim como Gertz e os outros, ele provavelmente decidira que eu e meu pai éramos judeus sujos.

– Bem-vindos ao clube – disse Gertz aos quatro novos rapazes. – Obrigado, Mijão – disse para mim quando todos saíam.

Aquela foi a última vez que usei o banheiro da escola.

Quase submerso

EM DEZEMBRO, SEIS MESES HAVIAM SE PASSADO DESDE O ACORDO. Das matérias nos jornais, eu sabia que Max estava de volta a Berlim havia diversas semanas. Quando vi mais uma foto na página de fofocas de Max e Anny saindo de um cinema a poucos quarteirões de nosso apartamento, dei-me conta de que ele nunca me procuraria. E minha adoração pelo herói transformou-se em pura amargura. Continuei com meu programa de treinamento, mas agora estava motivado pela raiva. Naquela manhã, enquanto cavava a pilha de carvão, imaginei-me arremessando cada pá cheia sobre ele. Decidi procurar outro professor e tornar-me um grande lutador, apesar de Max. Na minha mais exagerada fantasia, eu me imaginava tornando-me um adversário peso-pesado e derrotando o próprio Schmeling, com meus longos braços desferindo uma série rápida de socos. "Lembra-se de mim, Max?", dizia, elevando-me sobre seu corpo caído de bruços, ensanguentado. "Da próxima vez, talvez você honre seus compromissos." E eu tirava o cinturão de Campeão Europeu de sua cintura e o erguia bem alto sobre minha cabeça, ao som de aplausos ensurdecedores. Evidentemente que, para completar a fantasia, Greta Hauser encontrava-se sentada na plateia usando um suéter justo, esperando para pressionar seu corpo contra o meu.

No fim de fevereiro, não conseguimos mais continuar a pagar Frau Kressel. A notícia de sua partida provocou uma crise de choro em Hildy. Foi ainda mais difícil para minha mãe. No dia em que ela estava indo embora, minha mãe refugiou-se no banheiro e enfiou-se na banheira quente e não queria sair.

Meu pai estava na galeria quando Frau Kressel foi se despedir de mim e de minha irmã. Ela usava seu grande sobretudo e um lenço amarrado na cabeça. Hildy a abraçou como se não a quisesse soltar.

– Ouçam-me – disse Frau Kressel. – Vocês dois precisam se comportar bem, por mim. *Ja?* Karl, você é um homem agora, e deve cuidar de sua irmã e de sua mãe.

Assenti, mas no fundo, naquele momento, eu me sentia como um bebezinho. Senti inveja de Hildy, porque podia se enroscar nos braços de Frau Kressel e chorar.

– Sejam pacientes com sua mãe. Ela está passando por um momento difícil, mas ama vocês. Vocês dois são bons filhos. Vão ficar bem.

Nenhum de nós respondeu. Nós dois estávamos pensando. Não. Não vamos ficar bem! Como vamos nos arranjar? Quem vai cozinhar para nós? Quem vai fazer curativos em nossos cortes e arranhões? Quem vai comandar a casa?

Ela deu um último abraço em Hildy e então me abraçou e beijou minhas duas faces e minha testa. Em seguida, pegou sua pequena mala e deixou nosso apartamento. Hildy e eu ficamos parados em silêncio por um momento, como se esperássemos que Frau Kressel voltasse, mas isso não aconteceu.

Sempre que minha mãe entrava no banho, meu pai nos instruía para monitorá-la cuidadosamente, para ter certeza de que não adormeceria. Assim, a cada dez minutos, mais ou menos, um de nós batia à porta para ter certeza de que ela ainda estava acordada, e ela respondia com um *ja* em voz fraca.

Frau Kressel deixara sobre o fogão uma travessa grande de *Knödel*, coberta com um pano de prato branco e uma pequena tigela de molho ferrugem grosso. Ela sabia que os bolinhos de batata eram o nosso prato favorito de suas receitas da Bavária. Ela misturava apenas um pouquinho de queijo ralado às batatas amassadas antes de formar as bolinhas e jogá-las na água fervente. O queijo dava um discreto ardor à batata suave e amanteigada. Hildy e eu servimos nossos pratos e comemos em silêncio. Os bolinhos estavam tão lisos e cremosos que quase não era preciso mastigá-los. Porém naquela noite o sabor pareceu insípido e sem graça, e comemos sem qualquer prazer.

Após terminarmos o jantar, lavei os pratos, enquanto Hildy foi verificar nossa mãe novamente. Ela bateu à porta do banheiro, mas não houve resposta.

– Mamãe! Mamãe! – chamou ela, mas também não houve reação.

– Karl! – gritou Hildy.

Disparei pelo corredor e tornei a bater.

– Mamãe! – chamei.

Os olhos de Hildy encontraram os meus, e levei a mão à maçaneta. O banheiro estava cheio de vapor, e quando Hildy e eu entramos no espaço úmido e quente vimos nossa mãe deitada na banheira, o rosto quase submerso, com os olhos fechados. Fiquei chocado ao ver seus seios pequenos e redondos flutuando e rompendo a superfície da água, o cabelo castanho-claro suavemente rodopiando ao redor do pescoço e do peito, num movimento lento, como plantas aquáticas no fundo do mar.

– Mamãe! – gritou Hildy e correu para sacudi-la.

Sob o peso do toque de Hildy, o rosto de nossa mãe submergiu apenas por um momento, e ela engasgou e ofegou quando a água entrou pelo nariz. Seus olhos tremularam e se abriram. Corri e a empurrei, para que ficasse na posição sentada.

– Mãe, acorde! – falei.

Ela murmurou uma resposta inaudível.

– Ande, vamos tirá-la daqui.

Segurei-a pelas mãos e fiquei surpreso com sua brancura fria. Tentando ao máximo não olhar seu corpo nu, levantei-a da banheira.

– Pegue uma toalha – disse a Hildy.

Hildy enrolou a toalha nos ombros de mamãe, a água pingando pelo chão e sobre nós dois, enquanto tentávamos secá-la e vesti-la com o roupão. Quando a levamos de volta ao quarto, ela estava apenas meio acordada e oscilava de um lado para o outro pelo corredor, como uma sonâmbula. Fiz o máximo para mantê-la equilibrada em meu ombro. Finalmente, conseguimos colocá-la na cama e acomodá-la sob as cobertas. A pele de suas mãos estava inchada e enrugada, e me fez lembrar das rãs conservadas em formol que usávamos na aula de ciências.

Uma vez na cama, ela fechou os olhos e pareceu pegar no sono. Quando estávamos acabando de acomodá-la sob os cobertores, ouvi nosso pai entrar no apartamento.

– *Hallo?* – chamou ele.

Hildy e eu fomos ao seu encontro, os dois ainda molhados e pingando.

– O que é isso? Estão molhando o chão todo!
Hildy começou a chorar.
– O que foi?
– Mamãe dormiu na banheira e tivemos de tirá-la – falei.
– *Verdammt* – praguejou ele, entre dentes.
Ele atravessou o corredor com passadas largas, entrou no quarto e fechou a porta. Saiu alguns minutos depois e voltou para a cozinha.
– Hildegard, faça um chá para sua mãe. Karl, venha comigo.
Ele foi para o pequeno escritório adjacente à sala de estar e abriu a pasta. Então deslizou o zíper de um compartimento oculto, retirou um pacote embrulhado em papel pardo e amarrado com barbante e o colocou sobre a mesa.
– Tenho uma entrega para fazer hoje à noite. Como tenho que cuidar de sua mãe, você terá de fazer isso para mim.

A Condessa

Eu nunca havia feito uma entrega para o meu pai antes. Toda semana, ele e minha mãe imprimiam material para os clientes particulares na velha prensa da galeria. Eu sabia que aquelas páginas não tinham nada a ver com a galeria. Eles sempre mantinham o conteúdo escondido de Hildy e de mim. Envolviam as páginas em papel pardo e as entregavam pela cidade tarde da noite. Eu não conhecia nenhum de seus clientes. E meus pais tomavam sempre o cuidado de ocultar suas entregas, caso a polícia os parasse. A pasta de papai tinha um compartimento secreto fechado com zíper em uma das laterais, e minha mãe escondia suas entregas numa sacola de compras sob algumas frutas e um pacote ou dois de biscoitos salgados. À medida que as entregas se tornavam mais frequentes e mais reservadas, minha curiosidade aumentava. Agora eu finalmente poderia dar uma espiada nesse mundo secreto.

Quem quer que fossem, eu sabia que tínhamos sorte de ter os clientes dos serviços de impressão, porque os negócios da galeria estavam em declínio. Meu pai não fazia uma exposição desde a de Hartzel e só lidara com clientes particulares cuja intenção era comprar e vender peças específicas. A maioria de seus clientes eram judeus tentando liquidar suas coleções de arte e levantar dinheiro para deixar o país e colecionadores em busca de pechinchas buscando se aproveitar daquele mercado desesperado.

Meu pai entregou-me o pacote, que me pareceu uma simples pilha de papéis, umas cem folhas no máximo. Avaliei o peso em minhas mãos como se aquilo pudesse me dar uma pista sobre o que estava impresso nelas. Meu pai me ajudou a colocar o pacote na minha mochila, escondendo-o debaixo de uma pilha de livros escolares e papéis.

– Vá até o número catorze da Budapesterstrasse – instruiu-me ele. – Toque no apartamento três e pergunte pela Condessa.

Minha mente despertou com a lembrança do folheto rasgado com a mensagem sugestiva que eu encontrara no porão da galeria. Será que eu ia realmente encontrar essa mulher misteriosa?

– Condessa de quê?

– Apenas Condessa.

– E se ela não estiver?

– Dê algumas voltas no quarteirão e tente de novo; mas ela vai estar lá. A Condessa raramente sai. E está esperando a entrega.

– E se eu for parado? E se a polícia quiser ver o que está na mochila?

– Eles não vão querer.

– Mas e se quiserem?

– Diga-lhes que está fazendo uma entrega para uma pessoa que o abordou na estação de trem, e que só lhe deu alguns marcos para fazer a entrega.

– O que há no pacote?
– É melhor que você não saiba. Se for parado, não vai precisar mentir muito.
– Mas e se...
– Karl – interrompeu-me. – Faça o que estou mandando. Agora, quando chegar lá, não faça perguntas nem encare ninguém por muito tempo. Apenas deixe o pacote e saia.

Coloquei a mochila nas costas e saí. Uma vez na rua, olhei com cuidado em volta para ter certeza de que ninguém me observava nem me seguia. Uma estranha sensação elétrica me percorreu ao pensar que fazia parte de uma missão secreta. A maioria das pessoas que estava na rua àquela hora era de trabalhadores que retornavam às suas casas, garotos vendendo as edições vespertinas dos jornais e alguns poucos vendedores de frutas tentando se desfazer de suas últimas maçãs e peras. Fiquei tenso ao passar por uma dupla de policiais, mas eles nem me olharam.

Enquanto caminhava em direção à Budapesterstrasse, o céu passou do amarelo fosco do poente de inverno ao azul-cinzento do início da noite. O ar estava frio, e tentei soprar anéis com o vapor que saía de minha boca como se estivesse fumando um cigarro num filme de espionagem.

O pacote não estava pesado, mas eu o sentia nas minhas costas como se estivesse carregando um organismo vivo, pulsante, que me chamava, dizendo: "Abra-me e dê uma olhada. Eu não mordo." Minha mente dançava com as possibilidades. Talvez meu pai trabalhasse com um movimento de resistência monarquista liderado por uma condessa rica, e estivesse lhes fornecendo armamento e munição, e isso era um catálogo de sua mais recente linha de armas. Ou talvez a Condessa fosse uma figura do submundo, como um personagem de um filme de gângsteres de Jimmy Cagney, e os papéis eram algum tipo de jogo ilegal ou uma lista de preços de narcóticos.

O mais provável era que a Condessa fosse apenas outra colecionadora de arte e os papéis contivessem imagens de pinturas ou esculturas proibidas que meu pai tentava vender. Mesmo esse cenário tinha um ar de perigo e excitação. Meu pai era um negociante do mercado negro, vivendo fora da lei, e agora eu seria uma pequena peça da engrenagem em sua operação do submundo. Mas por que a Condessa não ia à galeria ou à nossa casa como os demais colecionadores?

O pacote continuava a se contorcer e a me chamar, até que a tentação ficou grande demais. Furtivamente, desviei-me para um beco, por trás de algumas latas de lixo, e abri a mochila. Meus dedos se contraíram quando puxei devagar a fita adesiva que selava o embrulho de papel pardo, com cuidado para não fazer nenhum rasgo e manter a fita sem dobras, para que eu pudesse colá-la de volta. As primeiras duas páginas estavam em branco, mas, quando as levantei, vi uma imagem que me pegou totalmente de surpresa. Era uma ilustração simples de duas pessoas dançando. O que tornava a imagem tão estranha era que as duas pessoas eram homens, com os cabelos penteados para trás, vestindo smokings. A legenda sobre a imagem dizia:

A CONDESSA APRESENTA OUTRO BAILE DE INVERNO PARTICULAR PARA OS BELOS RAPAZES DE BERLIM

Impressos abaixo da imagem dos homens dançando constavam a data, a hora e o endereço, com instruções de "Bata três vezes, *aguarde*, e depois bata mais quatro vezes para entrar no paraíso. Se esquecerem a batida, esqueçam o baile, rapazes!"

Minha garganta ressecou, e um profundo nó de náusea formou-se em meu estômago. Meu pai não estava contrabandeando armas nem tinha ligação com criminosos empolgantes como num filme de Jimmy Cagney. Ele estava de algum modo associado a homossexuais. Já era bastante arriscado ser judeu, mas associar-se com homossexuais nos colocaria sob um risco ainda maior. Nem judeus gostavam de homossexuais. Era o único ponto sobre o qual todos pareciam concordar.

Senti uma forte urgência de atirar as páginas no lixo, ir embora e deixar meu pai e os homossexuais lidarem com as consequências. Porém eu sabia que precisávamos do dinheiro. Com cuidado, fechei novamente o pacote, guardei-o de volta na mochila e retomei o caminho para o prédio da Condessa.

Quando toquei a campainha, uma voz estranha respondeu:

– Só um minuto, meu bem.

Minutos depois, a porta se abriu, revelando a Condessa, uma mulher alta, aproximadamente da idade de minha mãe, com impressionantes olhos azuis e cabelos louros platinados envoltos por um turbante extravagante. Vestia um longo robe de tecido branco com um estranho desenho geométrico azul e preto que descia e subia pela frente e que parecia vagamente egípcio. Acompanhei a estampa até o fim de suas pernas, que estavam cobertas por meias arrastão. Seus pés, relativamente grandes, estavam imprensados em sandálias douradas de salto alto.

– *Ja?* – disse ela.

– Tenho uma entrega para a Condessa.

– Sou eu. Entre, entre.

Ela fez sinal para que eu entrasse, e avancei pelo corredor pouco iluminado. Um cheiro estranho – pesado, doce e defumado – alcançou meu nariz.

– Ah, que adorável, Sig finalmente mandou um *garoto* de entregas – ronronou ela. Foi quando notei o pomo de adão subindo e descendo em seu pescoço e uma fraca sombra de barba sob a camada de maquiagem. Em seguida, observei alguns pelos esparsos na pele lisa do peito.

Fiz o melhor que pude para esconder meu choque e rapidamente retirei o pacote da mochila da escola e o entreguei à Condessa. Ela enfiou a mão por dentro da parte de cima do robe e puxou um rolo de notas que estava enfiado ali. Aceitei as notas, que, para minha aflição, estavam quentes e ligeiramente úmidas. Virei-me para sair, querendo fugir o mais depressa possível.

– Espere um minuto – disse a Condessa. Pensei em ignorá-lo, ou seria ignorá-la? Como se referir a essas pessoas? Ele, no entanto, pôs a mão no meu ombro. – Você é Karl?

Congelei. Como aquela pessoa sabia meu nome? Ele me virou de frente.

– Sim! – exclamou. – Tem de ser.

– Como sabe meu nome?

– A Condessa sabe tudo, *mein Liebster*.

Ele tocou meu queixo por baixo, estudando meu rosto. Seus modos haviam perdido todo pretenso flerte, e pareceu me examinar com sincero interesse, quase afeição.

– Você não parece muito com seu pai, mas vejo um pouco da expressão dele em seu rosto.

Sutilmente, afastei a cabeça para o lado.

— Como conhece meu pai? — perguntei, num impulso. Parte de mim temia ouvir a resposta.

— Ah, Sig e eu nos conhecemos de longa data. Ele nunca falou de mim?

— Não.

— Bem, ele é discreto de muitas maneiras, acho. E um grande homem, mas não conte que eu lhe disse isso. Não quero que fique convencido. Mas você *pode* lhe contar que eu disse que seu filho é um jovem notável.

Ele tocou meu rosto de novo, e instintivamente me esquivei da carícia. Não tinha a menor intenção de dizer nada a meu pai.

— Preciso ir.

Um jovem com cabelos louros curtos apareceu na outra extremidade do corredor. Vestia um roupão de banho na altura dos joelhos e parecia não ter nada por baixo. Segurava um prato de comida e chamou:

— *Komm*, Baby! Sua comida está esfriando!

— Certo, Fritz! Estarei aí em um minuto — respondeu a Condessa por cima do ombro. Enfiou de novo a mão por dentro da parte de cima do robe e puxou mais algumas notas. — Aqui, um extra para você.

Ele apertou o dinheiro na minha mão.

— Tenha cuidado aí fora — recomendou.

Saí do apartamento e cheguei à rua aos tropeços, sentindo-me tonto e enjoado. Como meu pai conhecia aquela pessoa? Será que papai era homossexual? Meus medos íntimos mais perturbadores sobre meu pai invadiram minha cabeça. Ele de fato tinha um jeito extravagante. Sempre achei que a echarpe de seda azul que ele adorava usar era muita afetação feminina. Ele representara artistas que pintavam nus masculinos. Se meu pai fosse homossexual, o que isso significaria para mim? Eu tinha sangue homossexual nas veias também? E minha pobre mãe? Ela tinha de sofrer a humilhação de ter um marido homossexual? Talvez essa fosse a razão para os seus "humores". Minha pele fervilhava sob os pontos onde a Condessa me tocara, e a raiva me invadiu contra meu pai, por ter me exposto àquele mundo.

Quando cheguei em casa, a frente do apartamento estava às escuras. Decidi apenas entregar o dinheiro a meu pai e ir direto para a cama. Ouvi vozes abafadas vindas da cozinha, o que melhorou ligeiramente meu estado emocional, porque significava que minha mãe provavelmente se levantara. Peguei o dinheiro, tomando o cuidado de guardar a gorjeta que a Condessa me dera, e fui para a cozinha entregá-lo a meu pai.

Então ouvi uma voz familiar, embora a princípio não conseguisse identificá-la. Parei e escutei. A voz era grave e masculina, e uma risada vigorosa estrondeou diante de algo que meu pai dissera. Devagar, segui pelo corredor. A voz ficou mais alta, mais clara e mais familiar, e meu coração acelerou. Entrei na cozinha e vi meu pai sentado com Max Schmeling à mesa, tomando chá. Fiquei tão chocado ao vê-lo que literalmente emudeci de susto, momentaneamente incapaz de me mover ou de falar.

– Ah, aí está ele – disse meu pai. – Aprontando por aí novamente, Karl?

Max levantou-se, e sua altura e a pura força física de sua presença me assombraram. Ele estendeu a mão.

– Karl, que bom revê-lo.

Eu estava tão pasmo que estendi a mão em que levava o dinheiro dobrado. Max riu.

— Está tentando me pagar! Isso é bom. Um treinador deve ser bem pago.

Meu pai riu, estendeu a mão e pescou as notas que eu trazia.

— Karl estava justamente pegando o dinheiro que eu deixara na galeria.

— Olá, Herr Schmeling — falei, finalmente apertando sua mão.

— Devo-lhe desculpas — disse ele. — Fiquei tão envolvido na preparação da luta com Uzcudun e em outras coisas que esqueci completamente nosso acordo. Anny lembrou-me porque esta semana finalmente penduramos meu retrato pintado por Grosz em nossa casa de campo. Ainda está interessado nas aulas?

PARTE II
1935-1937

"Para realmente ter êxito no ringue, o pugilista deve viver para o esporte. Você deve treinar para comer, dormir e respirar boxe, não importa o que mais esteja acontecendo em sua vida."

Helmut Müller, *Fundamentos de boxe para garotos alemães*

O Clube de Boxe de Berlim

A NÉVOA SUBIA DAS RUAS DE PARALELEPÍPEDOS ENQUANTO EU seguia meu caminho ao longo de uma série de altos edifícios industriais na margem do rio Spree. Enquanto andava, apalpava ansiosamente um papel com o endereço do Clube de Boxe de Berlim, embora eu havia muito já o tivesse decorado. Algo naquele papel me dava segurança, como uma espécie de passe de mágica. Aquele era um bairro violento. Lixo, estrume de cavalo e vidros quebrados enchiam as sarjetas, e os ratos corriam pelos becos entre os prédios. Apesar de intimidado pelo ambiente, ele também me estimulava e me enchia de uma ansiedade vibrante em relação ao tipo de homem destemido que eu me tornaria por meio do meu treinamento de boxe.

Finalmente cheguei ao prédio de tijolos de uma antiga fábrica que ocupava metade de um quarteirão da cidade. O Clube de Boxe de Berlim ficava no último andar. Vidros foscos entremeados com fios de aço cobriam as janelas, de modo que eu só conseguia ver vagas sombras de atividade no interior. Uma tecelagem que fabricava cobertores de lã ocupava os três primeiros andares, e enquanto eu subia as largas escadas de ferro, ouvia o chiado alto de teares e as pancadas graves e repetidas de mecanismos que transformavam panos rústicos em tecidos finos. Cheguei ao último andar e parei diante da porta, que ostentava letras douradas desbotadas:

**CLUBE DE BOXE DE BERLIM
FUNDADO EM 1906
APENAS PARA SÓCIOS**

Tentei ouvir o que se passava lá dentro, mas os sons das máquinas nos outros andares abafavam todos os outros ruídos. As pancadas mecânicas pareciam acompanhar as batidas do meu coração no momento em que respirei fundo e abri a porta.

Lá dentro, o lugar fervilhava de atividade. Dois ringues de boxe de tamanho oficial dominavam o centro do salão principal. Em cada um deles, pares de homens treinavam sob os olhos vigilantes dos preparadores. Em um dos cantos havia uma fileira de sacos de pancadas e sacos pera, e do outro lado estavam os equipamentos de levantamento de peso e halteres, com homens treinando em todas as áreas. Pôsteres e fotografias de lutadores do passado e do presente forravam as paredes. Alguns dos pôsteres datavam do início do século e mostravam lutadores com bigodes esquisitos, de pé, com os punhos nus em posição de guarda, enquanto outros exibiam campeões recentes, incluindo Jack Dempsey, Gene Tunney, Max Dieckmann e, é claro, Max Schmeling.

O som de homens golpeando sacos pera e pulando corda misturava-se com os grunhidos guturais de esforço, numa estranha sinfonia primitiva. O lugar também tinha um odor animal muito claro que era quente e úmido, como um açougue num dia de verão.

Perambulei lá dentro alheio ao homem calvo e baixo sentado atrás de um balcão perto da porta, mordiscando o toco de um charuto. Ao lado dele, um homem enorme, com a cabeça grande e olhos pequenos, dobrava toalhas. Um imenso lutador coberto de suor estava encostado no balcão, bebendo água de uma jarra. Parecia ter acabado de encerrar uma sessão de treino. O homem baixo com o charuto me chamou, com um forte sotaque polonês:

— Onde pensa que vai?

— Estou aqui para lutar boxe.

— Você é sócio?

— Não, mas...

— Não achei que fosse. Olhe, você é muito novo para este clube. Não temos um programa juvenil aqui. Este clube é para lutadores de verdade.

— Eu podia palitar os dentes com este garoto, não acha, Worjyk? — disse o lutador para o careca, com uma risada.

— Podia — concordou Worjyk —, ou dobrá-lo e limpar a bunda com ele.

— Não, ele é fino demais para servir de papel higiênico.

Worjyk e o lutador riram ainda mais alto. O terceiro homem que dobrava toalhas balançou a cabeça com um sorrisinho. Meu rosto queimava. Eu esperava que meu treinamento tivesse acrescentado bastante massa à minha estrutura para passar por "normal", mas ainda era tão magro quanto um trilho de ferrovia.

— Eu vim me encontrar com...

— *Verschwinde!* — disse Worjyk, gesticulando com seu charuto na direção da porta. — Não tenho tempo para isso!

Worjyk virou-se para continuar a conversa com o lutador. O homem alto de cabeça grande que dobrava as toalhas finalmente falou. Apesar de seu tamanho, tinha uma voz suave e gaguejava um pouco.

— E-e-existem academias para jovens com programas de boxe. Você deveria encontrar u-u-uma.

Corri os olhos pelo clube, tentando encontrar Max, mas ele não estava ali. Não podia acreditar que ele me abandonara outra vez. Virei-me para sair, e, no exato momento em que estendi a mão para a porta, Max entrou, carregando uma pequena bolsa de ginástica. Quando o lutador recostado no balcão viu Max, imediatamente se endireitou, assumindo uma posição quase de sentido, e o rosto de Worjyk se abriu num sorriso.

— Max, bem-vindo.

— Bom ver você, Worjyk.

Os dois homens trocaram um aperto de mãos. O outro lutador ofereceu a mão a Max, e eles se cumprimentaram também.

— Herr Schmeling, é uma honra.

— Vai treinar conosco novamente, Max?

— Treinar e ensinar — respondeu Max. — Vejo que conheceram meu *protégé*, Karl. Ele vai ser o próximo Campeão Alemão Juvenil.

Ele pôs a mão no meu ombro e me senti inflar como se meu corpo estivesse sendo içado por uma roldana.

— Estávamos exatamente dando-lhe as boas-vindas — mentiu Worjyk.

– Ótimo – disse Max. – Preciso que ele seja matriculado agora mesmo. Ele vai treinar aqui.
– Sem problemas, Max.
Max dirigiu-se ao grandalhão que dobrava toalhas.
– Neblig, providencie um armário e equipamentos para Karl.
– C-c-c-claro, Max.
Neblig aproximou-se e me acompanhou até o vestiário, à esquerda da entrada. Ele me levou ao meu próprio armário e me deu uma chave, uma toalha e fita; presumi que fosse para envolver minhas mãos. No fim da fileira de armários havia um cesto de metal enferrujado, transbordando de toalhas brancas usadas. Algumas exibiam manchas de sangue rosadas, e pensei: *Aqui, homens de verdade se desafiam. Homens de verdade não têm medo de sangrar.*
– Desculpe – falei –, eu devo trazer minhas próprias luvas?
– E-e-e-les não permitem lutas sem l-l-l-luvas – respondeu Neblig com uma risada. Agora até o zelador estava debochando de mim. Amaldiçoei-me por não ter me lembrado das luvas. Acho que presumi que haveria muitas delas à disposição. Eu certamente não queria pedir nada a Max; ele já estava sendo muito generoso só por vir.
– Há algum lugar onde eu possa comprar...
– A-a-a-a-aqui não. Você tem de ir a uma loja de artigos e-e-e-esportivos.
Neblig percebeu minha decepção e foi até um pequeno armário de zelador perto de nós, cheio de vassouras, esfregões, baldes e outros artigos de limpeza. Afastou algumas caixas de sabão em pó na prateleira mais alta e tirou um velho par de luvas de boxe.

— T-t-t-tome — disse ele, jogando-as para mim. Peguei as luvas e senti o couro marrom rachado, macio e duro ao mesmo tempo. Não eram um brinquedo, mas instrumentos de luta.

— E-e-este é meu par antigo.

— Quanto quer por elas?

— Posso emprestá-las a v-v-v-você. B-b-b-basta lembrar-se de mim quando for um campeão, *ja*?

— Obrigado — falei, olhando-o nos olhos com um aceno sério de cabeça. — Vou me lembrar. Sou Karl — apresentei-me, estendendo a mão.

— Pode me chamar de Neblig — respondeu ele enquanto nos cumprimentávamos.

Neblig voltou ao armário, pegou uma vassoura e foi trabalhar, varrendo o chão perto dos banheiros. Nervoso e agitado, meti as luvas debaixo do braço e fui para o salão principal, imaginando o que aprenderia primeiro. Talvez Max demonstrasse como usar corretamente o saco pera. Ou quem sabe me mostraria como treinar com os pesos. Ou começaria testando meu domínio nos trezentos. Esse pensamento me encheu de ansiedade, pois ainda estava bem longe desse número. Encontrei Max de pé, ao lado de um dos ringues de boxe, onde dois homens treinavam. Max gritava palavras de aprovação e comentários enquanto os homens giravam um em torno do outro, trocando socos.

— Muito bem, Johann, dê-lhe aquele jab. — Max viu que eu me aproximava. — Ah, Karl, venha dar uma olhada. Veja como Johann rodeia seu adversário. É um bom jogo de pernas. Muita gente vai às lutas só para ver os socos, quando a verdadeira ação acontece nas pernas. Observe os pés dele por alguns momentos.

Observei os dois lutadores e tive dificuldade para não me concentrar nos socos sendo desferidos e bloqueados. Seus braços musculosos moviam-se rapidamente para a frente e para trás, buscando uma abertura e retornando para defender o corpo. Porém, quando voltei a atenção para baixo, vi que seus pés estavam engajados numa batalha própria, rodeando e esquivando com deliberação surpreendente, quase como se se dedicassem a uma espécie de dança.

– Em quantas lutas você já esteve? – perguntou-me Max.

– Lutas de boxe? Nenhuma.

– Não. Quero dizer lutas de verdade. Brigas com outros garotos no pátio da escola.

Analisei a pergunta. Na verdade, eu nunca tinha me envolvido em uma briga. Max sabia que eu havia sido surrado pela minha aparência na noite em que me conheceu. Mas eu não consideraria aquilo uma luta, porque eu não reagira.

– Na verdade, nenhuma.

– Então temos de colocá-lo para lutar neste instante – disse Max.

Ele tocou o gongo preso na lateral do ringue, e os dois homens pararam de treinar.

– Ei, Johann! – chamou ele o mais baixo. – Você se incomodaria de deixar Karl subir no ringue com você por alguns minutos?

Johann era um lutador esguio, de cabelo louro escuro e um grande nariz torto para um lado, que parecia ter sido quebrado mais de uma vez.

– Claro que não, Max – respondeu ele enquanto o outro homem deixava o ringue.

– Está brincando, certo? – falei.

– Não – respondeu Max. – Quero ver que tipo de instintos você tem. Vista suas luvas e eu vou lhe arranjar um protetor bucal.

Max afastou-se na direção do vestiário.

Instintos! Meu único instinto era correr e me esconder ou chorar. Não podia acreditar que ele estava me colocando no ringue. E o sujeito, Johann, não era outro garoto; era um homem adulto, um pugilista de verdade. Eu tinha certeza de que ele começaria o treinamento pedindo-me que demonstrasse meu domínio dos trezentos, ou que pulasse corda e aprendesse como golpear os sacos de pancadas – não que lutasse de fato. Meu corpo gelou. Era tudo que eu podia fazer para impedir meus dentes de bater e meus joelhos de tremer, como um personagem de desenho animado apavorado.

Observei os músculos ondularem nas costas de Johann quando ele ergueu uma garrafa, tomou um gole e cuspiu num balde de metal colocado num dos *corners* do ringue. Olhei seu rosto bem de perto e, além do nariz quebrado, ele tinha duas cicatrizes visíveis, uma no queixo e a outra na testa. Eu era uns cinco centímetros mais alto que ele, mas tinha a sensação de que ele ia me destruir com um único soco.

Max voltou e entregou-me um pequeno protetor bucal feito de borracha preta.

– Aqui, ponha isto e suba no ringue.

– Mas não sei lutar boxe – sussurrei.

– Existe uma arte do boxe e muitas técnicas para aprender, mas, no fim das contas, lutar boxe é lutar, pura e simplesmente. Certo, Johann? – Max piscou o olho para o lutador, que assentiu com a cabeça para ele.

Vários homens no clube pararam o que estavam fazendo e se reuniram ao redor do ringue para assistir.

Empurrei o protetor bucal para dentro da boca. O gosto era amargo.

– Fique mordendo isso, mas não force demais, ou vai ter dor de cabeça – avisou Max. Tentei diminuir a força da mordida no protetor, mas minha mandíbula continuava a apertar num pulsar nervoso, como se mordendo eu pudesse afastar a tensão.

Icei-me até a borda externa do ringue e tentei passar meu corpo magricela entre as cordas. Não era tão fácil quanto parecia. Enfiei a cabeça sob a corda superior e puxei o corpo para o outro lado. Entretanto, meu pé ficou preso na corda inferior quando eu estava quase lá. Perdi o equilíbrio e cambaleei para dentro do ringue, caindo de cara na lona. Tentei amortecer a queda com as mãos enluvadas, mas acabei acertando o balde de cuspe, que derramou para todo lado. Os homens riram.

– Bem, Max, ele derrubou o balde sem qualquer problema – disse um deles.

– Vamos chamá-lo de Karl Chuta o Balde! – gritou Worjyk, do balcão.

– Que tal Garoto do Balde? – gracejou outro boxeador. Mais risadas.

Quase vomitei com a humilhação. Depois de ser apelidado de Mijão pela Matilha de Lobos, não dava para aguentar outro apelido aviltante. Neblig apareceu com seu esfregão, limpou a bagunça e colocou o balde no lugar. Ele viu o medo em meu rosto.

– N-n-n-não se preocupe – sussurrou ele. – Você vai se sair bem.

Ele desceu do ringue e fiquei sozinho, encarando Johann, que esperava por mim no centro do ringue, com ar sério. Ele assentiu com a cabeça e fez um gesto para que eu me aproximasse.

– Entre lá e mantenha as mãos elevadas – disse Max. – Tente acertá-lo sem deixar que ele o acerte. Na verdade, tudo se resume a isso.

Andei até o centro do ringue como um prisioneiro se aproxima da forca. Tentei dizer a mim mesmo que apenas treinaríamos e que ele não tentaria me nocautear de verdade. Porém eu estava morto de medo de me machucar. Da última vez em que fui atingido por um soco, levara semanas para que as contusões cicatrizassem completamente.

Finalmente encontrei Johann no centro do ringue. Max tocou o gongo e Johann adotou uma posição de combate.

– Levante as mãos! – gritou Max.

Ergui as mãos e Johann começou a se mover ao meu redor. O que eu devia fazer? Meu corpo congelou do mesmo modo que acontecera quando me preparara para lutar com Franz.

– Agora, tente atacar! – disse Max.

Johann me rodeou, observando-me atentamente por trás de suas luvas erguidas, esperando que eu fizesse um movimento. Os homens em volta do ringue vaiavam e gritavam palavras de incentivo:

– Vamos lá! Queremos ação! Vamos, *Balde de Cuspe*, lute! Entre na luta! Queremos o dinheiro de volta!

Meu coração galopava dentro do peito, e gotas de suor brotavam em minha testa. De alguma forma, meu corpo atirou-se para a frente e, reunindo toda a minha determinação, desferi um soco de direita em Johann. Mirei diretamente em seu peito, mas ele estava se movendo, então mal tocou a lateral de seu braço. A plateia rugiu.

– Bom! – disse Max. – Ataque!

Movi-me de novo na direção dele. Dessa vez, cronometrei melhor o soco, que acertou perto do centro do seu corpo. Johann foi capaz de afastar o soco facilmente, mas pelo menos eu havia chegado mais perto do alvo.

Antes que eu pudesse pensar, Johann veio na minha direção e, num piscar de olhos, lançou dois socos rápidos, um acertando meu braço esquerdo e o outro, a lateral do abdome. Sabia que ele não estava usando toda sua força, mas os socos tinham força suficiente para me fazer cambalear para trás, tropeçando em meus pés. Tentei desesperadamente me equilibrar e consegui me manter de pé. Sentia pequenas aguilhoadas onde os socos haviam acertado, mas minha adrenalina estava sendo bombeada tão depressa que não registrei dor nenhuma. Os homens gritavam:

– Mantenha as mãos no alto!

Levantei novamente as mãos bem a tempo. Johann veio para cima de mim com outra combinação de socos. O primeiro mirou minha cabeça, mas consegui bloqueá-lo. Os dois seguintes foram jabs no meio da barriga, que expulsaram todo o ar dos meus pulmões. Engasguei alto e os homens em volta do ringue riram enquanto eu lutava para voltar a respirar. Minhas entranhas doíam, e eu tinha a sensação de que havia alguém sentado sobre meu peito e minha barriga. Examinei os rostos que gargalhavam ao redor do ringue.

Então, algo aconteceu. Em vez de ficar mais assustado, fiquei com raiva. O sentimento cresceu dentro de mim como uma chaleira de água fervente até me lançar na direção de Johann como um jato de vapor quente.

O sorrisinho de Johann se desfez num olhar de surpresa quando me aproximei e comecei a socar feito doido. Nenhum dos socos o acertou de fato, mas ele tinha de movimentar constantemente as mãos para se defender. Ele afastou-se de mim e rapidamente contra-atacou com dois golpes que atingiram meu corpo, embora eu mal os tenha sentido. Desferi outro soco, e dessa vez senti um de meus punhos penetrar suas defesas e realmente atingir-lhe o corpo. Nunca esquecerei a sensação desse soco, quando meu punho se conectou com sua carne exposta e ela cedeu apenas um pouco. Muitas vezes eu ouvira falar sobre a "conexão" do soco com o alvo, e finalmente entendi o que isso queria dizer. O soco tinha massa e peso, e uma maravilhosa vibração elétrica desceu pela minha mão e por todo o meu corpo quando senti seus músculos se retesarem. Ele chegou a soltar um pequeno grunhido.

A plateia soltou um alto OOHH! e gargalhou.

Instantaneamente, Johann avançou e desferiu dois socos rápidos, um deles num dos lados do meu rosto. Até aquele momento, ele ainda não havia mirado do meu pescoço para cima, e o soco jogou minha cabeça bruscamente para trás. Cambaleei para trás, mas novamente consegui me manter de pé. Vi quando ele veio na minha direção, e sabia que minhas mãos estavam abaixadas e eu me achava completamente exposto. Mas então notei algo maravilhoso. Eu não estava com medo. Estava pensando: *Levante as mãos e mexa-se.* Quando Johann estava prestes a avançar novamente, Max tocou o gongo e Johann baixou as mãos.

O público soltou um gemido de decepção.

Meu coração batia tão rápido que pensei que fosse saltar do peito.

Johann veio até mim e pôs a luva em meu ombro.
– Nada mau, garoto. Você me acertou um soco de verdade.
– Muito bem – disse Max quando me aproximei. – Você tem um bom jab natural. Tem gente que nunca aprende isso. Como se sente?
– Bem – respondi, tão sem fôlego que era difícil proferir qualquer palavra.
– Você sabe quanto tempo ficou lá dentro com ele?
Como eu não tinha a menor ideia, tentei adivinhar:
– Três minutos?
– Três minutos? – Max riu. – Cerca de cinquenta segundos.
Eu não podia acreditar. Parecia que eu ficara ali dentro uma eternidade.
– Cada segundo no ringue parece um minuto, e cada minuto pode parecer uma hora. É por isso que o condicionamento é tão importante para um boxeador – explicou. – É um teste de resistência. Hoje você aprendeu uma lição muito importante sobre levar socos. Muitas pessoas vão lhe dizer que a primeira coisa que deve aprender é como levar um soco. Porém, acredito que a primeira coisa que deve saber é que você pode levar um e sobreviver. Um soco não vai matá-lo. Dominar o seu medo é o primeiro passo para se tornar um grande lutador.
Ele tirou um pequeno livro vermelho do bolso de trás e me entregou. *Fundamentos de boxe para garotos alemães*, de Helmut Müller.
– Este livro vai ajudá-lo. Mas lembre-se: não se pode aprender a lutar num livro. A experiência é o melhor professor. Leia o livro para conhecer o básico, e da próxima vez vamos aprender algumas técnicas.

A caixa de Pandora

NAQUELA NOITE, FLUTUEI DO CLUBE PARA CASA. NÃO SÓ EU NÃO tinha fugido ou molhado a calça como um covarde, mas aguentado socos e acertado um. Eu entrara num mundo novo, um mundo de homens e guerreiros. Era o *protégé* de Max Schmeling. E o sonho de me tornar campeão alemão juvenil começou a se cristalizar em minha mente.

Quando cheguei em casa, fui direto para o porão encher de carvão a caldeira de calefação. Cavei a pilha de carvão com entusiasmo, e entrei num ritmo tranquilo no movimento da pá, repassando na cabeça todos os acontecimentos do dia.

– De volta ao trabalho, Vulcano? – chamou a voz de Greta por trás de mim.

Virei-me e deparei com ela segurando uma grande caixa de papelão que havia retirado do depósito de sua família. Usava um suéter cinza justo e sua bela trança loura caía sobre um dos ombros. Embora geralmente a visão de Greta me fizesse tagarelar coisas sem sentido, naquela noite eu me sentia calmo e confiante. Desde nosso último encontro, eu estudara mitologia grega.

– Prefiro ser chamado de Hefesto – respondi. – Os gregos são sempre melhores que os romanos.

– Ah, é mesmo? – disse ela.

Como minha adrenalina e testosterona estavam a toda, caminhei corajosamente na direção dela.

– É, você sabe que Hefesto criou a primeira mulher, não sabe?

– Hera? – perguntou ela, um pouco insegura.

– Hera era uma deusa, a esposa de Zeus. O que estão lhe ensinando naquela sua escola? Estou falando de Pandora.

– Ah, tem razão – disse ela, recuperando o controle.

– Zeus ordenou a Hefesto que criasse Pandora para punir os homens por terem roubado o segredo do fogo. Portanto, se sou Hefesto, acho então que você é Pandora. Ela também tinha uma caixa – eu disse, apontando para a caixa de papelão que ela levava. – A caixa dela libertou todos os males da humanidade: vaidade, ganância, inveja, luxúria...

Olhei em seus olhos.

– E então? – perguntei.

– Então o quê?

– O que tem na caixa?

– As calças de inverno do meu pai.

– Não são exatamente todos os males da humanidade.

– Bem, algumas das calças dele são feias mesmo – disse ela. – Então acho que são um mal.

Nós dois rimos.

– O que você está fazendo aqui embaixo? – perguntou ela.

– Treinando.

– Treinando empilhamento de carvão?

— Não, é treinamento de força. Max Schmeling está me ensinando a lutar boxe, e esta é a parte do treinamento para deixar em forma a parte superior do meu corpo.

Finalmente. Eu vinha esperando uma oportunidade para me gabar da minha nova vida de lutador. Com certeza isso iria impressioná-la.

— Lutar boxe? Por que você iria querer fazer isso?

A pergunta dela me pegou tão desprevenido que por um instante não soube o que responder, então fiquei ali, olhando para ela.

— Muitos homens lutam boxe — consegui dizer enfim.

— Muitos homens burros.

— Como é?

— Correr ao redor de um ringue, um tentando acertar o outro. Parece bastante idiota para mim.

— O boxe é um esporte nobre.

— O que há de tão nobre nele?

— Os pugilistas lutam com honra, técnica e coragem.

— Lutas organizadas não fazem sentido para mim — disse ela. — Por que você se deixaria ferir sem necessidade? E por que ia querer ferir uma pessoa inocente de quem você nem está com raiva, que você nem conhece?

Novamente, não consegui encontrar uma resposta. De algum modo, eu perdera o controle da conversa. Comecei a sentir o estranho constrangimento que sempre senti perto dela.

— Eu não esperava que uma garota entendesse.

— Entendo mais do que você pensa, Karl.

— Ah, é?

— É.

— Como o quê, por exemplo? — perguntei, fazendo um grande esforço para manter a calma.

— Como entendo o quanto você quer me beijar — respondeu ela com um olhar malicioso.

Ela realmente dissera aquilo? Senti o calor da caldeira nas minhas costas se espalhar por todo o meu corpo. Ela me fitava com um sorrisinho divertido, e o suor se formou nas costas da minha camisa. Antes que eu pudesse pensar em algo para dizer, ela deu um passo à frente e me deu um beijo rápido na boca.

CLANG!

Nos afastamos num salto quando a pá que eu estivera segurando caiu no chão. Nós dois rimos e Greta largou no chão a caixa que carregava, inclinou-se e nos beijamos de novo. Foi um beijo quente e molhado, e, exatamente como o soco que eu acertara em Johann mais cedo, provocou um frêmito elétrico pelo meu corpo.

Ela passou os braços ao meu redor, acariciando minha nuca. Penas de ganso desceram pela minha espinha e nossos beijos ficaram mais intensos quando ela pressionou o corpo contra o meu, tão perto que eu podia sentir a pulsação do meu coração batendo contra o dela.

Nós dois respirávamos pesadamente. Então ouvi a respiração dela ficar ainda mais rápida, e o som atingiu meus ouvidos de um modo estranho. Por um momento, achei que ela pudesse estar ofegante, mas então percebi que era o som de *outra pessoa* respirando. Greta deve ter ouvido também, porque nós dois paramos de nos beijar e escutamos. E ali estava: o som claro de uma respiração ofegante.

Viramo-nos e vimos Herr Koplek, de pé em meio às sombras na entrada da sala da caldeira.

— Não parem por minha causa — disse ele com um sorriso maldoso.

Uma expressão de pânico passou pelo rosto de Greta.

— Estou gostando do espetáculo — continuou ele.

Rapidamente Greta apanhou a caixa a seus pés e passou correndo por Herr Koplek, subindo as escadas. Ele a observou subir, os olhos fitando firmemente suas nádegas. Ele soltou uma risada rouca.

— Bonita. Muito bonita.

Senti uma imensa vontade de socar a cara gorda e vermelha de Herr Koplek. Dei um passo na direção dele, mas algo me segurou. Um aviso disparou em minha cabeça. Eu sabia que ele poderia me arranjar problemas sérios. Ou seriam meus antigos instintos covardes fazendo-me recuar? Antes que eu pudesse deliberar muito mais, ele voltou para o seu quarto e fechou a porta, como uma cobra rastejando de volta à cova na terra lamacenta do jardim.

Greta e eu não nos encontramos por uma semana. Como frequentávamos escolas diferentes, as chances de nos vermos eram limitadas a encontros casuais em nosso prédio, e eu imaginei que ela não ousaria se aventurar no porão de novo. Ambos sabíamos que eu não poderia cortejá-la publicamente. Mesmo antes dos nazistas, gentios raramente namoravam judeus. E agora os jornalecos de propaganda nazista publicavam constantemente histórias supostamente verídicas sobre homens judeus pervertidos que se aproveitavam de meninas arianas puras. E se ela se arrependesse de ter me beijado e nunca mais falasse comigo?

Pensei em enfiar um bilhete por baixo da porta de seu apartamento, mas fiquei com medo de que fosse interceptado. No dia seguinte ao beijo, ao descer as escadas, passei por ela entrando no prédio com a mãe. Meu coração disparou em meu peito, mas ela olhou para os pés e nossos olhos não se encontraram.

Alguns dias mais tarde, fiquei esperando por ela no caminho de volta da escola, virando a esquina do nosso prédio perto da Greenberg's Suprimentos de Arte, uma loja de materiais para desenho e pintura. Quando finalmente ela se aproximou, estava com outra menina. Seus olhos se arregalaram ao me ver, mas, embora eu tenha tentado fazer um sinal com os olhos, ela olhou para baixo e passou direto. Um ronco amargo formou-se na boca do meu estômago enquanto a observava afastar-se pela rua. Queria gritar seu nome, mas a voz ficou presa em minha garganta. Eu já tivera minha resposta: ela não queria nada comigo. Foi então que ouvi:

– Esqueci. Tenho de comprar algumas penas de caneta. Vejo você amanhã, Liesel.

– OK, Greta. *Auf Wiedersehen.*

A amiga continuou e Greta virou-se e voltou em minha direção. Silenciosamente, fez sinal para que eu a seguisse até a Greenberg's.

No interior da loja, o velho Herr Greenberg estava atrás do balcão, arrumando uma vitrine de pincéis. Judeu religioso, Herr Greenberg usava sempre o mesmo terno preto surrado e um quipá. Seu corpo era permanentemente curvado, e ele tinha uma longa barba grisalha e olhos cansados, mas gentis. Eu era um cliente regular e ele acenou para mim quando entrei.

– *Guten Tag*, Herr Stern. Quer ajuda para encontrar algo?

– Só estou dando uma olhada.

Greta fingiu olhar uma vitrine de blocos de desenho no fundo da loja. Fui até ela, do modo mais natural possível.

Andamos juntos até o fim do corredor, onde as prateleiras altas nos ocultavam da vista de Herr Greenberg. A raiva ainda fervia dentro de mim pelo fato de ela vir me ignorando. Uma coisa era ela não querer ser minha namorada, mas podia ao menos ter a decência de me tratar como um ser humano. Enquanto tentava encontrar as palavras para expressar meu ultraje, ela se inclinou e beijou-me rapidamente nos lábios.

– Desculpe-me não ter podido falar com você – disse ela.
– Você costumava ao menos me dizer oi.
– Eu sei. Mas estou com medo. Meu pai é muito rígido, e Herr Koplek pode ter contado algo a ele sobre nós.
– O que quer dizer?
– Do nada, no dia seguinte ao nosso beijo, meu pai perguntou se eu andava conversando com rapazes. Respondi que não, mas ele disse que não queria que eu conversasse com rapazes estranhos.
– Não sou um estranho.
– Bem, talvez um pouco – brincou.
– Isso é porque minha família é judia?
– Eu nem sabia disso.

Minha mente congelou de repente. Não podia acreditar que eu acabara de deixar escapar que era judeu, porque normalmente tentava ao máximo ocultar o fato. Eu já me sentia tão à vontade em relação à Greta, como nunca me sentira com ninguém. Agora eu podia ter arruinado tudo.

– Não sabia que eu era judeu?
– Não. – Ela balançou a cabeça.

Tentei ler sua expressão, mas não consegui decifrar o que ela estava pensando.

– Isso faz diferença? – perguntei, prendendo a respiração.

– Não para mim – respondeu ela, com um sorriso leve. – Mas faria para os meus pais. Olhe, não sei se meu pai sabe algo sobre você. Nem tenho certeza de que ele sabe que algo aconteceu. Mas Herr Koplek tem olhado para mim de um jeito engraçado desde que nos surpreendeu no porão, e meu pai disse algo para mim bem no dia seguinte. Isso é estranho demais para ser só coincidência. Qualquer rapaz é um estranho para o meu pai. Somos católicos e ele não me quer conversando com rapazes luteranos também.

– Então é isso? – minha voz se elevou. – Não vamos mais nos ver?

– Fale baixo! – sussurrou ela.

– Vocês precisam de ajuda para encontrar algo aí atrás? – chamou Herr Greenberg da frente da loja.

– Não, está tudo bem – eu disse.

– Só precisamos ter cuidado – prosseguiu ela. – Tenho aula de piano às terças-feiras à tarde na casa de uma senhora perto da minha escola. Você poderia me encontrar no parque, do outro lado da rua. Ninguém nos veria lá.

Minha frequência cardíaca subiu com o fato de ela querer me ver de novo e com a perspectiva de encontros secretos. Ela me beijou de novo, mas, antes que eu me empolgasse, ela escapou.

– Preciso ir agora. Encontre-me na terça, às quatro da tarde, no parque em frente à minha escola.

Ela pegou um pacote pequeno de penas e pagou na saída.

Fui até a janela e a observei descer a rua, sentindo uma onda de satisfação e um forte desejo de estar com ela por mais tempo. Quando finalmente a perdi de vista, virei-me e vi Herr Greenberg me olhando com as sobrancelhas arqueadas.

— Encontrou uma musa, Herr Stern?
— Ah... Ela é só minha vizinha.
— Uma vizinha bem bonita.
Corei.
— *Guten Tag*, Herr Greenberg — falei, saindo rapidamente da loja.

Aprendendo a ficar de pé, respirar e comer

Durante os muitos meses que se seguiram, Max treinou no Clube de Boxe de Berlim e morou no hotel Excelsior, na Stresemannstrasse, preparando-se para uma revanche contra Paulino Uzcudun em Berlim. Tinha aulas com ele uma vez por semana, nas tardes de quarta-feira. Nos outros dias, eu treinava no clube como os demais lutadores. Sendo o único membro "júnior", com menos de 18 anos, a princípio fui uma novidade. Sempre que chegava, os outros riam e faziam comentários, principalmente sobre meu físico magricela. Worjyk começou a chamar-me de *Knochen*, ou Ossos, o que não é o mais lisonjeiro dos apelidos, mas estava um degrau acima de Mijão ou Balde de Cuspe. Muitos deles me assistiam treinar, rindo e procurando defeitos em minha técnica pobre. Presumi, equivocadamente, que eles mostrariam mais moderação na frente de Max ou que ele diria algo para afugentá-los, mas isso nunca aconteceu.

– Os insultos são parte da luta – disse ele. – Os socos mais leves são desferidos com a língua. Você tem de enrijecer sua pele contra esse tipo de ataque do mesmo modo que enrijece os músculos para desferir socos fortes.

Duas semanas depois, a maioria dos lutadores perdeu o interesse por mim, em parte porque a novidade passara. E também porque, uma vez eu tendo dominado as técnicas básicas, não havia muito do que rir.

Max me ensinou os fundamentos do boxe, desde como cerrar os punhos, até como ficar de pé e como desferir todos os socos básicos: o jab, o direto de direita, o uppercut. Alguns deles vieram naturalmente. Max disse que, desde o momento que entrei pela primeira vez com Johann no ringue, ele percebeu que eu tinha um jab natural e tudo para ter um gancho decente. E depois de ser exposto a outros lutadores, descobri que realmente tinha uma boa envergadura, como Max me dissera muitos meses atrás.

Apesar disso, algumas das coisas mais difíceis para dominar pareciam ser as mais simples. Levei diversos dias só para aprender o modo certo de cerrar os punhos. Eu tinha uma tendência instintiva a posicionar o polegar por cima dos nós dos dedos, em vez de colocá-lo para baixo, o que deixava o polegar exposto ao impacto. Max era um homem de ação e sempre reforçava seus ensinamentos com uma demonstração ativa.

– Se mantiver a mão desse jeito, é tão provável que você quebre seu polegar quanto o nariz do seu adversário – disse Max. – Aqui. Soque minha mão com o punho assim.

Soquei a mão dele e, certamente, senti uma fisgada no topo do meu polegar.

– Dói um pouco – falei.

– Veja, você está sentindo isso após um único soco. Eu praticamente não senti nada. Imagine como ficaria seu dedo após dezenas de socos. Ia querer arrancá-lo da mão. Você sempre tem de encolher seu polegar assim.

Ele me mostrou o jeito certo de cerrar o punho, com os nós dos dedos em linha reta e o polegar paralelo e protegido atrás dos dedos, e em seguida me fez socar novamente sua mão, diversas vezes.

– Está vendo? Dessa vez não tem dor, *ja*? Seu punho é sua arma, então você deve mantê-lo compacto e forte como a cabeça de um martelo. Ele precisa ser capaz de esmurrar muito, sem mostrar qualquer fraqueza.

Todas as noites, no meu diário, eu fazia desenhos do que aprendera; eles me ajudavam a processar e a memorizar cada novo conhecimento. Desenhei meu punho nas posições correta e incorreta, posando com a mão esquerda enquanto desenhava com a direita. Usei linhas grossas para fazer minhas mãos parecerem brutas e masculinas, como o martelo que Max descrevera. Também fiz ilustrações rápidas dos golpes básicos, tentando capturar o movimento correto, bem como as posições da mão e do braço.

Além da posição correta do punho, tive dificuldade para aprender como ficar de pé adequadamente. Eu não podia acreditar que até mesmo isso consistia em tamanho desafio.

– Seus pés estão separados demais. Você está se colocando numa posição em que é fácil demais derrubá-lo – disse ele. – Veja, separe seus pés ainda mais e tente permanecer de pé quando eu empurrar você.

Afastei bem as pernas e Max me deu um empurrão forte. Caí no chão, machucando o cóccix. Fiquei surpreso com a força que ele usou e senti uma fisgada no traseiro. Uma contração de raiva subiu em mim, até que ele estendeu a mão e me puxou para cima.

— OK, agora mantenha os pés unidos, como se estivesse em posição de sentido.

Juntei os pés, e Max me empurrou de novo. Tentei me preparar, mas novamente perdi o equilíbrio e caí com força, soltando um pequeno gemido.

— Está vendo? Também não serve. Agora, posicione seus pés num ponto intermediário, com o pé esquerdo cerca de quarenta ou cinquenta centímetros à frente do direito.

Fiz como ele mandou, posicionando cuidadosamente meus pés da maneira certa. Dessa vez, quando ele me empurrou, consegui resistir à força e me manter de pé.

— Bom — aprovou ele. — Agora continue a fazer ajustes de centímetros de um lado ou do outro até encontrar seu melhor ponto de equilíbrio. Pense no seu corpo como um edifício. O outro lutador está tentando derrubar o edifício, e você tem de se posicionar de modo a ter a melhor chance de ficar de pé. Quando você estiver no ringue, procure sempre desequilibrar o adversário, pois é aí que um lutador está mais vulnerável. Pratique sua postura perfeita diante do espelho, e depois lembre-se de sempre retornar a essa posição. Se seu corpo é um edifício, sua posição são suas fundações. Um bom edifício precisa de fundações sólidas, *ja*?

"Existe uma ciência no boxe, portanto descobrir as equações é importante. Conheço muitos brutamontes que poderiam socar muito mais forte que eu, mas que nunca chegaram a lugar nenhum porque tinham um equilíbrio e um jogo de pernas péssimos. Como você tem pernas longas e magras, precisa ter cuidado para não fazer movimentos muito amplos no ringue. Passos rápidos e curtos. Só alguns centímetros de cada vez. E certifique-se sempre de que seus pés

CERTO

ERRADO

JAB ESQUERDO

DIRETO NO QUEIXO

UPPERCUT DIREITO

CONTRAGOLPE

estejam firmemente plantados quando desferir um soco; é de onde vem a força.

Também continuei obedientemente meu programa de treinamento, aumentando meus limites nos trezentos.

– Vou lhe ensinar a técnica, mas você tem de manter seu treinamento – disse ele. – Pular corda, correr, fazer flexões de braço e tudo que você faz sozinho é tão importante quanto as habilidades técnicas que vai aprender. Todos os exercícios calistênicos são destinados a melhorar sua respiração. Lembra como ficou sem ar lutando com Johann? Aquilo não foi nada. Imagine passar doze assaltos assim. Tente sempre respirar pelo nariz quando estiver se exercitando. Precisa manter a boca fechada quando lutar, porque estará usando um protetor bucal.

Quando estávamos juntos, Max era uma fonte de informações, e eu sorvia suas palavras como se fossem meu evangelho pessoal e ele, meu salvador. Além do mero treinamento físico, o boxe me oferecia um sistema inteiro de vida que eu estava mais do que feliz em adotar.

– Um pugilista deve levar uma vida disciplinada – aconselhou-me Max. – Nada de noitadas. Nada de fumo. Nada de café ou chá. Nada de bebida. Enfim, nada de diversão. É preciso estruturar seu dia para que ele construa sua força para a batalha. Isso significa que você tem de comer diferente dos outros rapazes, pensar diferente dos outros rapazes, dormir diferente dos outros rapazes. Nada de comida gordurosa ou excesso de doces. Deve evitar frutas ainda verdes ou qualquer alimento muito condimentado. Boxeadores comem como animais: coisas simples, grãos integrais e muitos vegetais. Frango é bom, carne vermelha também, mas tente comer os cortes magros.

Carne vermelha gorda em excesso vai para o sangue e deixa você mais lento. Como pelo menos dois ovos toda manhã. Ovo é bom para dar força e energia. Você precisa ganhar peso, então coma muito queijo e beba leite. Leite, leite e mais leite. A vaca é a melhor amiga do lutador. A maioria dos lutadores que conheço bebe quase dois litros por dia, especialmente quando estão tentando ganhar peso.

Nunca conversávamos sobre nada além de luta, mas, por mim, tudo bem. Na verdade, percebi que Max só falava sobre boxe no clube. Ele nunca revelava nada sobre sua vida pessoal ou suas opiniões. Se o assunto era política, ele diplomaticamente se esquivava de emitir qualquer ponto de vista. Um dia, no vestiário, Johann e Willy, um dos membros do clube que eu sabia que apoiava os nazistas, estavam discutindo a dieta de Hitler enquanto Max e eu nos aprontávamos para o treino.

– Estou tentando reduzir a carne vermelha – disse Willy. – Hitler é vegetariano, sabia?

– Não acho que Hitler daria um bom pugilista – retrucou Johann. – Nunca conheci um lutador que não adorasse um bife.

– Você deve tomar cuidado com o que diz sobre o *Führer*, Johann.

– Só estou dizendo que não acho que ele vá desafiar ninguém pelo título de peso meio médio, certo, Max?

Max ergueu uma sobrancelha e fez uma pausa antes de responder:

– Acho que Hitler provavelmente concorreria na divisão dos meios-pesados.

– Mas ele seria um grande lutador, certo? – perguntou Willy.

– Bem, se ele fosse lutar contra os outros líderes mundiais, provavelmente se sairia bastante bem. Roosevelt é velho e Mussolini está horrivelmente acima do peso. Deve estar comendo demais daquele delicioso e gorduroso salame italiano, certo?

Os dois riram e Max me conduziu para o salão.

Diversos meses se passaram, e eu dei o máximo de mim para seguir ao pé da letra cada palavra dos conselhos de Max. Todos os dias eu me exercitava, comia, bebia e dormia de acordo com os ensinamentos de Max. E, sem dúvida, comecei a notar mudanças no meu corpo. Meu tórax e meus ombros se alargaram, e meus antebraços e bíceps mostravam mais definição e massa. Eu passava horas me estudando na frente do espelho do banheiro, praticando minha postura e socos e flexionando diferentes partes do meu corpo, tentando discernir todo avanço muscular. Eu me pesava todos os dias e registrava o peso no meu diário, junto com um relato exato do que tinha comido e minhas estatísticas diárias de exercício.

Às vezes, eu chamava Hildy para me ajudar a medir meus bíceps e tórax com a fita métrica, e depois registrava esses resultados também. Um dia, ela me surpreendeu enquanto eu me olhava no espelho, e disse:

– Definitivamente você está ficando maior, Spatz.

– Acha mesmo?

– Bem, sua cabeça está crescendo. Quer que eu a meça também?

Peguei uma toalha de mão da prateleira e atirei nela, que saiu correndo, às gargalhadas.

Neblig e Joe Palooka

À MEDIDA QUE OS MESES AVANÇAVAM, EU PASSAVA CADA VEZ menos tempo com meus colegas da escola e cada vez mais tempo treinando. Além de Max, meu único amigo verdadeiro no clube era Neblig. Apesar de seu problema na fala, ele se mostrava muito mais inteligente do que a maioria dos outros lutadores. Enquanto Max era meu professor, Neblig era meu confidente, amigo e torcedor. Ele ficava de olho em mim e sempre parecia ter uma palavra de encorajamento quando eu mais precisava. Alguns dos outros membros do clube se deleitavam em me depreciar e pregar pequenas peças, particularmente Willy, que parecia se fortalecer ao apontar meus pontos fracos.

Um dia, quando eu me arrumava para treinar, no vestiário, vi Willy e outro lutador me observando a distância. Quando vesti a luva de boxe, minha mão deslizou em algo gelado e mole, e descobri que haviam enchido a luva com espuma de barbear. Willy e os outros lutadores dobraram-se de tanto rir quando tirei a mão coberta de espuma. Nesse momento, Neblig entrou no vestiário.

– Você devia dizer ao seu amiguinho que ele não pode ficar brincando com ele mesmo no vestiário – disse Willy a Neblig, ao sair com o outro lutador.

Neblig sacudiu a cabeça e me jogou uma toalha para limpar a espuma.

– Por que ele está sempre pegando no meu pé?

– Ele só está lhe d-d-d-dando o mesmo que ele r-r-r-recebeu quando entrou para o clube. Venha, vou ajudá-lo a limpar i-i-isso.

Além do boxe, Neblig e eu compartilhávamos a paixão por tirinhas de jornal e histórias em quadrinhos. Ele era dono de uma vasta coleção de revistas de boxe, que guardava no clube, junto com um monte de tirinhas recortadas de jornais e coladas em cadernos. Neblig tinha um primo nos Estados Unidos que recortava e enviava pelo correio as tirinhas mais recentes junto com as revistas de boxe mais atuais. Ele gostava particularmente das tirinhas americanas, como *Mutt & Jeff* e *Os sobrinhos do capitão*, e nós dois adorávamos *Joe Palooka*, de Ham Fisher, sobre as aventuras de um campeão dos pesos-pesados, enorme e de bom coração. Algo no personagem de Joe Palooka me lembrava Neblig. Ambos eram homens grandes e fortes, mas que também eram sensíveis e bons.

Criei e desenhei dezenas das minhas próprias ideias para tirinhas, que eu compartilhava com Neblig, entre elas *Fritz, a raposa voadora* e Herr *Dunkelheit: o espião cavalheiro*. Meu favorito, porém, era *Danny Dooks: o menino pugilista*, sobre as aventuras de um corajoso lutador, órfão, que se ergue do nada e se torna um campeão. Eu usava a tirinha de *Danny Dooks* para espelhar fantasias sobre minha evolução e transformação pessoal, dando-lhe não só sucesso no ringue, como também uma bela namorada, um empresário leal e muitos amigos e torcedores.

Eu nunca havia mostrado minhas tiras originais a ninguém além de Hildy, e fiquei nervoso na primeira vez em que as mostrei a Neblig. Uma tarde, fomos à loja da esquina e cada um tomou um milk-shake de baunilha no balcão, enquanto líamos diversas tiras de *Danny Dooks*. Ele assentia com a cabeça, em aprovação.

— Ele é um b-b-b-bom personagem. Gosto de sua l-l-l-linha de trabalho. É como um cruzamento e-e-e-entre *Joe Palooka* e *Little Orphan Annie*.

— Ah, não é muito original, acho — falei, desapontado.

— É, sim! O que há de m-m-m-melhor nas histórias em quadrinhos é c-c-c-construído sobre o que veio antes. *Os sobrinhos do c-c-c-capitão* nada mais é do que uma c-c-c-cópia de *Juca e Chico*, certo? Seu trabalho é muito bom. De verdade.

— Obrigado, Neblig — agradeci, com um profundo sentimento de satisfação. Significava muito para mim que Neblig elogiasse meus desenhos, pois sabia que muito poucas pessoas conheciam o assunto tão bem quanto ele.

Porém nossa paixão pelos quadrinhos vinha depois da paixão pelo boxe. Passávamos a maior parte do tempo comparando os principais pugilistas atuais. Através de conversas ouvidas no clube, soube que Neblig havia sido um lutador promissor na adolescência, mas que desistira do boxe anos antes, e ninguém sabia por quê. Estava em boa forma, e às vezes se exercitava nos equipamentos, mas nunca o vi treinando com ninguém. Alguns dos pugilistas debochavam dele pelas costas, mas ele era tão grande e forte que raramente o faziam às claras. Um dia, quando saíamos juntos, perguntei-lhe, finalmente:

HERR DUNKELHEIT
～ O ESPIÃO CAVALHEIRO ～
POR KARL STERN

FRITZ
A RAPOSA VOADORA
POR KARL STERN

DANNY DOOKS
O MENINO PUGILISTA
POR K. STERN
HARRY HORTON
SEU EMPRESÁRIO
KITTY KATZ
SUA NAMORADA

— Por que você não luta mais?
— É uma l-l-l-longa história.
— Você é o maior homem de todo o clube, provavelmente o mais forte também.
— Eu seria derrotado por qualquer um.
— Não iria, não.
— N-n-n-não posso lutar. Sou c-c-c-cego de um olho.
— Sinto muito, eu não sabia.
— Tudo bem. Sempre f-f-f-f-falei assim. Então, meu pai me ensinou a lutar b-b-b-boxe, para que eu me defendesse das outras c-c-c-c-crianças. Os garotos da minha escola n-n-n-não gostavam de mim. Eu não era o m-m-m-mais p-p-p-popular.
— Nem eu – admiti.
— Um grupo me encurralou um dia. Q-q-q-q-q-quatro ou c-c-c-c-cinco deles. Tinham pedaços de p-p-p-pau. Eu só tinha meus punhos. E me d-d-d-defendi bem, mas então um deles me acertou no olho, que quase s-s-s-saltou para fora. Os garotos se apavoraram e me l-l-l-l-largaram a-a-a-ali, desmaiado e sangrando. A-a-a-a-alguém me encontrou, e os médicos encaixaram meu olho de v-volta. Mas não enxergo n-n-n-nada com ele, só borrões. Tudo bem não f-f-f-falar dentro do ringue, mas você tem de enxergar. As p-p-p-pessoas pensam que sou lento por causa do meu jeito de f-f-f-falar, então foi difícil conseguir t-t-t-trabalho. Worjyk f-f-f-foi uma das únicas pessoas que a-a-a-aceitaram me contratar. Sei que às vezes ele age como um i-i-i-i-imbecil, mas tem um bom coração.
— Ele é duro comigo. Sempre apontando defeitos na minha técnica e me insultando.
— É porque ele está p-p-p-prestando atenção em você. Acha que você tem potencial. Se não, o deixaria em paz.

Duvidei do comentário de Neblig, mas esperava que fosse ao menos parcialmente verdade.

À medida que meu treinamento avançava, eu sempre me oferecia quando alguém da minha categoria de peso procurava um *sparring* para lutar. A maioria dos lutadores com quem eu treinava era de homens adultos que aspiravam a se tornar lutadores profissionais. Assim, não só eu absorvia uma tremenda quantidade de golpes, mas também ganhava uma experiência inestimável cada vez que subia ao ringue. Na minha série interminável de apelidos no clube, comecei a ser conhecido como *Saco de Pancadas*. Mas, ao contrário dos outros apelidos, esse era pronunciado com certo respeito, e até afeição.

A princípio, eu *era* mesmo pouco mais que um saco de pancadas, elevando as mãos defensivamente e mal conseguindo me movimentar ou iniciar qualquer tipo de luta. Mas, com o tempo, aprendi a navegar ao redor do ringue e me desviar dos socos com destreza, em vez de apenas me proteger. Depois, até comecei a fazer alguns movimentos de ataque e experimentar diferentes socos, até mesmo uma combinação aqui e ali. Minha técnica evoluiu, e ganhei a reputação de ser durão e resistente.

Treinava com mais frequência com Johann. Embora ele sempre controlasse a ação, eu conseguia acertar socos nele cada vez com mais regularidade. Até mesmo Worjyk me cumprimentou depois que acertei um sólido gancho de direita no plexo solar de Johann. Quando desci do ringue naquele dia, ele e Max se aproximaram de mim.

– Nada mal, *Knochen* – disse Worjyk.

– Acho que está pronto – disse Max, assentindo com uma expressão satisfeita.

– Pronto para quê?

— Para uma luta de verdade — explicou Max. — Treinar como *sparring* é uma coisa, mas precisa entrar no ringue com alguém que queira realmente machucar você.

— Na próxima semana começa o Campeonato Juvenil de Boxe, e inscrevi você — avisou Worjyk. — Vai representar o Clube de Boxe de Berlim, então é melhor não nos envergonhar, *Knochen*.

Uma oração

– AINDA NÃO ENTENDO – DISSE GRETA.
– O quê?
– Por que você quer lutar.

Greta e eu nos encontrávamos todas as terças-feiras à tarde no parque perto da escola dela, onde podíamos caminhar juntos e conversar sem muito risco de sermos vistos por algum conhecido. Embora nossos encontros durassem apenas vinte minutos, eram o ponto alto da minha semana. Sempre nos encontrávamos no mesmo banco e depois caminhávamos ao entardecer. Às vezes, durante o passeio, eu pegava sua mão e nos escondíamos atrás de algumas árvores fora do caminho e nos beijávamos intensamente por vários minutos.

Contava a Greta tudo que estava se passando em minha vida, e ela fazia o mesmo. O pai dela era um violinista talentoso que tocava em uma das orquestras itinerantes da cidade. Ele lhe trazia pequenos presentes sempre que viajava, incluindo o pingente de trevo que ela usava e que ele havia comprado quando seu grupo se apresentara em Dublin. Ela desejava muito estudar música em Paris. Tanto quanto eu era obcecado com os Estados Unidos e seu infinito desfile de pugilistas e tirinhas de jornal, Greta sonhava com a França, um lugar que ela imaginava cheio de música, arte e comidas finas.

Estávamos sentados juntos em nosso banco quando lhe contei sobre minha futura luta. Ela era a pessoa com quem eu mais queria compartilhar a notícia, mas enquanto eu falava, entusiasmado, sobre a luta, seu rosto se entristeceu.

– Parece tão estúpido se arriscar a se ferir por nada – disse ela.

– Não é por nada.

– Então é pelo quê?

– Para provar algo.

– O quê?

– Não sei. Provar que sou mais forte, mais inteligente, melhor que o outro sujeito.

– Mas que importância tem isso?

– Para provar a mim mesmo que não tenho medo.

– Medo do quê?

– De qualquer coisa. Olha, quando eu estava crescendo, costumava ter medo de apanhar de outros garotos da escola, então eu fazia tudo que podia para evitar qualquer tipo de conflito, sempre tentava ficar de fora e não me meter no caminho de ninguém. E não quero mais ser assim. Pode compreender isso?

Ela me olhou por um longo momento e depois assentiu.

– Acho que sim.

– Você vai pensar que é loucura – continuei –, mas de algum modo me sinto mais seguro no ringue do que na escola.

– Mais seguro?

– No boxe, existem regras. As luvas são acolchoadas. É sempre uma luta de um contra um. Você não pode bater abaixo da cintura nem usar uma arma. Posso apanhar, mas pelo menos terei sempre uma chance justa de ganhar. O resto do mundo não é sempre assim.

– Você não vai mesmo desistir?

– Claro que não.

– Bem, então terei de fazer uma oração especial por você no domingo.

– Achei que você não tinha certeza se acreditava nessas coisas.

– Mal não vai fazer. E estarei na igreja de qualquer maneira, então posso muito bem aproveitar esse tempo, certo?

Os pais de Greta eram católicos devotados, e uma das mais ousadas confissões que tinha feito a mim fora a de que ela não tinha certeza se acreditava em Deus, o que não achei muito chocante, vindo eu próprio de uma casa pouco religiosa. Os nazistas não aprovavam a hierarquia da Igreja Católica, que ameaçava suas intenções de comandar tudo e todos. Greta explicou que o padre havia proibido seus congregados de se filiarem ao Partido Nazista. O pai dela concordava com o padre, embora muitos na congregação discordassem.

– Só me prometa que vai tomar cuidado – disse ela, os olhos repentinamente sérios.

– Prometo.

Ela tocou meu rosto com a mão, e depois se levantou do banco. Ao retomarmos o caminho principal do parque, vi Kurt e Hans vindo em nossa direção, a distância. Greta e eu estávamos de mãos dadas, e eu rapidamente a soltei quando eles se aproximaram. Eu não contara a eles nem a ninguém sobre Greta para não nos expor. Será que eles tinham nos visto de mãos dadas?

– Karl – disse Kurt ao nos alcançar.

– Oi – respondi.

– O que está acontecendo? – perguntou Hans.

– Nada. Só estou indo para casa.

Por um instante constrangedor, os dois olharam para Greta.

– Esta é Greta. Ela mora no meu prédio.

– Hans Karlweis – disse Hans, com uma reverência boba.

– Kurt Seidler – disse Kurt.

– Estávamos indo para casa – falei, muito na defensiva – quando topamos um com o outro.

– Toparam?

– Tenho de ir para casa – afirmou Greta.

– Eu também – eu disse. – Vejo vocês amanhã.

Greta e eu nos afastamos, apressados, enquanto eles nos observavam com um divertido ar de desconfiança.

– *Gute Nacht* – escutei-os cantarolar, sarcasticamente, às nossas costas.

Uniformes e maçãs podres

Entre as distrações combinadas de minhas aulas de boxe, do treinamento e de Greta, eu mal tinha tempo para me preocupar, mesmo quando o restante da minha vida parecia desmoronar ao meu redor. O negócio "legítimo" de meu pai, o comércio de arte na galeria, havia caído a níveis baixíssimos, até finalmente cessar. Ele agora passava a maior parte do tempo arrumando negócios secretos com colecionadores particulares. Algumas dessas transações aconteciam na galeria, mas a maioria ocorria em nosso apartamento tarde da noite. Normalmente, um vendedor judeu chegava com seus quadros ou águas-fortes escondidos numa sacola ou em alguma espécie de embrulho, com uma expressão de desespero, medo ou irritação.

Uma vez, tarde da noite, um homem bem-vestido chegou com diversas águas-fortes para vender. Ele tinha a postura muito ereta e o ar altivo ao mostrá-las a meu pai, que analisou os trabalhos com cuidado e elogiou-lhes a qualidade, as condições e a beleza. No entanto, quando meu pai fez uma oferta, o homem reagiu com fúria:

— Está brincando? – gritou, dando um soco na mesa. – São águas-fortes originais de Rembrandt!

— Sei o que são – respondeu calmamente meu pai.

— Você não conseguiria comprar um calendário de parede barato com o que está me oferecendo.

— Estou oferecendo o que posso oferecer; só aumento o preço em cinquenta por cento para revender. A maioria dos outros negociantes lhe daria menos e aumentaria setenta ou oitenta por cento. E estou assumindo todos os riscos.

— Não vou ser roubado assim na minha cara!

— Como quiser.

O homem recolheu as águas-fortes e, indignado, saiu intempestivamente do apartamento. No entanto, alguns dias depois, o mesmo homem retornou com as mesmas peças. Quando meu pai abriu a porta da frente para deixá-lo entrar, o homem disse apenas:

— Minha família precisa comer.

Meu pai fez que sim e quase nenhuma outra palavra foi trocada entre eles quando o homem aceitou a quantia que meu pai oferecera anteriormente.

Os compradores de meu pai eram quase todos gentios, a maioria de Berlim, embora alguns viessem da Suíça, da França, da Holanda e até da Inglaterra. Eu ouvia meu pai falando fragmentos de outros idiomas quando negociava. Com os compradores, ele sempre conseguia manter um ar de alegria e empolgação em relação à arte, envolvendo-os e convencendo-os dos méritos e valores das obras. Assim que o cliente partia, sua expressão sorridente se desfazia numa carranca dura, e ele reclamava amargamente com minha mãe sobre os abutres que vinham comer nossa carcaça.

* * *

A vida na escola continuava difícil, mas em geral eu aprendera a evitar a Matilha de Lobos. Além disso, a notícia do meu treinamento no boxe e de minha associação com Max Schmeling havia se espalhado, conferindo-me certa medida de respeito. O diretor Munter continuava a incentivar todos os garotos da escola a se filiarem à Juventude Hitlerista. Era como se, a cada reunião semanal, mais camisas do uniforme surgissem, espalhando-se como uma erupção parda.

Finalmente, até Kurt e Hans apareceram na escola usando fivelas de cinto da Juventude Hitlerista, de cromo polido, novas em folha. Embora eu não estivesse surpreso, senti uma pontada, uma sensação de que havia sido traído. Eles não falaram comigo sobre a filiação, e eu não fiz perguntas. Kurt me viu olhando a fivela e confundiu minha inveja com raiva. Agora eu seria um dos únicos alunos da escola a não pertencer à Juventude Hitlerista. Kurt tentou defender sua filiação:

– Na verdade, é como os escoteiros – disse ele. – Não é nada de mais.

Ele não fazia ideia de que eu só desejava ter uma fivela para mim e usar o uniforme como todos os outros.

Uma noite, cheguei em casa vindo do treino da tarde no clube e meus pais haviam saído.

– *Hallo?* – chamei, mas ninguém respondeu.

Ouvi o som de um choro abafado. Atravessei o corredor, abri a porta do quarto de Hildy e a encontrei chorando, olhando fixamente para o teto, agarrada em Herr Karotte, seu coelho de pelúcia. Imediatamente ela virou as costas para a porta.

— Saia daqui!
— O que houve?
— Nada.
Ela enterrou a cabeça no travesseiro. Sentei-me a seu lado.
— Vá embora, Spatz!
— Vamos, você pode me contar.
— Você não entenderia.
— Experimente, Winzig — eu disse.
Finalmente, ela se virou. Seu nariz estava vermelho e os olhos, inchados de chorar.
— As meninas na escola... Elas me chamam de maçã podre.
— Maçã podre?
— É. Por causa daquele livro idiota que todas temos de ler.
— Que livro?
Ela me entregou um livro infantil ilustrado, intitulado *As maçãs podres*. A capa trazia a imagem de uma menina ariana de rosto angelical, de pé, ao lado de uma macieira. A árvore estava carregada de belas maçãs, exceto por algumas, que tinham estranhos rostos humanos com nariz grande e olhos caídos. Abri o livro e li.

As maçãs podres
de Norbert Aufklitenburg

Um dia, a pequena Elsa e sua mãe decidiram fazer um strudel de maçã.

Então, foram até o mercado de frutas do vilarejo e compraram uma pequena cesta de maçãs vermelho-vivo.

No caminho de volta para casa, passaram por um velho judeu sujo que tentou atraí-las para sua loja.

O judeu vestia roupas pretas surradas e tinha um nariz curvo e lábios vermelhos úmidos que ele ficava lambendo como um animal.

– Venha à minha loja, menina – disse o judeu. – Tenho brinquedos para você. Bons preços.

A mãe de Elsa passou o braço ao redor da filha e a puxou para junto de si.

Quando chegaram em casa, Elsa e a mãe começaram a preparar as maçãs na cozinha.

– Mãe, por que não entramos na loja daquele homem? – perguntou Elsa, em sua inocência.

– Aquele homem é judeu – explicou sua mãe, pacientemente. – E você jamais deve confiar num judeu. Eles vão enganá-la e roubá-la, e eles fazem coisas horríveis com meninas e meninos.

Elsa parecia confusa. Então, apanhando a cesta de maçãs, a mãe decidiu lhe ensinar uma importante lição.

– Pense nesta cesta de maçãs como a Alemanha. Existem muitas maçãs lindas, firmes e fortes. São os arianos, como você, papai e eu. Mas, de vez em quando, você acha uma maçã podre, como esta.

Ela tirou uma maçã do fundo da cesta.

– Vê como está escura e mole aqui? A polpa está podre. Você não ia querer uma dessas maçãs na sua torta, ia?

"Os judeus são como maçãs podres. Assim como uma maçã estragada, eles têm marcas, como nariz curvo, lábios vermelhos e cabelo escuro encaracolado. Você deve sempre estar atenta e evitá-los."

– Mas, e se a maçã... Quero dizer, os judeus, por fora, se parecem conosco?

> – *Esses são a pior espécie de judeus* – *respondeu a mãe.* – *São como uma maçã com um bicho, que penetrou através de um furinho que você não pode ver pelo lado de fora.*
> – *O que podemos fazer?* – *perguntou Elsa, assustada.*
> – *Bem, o que você faz se encontra um bicho na sua maçã?* – *perguntou pacientemente a mãe.*
> – *Tiro com uma faca?*
> – *Exatamente* – *disse a mãe.* – *E isso é o que o* Führer *está fazendo com os judeus: tirando-os da Alemanha, para que possamos ser puros e livres.*
> *Elsa sorriu.*
> – *Agora vamos fazer aquela torta.*
>
> *FIM*

Examinei algumas das ilustrações, e uma sensação de apreensão me invadiu ao reconhecer uma inegável semelhança entre Hildy e as pavorosas maçãs judias.

– Sou uma maçã podre e feia, igual à do livro. Olhe meu nariz, meus olhos e meu cabelo!

– Não há nada de errado com sua aparência.

– Você está mentindo! Pareço uma judia. Todo mundo diz isso.

Ela estava certa, é claro. Eu estava mentindo. Por mais que doesse admitir isso para mim mesmo, eu detestava o quanto Hildy e meu pai pareciam judeus. Minha mãe e eu podíamos facilmente passar por gentios, e nossa vida diária era mais fácil por causa disso. Na escola, eu tinha de evitar a Matilha de Lobos, mas podia andar pelas ruas sem o risco de ser ameaçado. Com exceção de Max, ninguém no Clube de Boxe de Berlim sabia ou suspeitava que eu era judeu. Porém com Hildy e meu pai não havia dúvidas, e quando eles andavam nas ruas, estavam sujeitos a insultos e vaias quase todos os dias agora. Eu temia que eles estivessem expondo a todos nós.

– Olhe para mim, Hildy.

Levantei seu queixo para que ela olhasse diretamente nos meus olhos.

– Seus olhos, seu nariz e seu cabelo são lindos. Eu já lhe disse: você está começando a ficar parecida com Louise Brooks.

– Pare de mentir, Spatz! Louise Brooks não tem um nariz feio, nem usa óculos.

– Winzig...

– Vá embora! De qualquer maneira, você só quer saber de boxe. Desde que começou esse treinamento estúpido, nunca tem tempo para mim!

– Não é verdade.

– Fora do meu quarto!

Ela mergulhou o rosto no travesseiro de novo. Toquei seu ombro, mas ela se encolheu e se afastou.

– Vá embora!

Não consegui pensar em nada para dizer. Eu sempre tivera o poder mágico de fazê-la sentir-se melhor, mas agora me sentia bloqueado e zangado. Eu estava com raiva de mim mesmo porque sabia que muito do que ela dissera era verdade. Eu me deixara absorver completamente por minha própria vida e não passava mais tempo algum com ela.

Minha raiva toda concentrou-se no livro. Rasguei a capa e arranquei todas as páginas da lombada com um puxão forte. Hildy ofegou. Em nossa casa, livros eram objetos sagrados, e ambos ficamos chocados com o que eu fizera.

– Venha – eu disse.

Peguei os pedaços do livro, segurei sua mão e a levei para fora do apartamento. Ela estava descalça, mas puxei-a escada abaixo até o porão. Levei-a até a caldeira, cujos carvões em brasa lançavam um brilho vermelho por todo o cômodo, e cuidadosamente abri a porta de metal com a tenaz e entreguei-lhe o livro.

– Jogue o livro aí dentro – ordenei.

Ela hesitou.

– Vamos. Eles queimam livros. Nós também podemos queimar. Jogue aí dentro.

Com toda a cautela, Hildy deu um passo à frente e, hesitante, jogou a capa dentro da boca aberta da caldeira. A capa caiu muito perto da porta, e eu tive de empurrá-la com a tenaz para que deslizasse para o carvão em brasa. Em silêncio, observamos a capa do livro pegar fogo e chamas azuis, verdes e amarelas transformarem a ilustração da macieira em cinzas negras.

Hildy avançou e jogou os dois pedaços do livro restantes. Instantaneamente o papel irrompeu em chamas. O fogo amarelo dançava em seus olhos turvos de lágrimas. Ela deu as costas para a caldeira e caiu em meus braços, soluçando. A raiva cresceu dentro de mim enquanto eu via as chamas devorarem o livro. Odiava Norbert Aufklitenburg por escrever aquele lixo horroroso e levar as meninas a provocar minha irmã. Eu odiava Hitler e os nazistas por voltarem todo o nosso país contra nós. Acima de tudo, eu me odiava por ter estado cego ao sofrimento de Hildy.

Naquela noite, deixei que fizesse o dever de casa em meu quarto, e pela primeira vez em muito tempo desenhei para ela uma história de Winzig und Spatz para tentar alegrá-la. Não foi meu melhor trabalho, mas pelo menos consegui que ela sorrisse novamente.

Um dia, Fefelfarve joga uma maçã podre em Winzig!	PEGUE ISSO, SEU ROEDOR IDIOTA!
AI!	POR SORTE, SPATZ TEM DE IR AO BANHEIRO
E TEM BOA PONTARIA "PLOP"	ARGH! O CAFÉ ESTÁ AMARGO HOJE

A história secreta dos boxeadores judeus

No dia seguinte, a caminho do clube para treinar para minha primeira luta de verdade, deparei-me com dois jovens nazistas uniformizados parados na frente da loja de suprimentos de arte de Herr Greenberg. Pouco mais que adolescentes, vestiam uniformes modernos e botas engraxadas de cano alto. Um dos garotos segurava uma lata grande de cola, enquanto o outro mergulhava um pincel grosso dentro da lata e espalhava uma camada na vitrine de Herr Greenberg.

Através do vidro, vi a expressão de pânico de Herr Greenberg turvar-se por trás da cola branca e leitosa, para depois sumir completamente quando um dos garotos esticou um pôster sobre a área coberta de cola. O cartaz dizia apenas: NÃO COMPRE DE JUDEUS!

Um instante depois, Herr Greenberg saiu da loja.

– Parem!

Os garotos simplesmente o ignoraram.

– Parem com isso agora! – repetiu Herr Greenberg.

– O que você vai fazer, judeu? – perguntou um dos garotos.

— Vou chamar a polícia — respondeu Herr Greenberg.
— Isso, vá à polícia.

Um deles riu.

— O delegado local é também o líder da nossa divisão da SA — acrescentou o outro.

Era um garoto louro e alto, com profundas cicatrizes de acne nas faces. Herr Greenberg estudou o garoto com uma expressão de lento reconhecimento.

— Eu conheço você — disse ele. — Você é o filho de Gertrude Schmidt.

O garoto ficou tenso à menção da mãe.

— Sabia que ela é minha cliente desde antes de você nascer? E sua avó também. Você mora a apenas alguns quarteirões daqui. Sei quem você é.

O garoto pareceu chocado. O outro lhe deu uma cotovelada nas costelas.

— Vai deixar um judeu falar com você assim?

O primeiro garoto continuou a encarar Herr Greenberg. Eu não conseguia ler sua expressão, que podia ser de indignação, constrangimento ou raiva. Finalmente, o garoto aprumou a postura, respirou fundo, aproximou-se do velho e cuspiu-lhe no rosto.

— Nunca mais pronuncie o nome de minha mãe.

Então, voltou-se e jogou o pincel dentro da lata, e os dois se afastaram.

Aproximei-me de Herr Greenberg enquanto ele enxugava a saliva do rosto.

— O senhor está bem? — perguntei.

— O mundo está enlouquecendo, Karl. E quando o mundo está louco, um homem são nunca está bem.

Ele voltou-se para sua grande vitrine. O pôster já começara a secar.

— Ele costumava brincar com massa de modelar — murmurou para si mesmo.

— Hein?

— Massa de modelar. É o que a mãe dele comprava, para ele fazer pequenos animais do zoológico. Nunca esqueço meus clientes.

— Posso ajudar?

— Não — disse ele com um suspiro, enquanto tentava arrancar o pôster da vitrine. Apenas um cantinho soltou-se em sua mão.

Ele amassou o pequeno pedaço de papel que conseguira arrancar, formando uma bolinha, atirou-o na sarjeta e entrou para pegar uma navalha.

Quando cheguei ao clube, descarreguei toda minha vergonha e raiva no saco de pancadas. Jab, jab, uppercut. Jab, jab, uppercut. Jab, jab, uppercut. Eu soltava gemidos abafados de alívio a cada golpe, para que eu pudesse ouvir, além de sentir, a cadência primitiva ecoando em meu peito e minha garganta. Soquei até meus ombros doerem e meus pulsos parecerem estar a ponto de partir, dando vazão às minhas frustrações e ansiedades no grosso revestimento de couro do saco. Os uppercuts me davam a satisfação mais visceral, porque eu usava todo o meu corpo para bater no saco, girando as pernas na medida certa para que a força viesse das coxas e do torso, como Max me ensinara.

Depois de terminar os exercícios, estava me enxugando no vestiário quando algo numa mesinha junto ao armário de suprimentos de Neblig chamou minha atenção. Sobre a mesa havia um monte arrumado de toalhas limpas e uma grande pilha de revistas de esporte, entre as quais a principal revista de boxe da Alemanha, *Boxsport*, e a americana *The Ring*. Uma ilustração na capa de um exemplar antigo de *The Ring* mostrava dois homens em posição de combate, ambos vestindo calção de boxe com estrelas de davi costuradas neles.

Como estudava inglês na escola havia diversos anos, pude ler a manchete: "A Batalha dos Meios-Pesados Hebreus." Abri avidamente a revista e li a matéria da capa sobre a luta pelo campeonato dos meios-pesados entre Bob Olin e "Slapsie" Maxie Rosenbloom. A luta durou quinze longos assaltos, antes que Olin conquistasse a vitória e o título mundial. Não só foi uma surpreendente revelação para mim o fato de os dois lutadores serem judeus, como um parágrafo do artigo me chocou ainda mais: "Foi a primeira vez que dois lutadores judeus disputaram um título mundial em cinco anos, desde que Maxie derrotou Abie Bain com um nocaute no décimo primeiro assalto de outra luta clássica. Houve dez lutas de judeu contra judeu em campeonatos desde a aurora deste século e, com Maxie, Olin, Barney Ross, Ben Jeby e Solly Krieger, todos lutando no auge da forma, poderá haver muitas outras de onde essas vieram."

Não só havia outros pugilistas judeus no mundo, mas também campeões mundiais judeus? Os Estados Unidos pareciam fervilhar com lutadores judeus. Olhei as fotografias de Bob Olin e "Slapsie" Maxie Rosenbloom. Os dois tinham corpo firme e musculoso, cabelo escuros e nariz proeminente. Eram judeus durões, muito diferentes das caricaturas chorosas que eu via na imprensa nazista ao meu redor, e dos judeus religiosos, como Herr Greenberg, com os quais eu convivera. Vi naqueles homens exatamente quem eu almejava ser, modelos que eu nem sabia que existiam.

Neblig entrou no vestiário, e mais que depressa fechei a revista para que ele não visse o que eu estava lendo. Eu ainda não queria que ninguém soubesse que eu era judeu, nem mesmo Neblig.

– Oi, K-k-k-k-karl – disse ele.

– Ah, oi, Neblig – respondi, o mais distraidamente possível.

– Poderia me emprestar alguns destes exemplares de *The Ring*? Estou tentando melhorar meu inglês e é um bom exercício.

– C-c-c-c-claro. Só não se esqueça de trazê-las de volta.

Agarrei uma pilha de revistas, e naquela noite, na cama, folheei cada uma delas, procurando mais histórias sobre lutadores judeus. Quatro grupos de minorias – italianos, irlandeses, negros e judeus – dominavam o boxe americano. Como esperado, descobri vários artigos, com fotografias de mais musculosos guerreiros judeus.

A história que mais prendeu minha atenção foi um extenso perfil de Barney Ross, cujo pai tinha sido um rabino ortodoxo. Quando menino, Ross desejava seguir os passos de seu pai pacifista e tornar-se um grande sábio talmúdico. No entanto, o mundo de Ross virou de cabeça para baixo quando seu pai foi morto durante um roubo, e Ross e os irmãos e irmãs foram morar com parentes ou em orfanatos. Ross transformou-se e endureceu, tornando-se bandido e lutador, e jurou reunir sua família por meio do sucesso no ringue.

Ele se tornou um dos poucos lutadores na história a deter três cinturões: peso leve, peso médio-júnior *e* peso meio-médio. A história da transformação quase mágica de Ross de um pacato filho de rabino em um campeão com músculos hipertrofiados atingiu-me com força impressionante. A revista trazia uma fotografia de página inteira de Ross em posição de combate, as mãos nuas fechadas em punhos, olhando para a câmera de modo penetrante com seu cabelo escuro caprichosamente penteado para trás. Rasguei a página com cuidado e colei-a na parede para me servir de inspiração. Imaginei que Neblig nunca notaria que faltava uma página.

Imediatamente, comecei a desenhar uma caricatura do meu novo herói. Seu rosto era anguloso e bonito, e ele tinha um olhar duro e determinado que eu jamais tentara capturar antes em nenhum dos meus outros desenhos. À medida que eu explorava seu rosto, ele ia assumindo muitas virtudes para mim: orgulho, confiança, fúria. Ele não tinha nenhuma das linhas do sorriso despreocupado de Max. Lutar não era apenas um esporte para esse homem; ele lutava para sobreviver e por sua família. Quando terminei a caricatura, comecei a esboçar o início de uma tirinha sobre Barney Ross também. Ao contrário de *Joe Palooka* ou do meu próprio *Danny Dooks*, Barney Ross era uma pessoa real, cuja própria existência parecia defender os judeus de todo o mundo. Se Barney Ross podia fazer isso, eu também podia.

O perfil que li foi escrito em preparação a uma luta iminente contra um dos maiores rivais de Ross, Jimmy McClarnin, marcada para maio de 1935. Eu me dei conta de que a luta já havia ocorrido, mas nenhuma das revistas que eu pegara informava os resultados. Eu precisava saber quem vencera. No dia seguinte, voltei ao clube e pesquisei nas revistas e jornais recentes no vestiário, mas não descobri nada. E se Ross tivesse perdido o campeonato? Seria uma profecia ruim para os judeus de toda a parte?

BARNEY ROSS

KID BERG  MUSHY CALLAHAN

BOB OLIN  MAXIE ROSENBLOOM

BARNEY ROSS  AL SINGER

GRANDES PUGILISTAS JUDEUS

SAÍDO DO GUETO JUDEU, SURGE UM GUERREIRO...

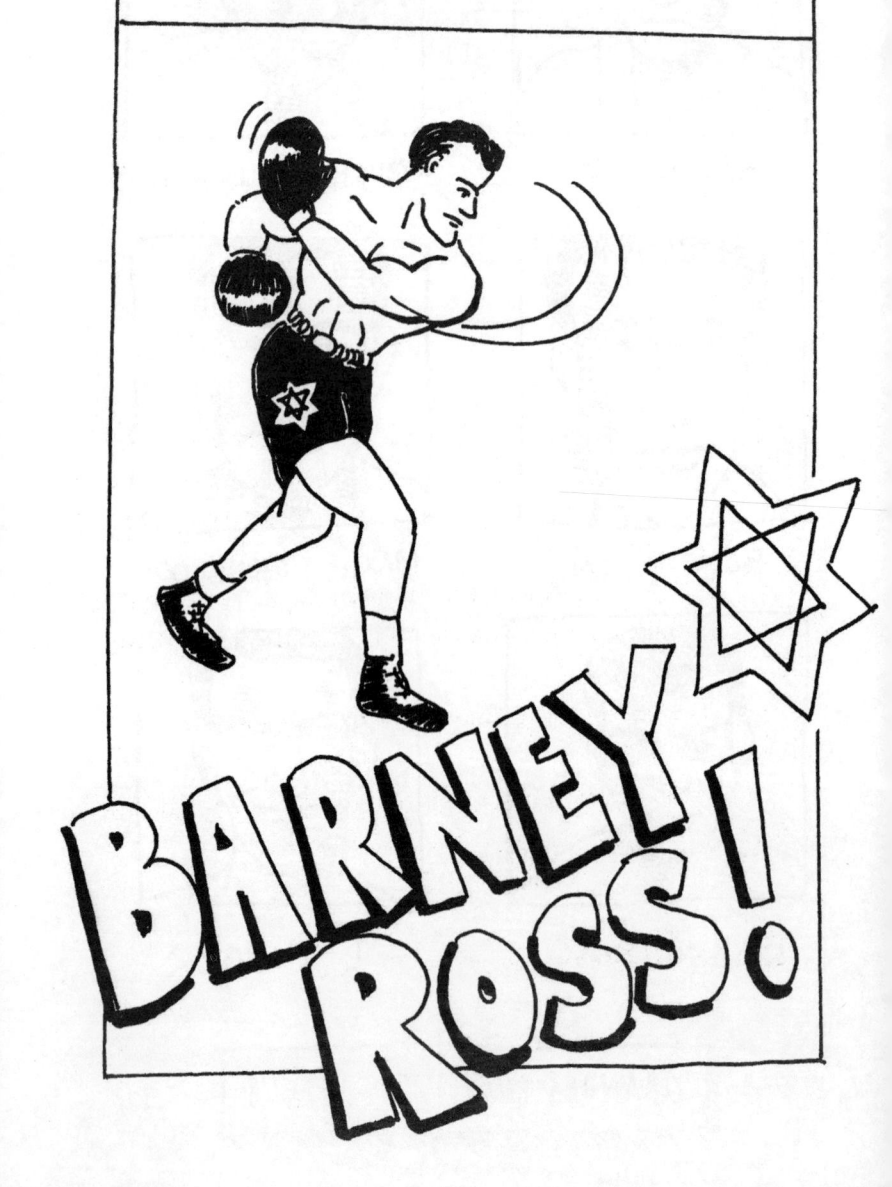

BARNEY ROSS!

Eu não queria perguntar a ninguém, temendo que meu interesse por Ross expusesse o fato de que era judeu. Felizmente, os sujeitos no clube estavam sempre falando sobre os outros lutadores, e ouvi Worjyk, Willy e Johann discutindo sobre um novo lutador chamado Joe Louis.

– Estou lhes dizendo, ele é o cara que vai tomar o cinturão dos pesos-pesados de Jimmy Braddock antes que Max tenha chance – disse Worjyk.

– Um campeão negro? – disse Willy. – Isso não vai acontecer.

– Como assim? Já aconteceu – disse Johann. – Lembra-se de Jack Johnson?

– Um acaso – contrapôs Willy. – Negros não têm capacidade mental para ser campeões.

– Estou lhes dizendo, esse garoto, Louis, tem capacidade mental e física para derrotar qualquer um. Eu preferia que Max lutasse com Braddock.

– Assisti ao filme de uma luta de Louis – disse Willy. – Ele era todo músculos. Nenhuma estratégia. Estou dizendo, os negros são exatamente como animais. Ponha-o no ringue com um lutador pensante como Max, e ele não terá chance.

– E Henry Johnson? – perguntou Worjyk. – Ele é negro e é todo técnica. Todos dizem que é ele quem tem mais chance de tomar a coroa de Barney Ross.

Meus ouvidos se aguçaram à menção do meu herói.

– Ross é uma barbada – disse Willy.

– Depois do que ele fez com McClarnin? – objetou Johann.

– McClarnin é uma barbada também.

– Você acha que todo mundo é uma barbada.

— O que aconteceu na luta Ross-McClarnin? — perguntei, incapaz de me segurar. Worjyk franziu o cenho para mim por interromper.

— Ross chutou o traseiro dele — disse Worjyk, reacendendo o toco do charuto.

— Os dois são barbadas — disse Willy.

— No ranking geral, Ross é provavelmente o melhor lutador do mundo — afirmou Johann.

— Minha mãe podia competir na categoria dele — retrucou Willy.

— Ela é pesada demais — respondeu Worjyk. — Pelo menos peso-médio.

— Ei, veja lá o que fala da minha mãe.

— Foi você que a meteu na conversa.

— Bem, isso não é da sua maldita conta — disse Willy.

— E, seja como for, ela não é mais do que peso meio-médio — acrescentou Johann.

— Eu disse para não falar da minha mãe! — retrucou Willy com rispidez.

Afastei-me, satisfeito e aliviado. Ross derrotara McClarnin e ainda era o campeão. Se o filho de um rabino detinha um título de boxe mundial, até que ponto as coisas poderiam realmente ficar difíceis para os judeus?

Stern *versus* Strasser

NA VÉSPERA DA MINHA PRIMEIRA LUTA, TIVE DE FAZER UMA ENTREga tardia para meu pai e só retornei ao nosso prédio depois de escurecer. Quando ia subindo a escadaria escura, uma figura surgiu das sombras do corredor e agarrou meu braço. Instintivamente, dei um salto para trás e cerrei os punhos.

– Que...

– Shhhhh... – sussurrou Greta em meu ouvido, puxando-me para um canto escuro no patamar do terceiro andar. Desde nosso primeiro beijo, no porão, tínhamos seguido rigorosamente a decisão de não nos falarmos ou nos aproximarmos um do outro em nosso prédio. Estar nas sombras do corredor com ela fez meu coração disparar.

– O que você está fazendo? – perguntei.

– Eu queria lhe desejar boa sorte amanhã. – Ela me beijou rapidamente.

– Achei que você não acreditava no boxe.

– Não acredito, mas, se você vai lutar, não quero que se machuque.

– Não vou me machucar.

— Olhe, leve isto.

Ela apertou algo na palma da minha mão. Senti o objeto na escuridão e percebi que era o pingente de trevo-de-quatro folhas que ela costumava usar no pescoço.

— Guarde dentro da meia. Vai lhe trazer sorte.

— *Danke*.

— E não deixe que ele acerte sua boca.

— Greta? — chamou uma voz vinda de dentro do apartamento dela.

Com jeito brincalhão, ela tocou meus lábios com o dedo indicador e me deu outro beijo profundo. Então saiu correndo e entrou em seu apartamento.

Na manhã seguinte, quando me vestia, deslizei o pingente para dentro da meia. Sentir o pequeno objeto pressionando a lateral do meu tornozelo me dava a estranha sensação de confiança e propósito, como se de alguma forma ela estivesse ao meu lado.

Max viajava com frequência, sobretudo para os Estados Unidos, o centro do universo do boxe.

— Todos querem lutar nos Estados Unidos — explicou ele. — Lá, ganho dez vezes o que ganho numa luta na Europa.

Por conseguinte, ele estava em Nova York durante a semana da minha primeira luta de verdade.

— Não se preocupe — tranquilizou-me ele na tarde de nossa última aula antes de sua partida. — Lembre-se dos fundamentos, e você se sairá bem. Assim, concentre-se no seu equilíbrio e na respiração, e então ataque.

Desde meu primeiro encontro com Max, em que ele elogiara minha envergadura, eu sonhava um dia me tornar campeão alemão juvenil. Aquele seria o primeiro passo oficial rumo àquele objetivo. Neblig ofereceu-se para ser meu segundo. Fiquei grato por ter alguém em meu *corner*, mas me sentia constrangido com a possibilidade de os outros garotos debocharem dele por causa da gagueira. A última coisa que eu queria era me tornar um alvo ainda maior por causa do meu segundo. Mas eu precisava de alguém e não queria ferir os sentimentos de Neblig recusando seu oferecimento.

A maioria dos rapazes estava acompanhada dos pais, mas papai alegou estar ocupado demais com seus negócios. Queria muito que Greta comparecesse, para impressioná-la com minha virilidade no ringue. Mas nós dois sabíamos que sua presença podia expor nosso relacionamento.

E, evidentemente, eu também me sentia parcialmente aliviado por ela não poder ir, em razão do meu medo muito real de que ela me visse ser surrado.

Porém eu teria, *sim*, uma pessoa muito importante torcendo por mim. Meu tio Jakob ficou entusiasmado quando soube da luta e prometeu que estaria lá.

— Está brincando? Não perderia isso por nada neste mundo, vaqueiro — disse ele. — Na verdade, vou levar alguns amigos, e você terá uma seção inteira da torcida.

Dezenas de jovens lutadores se reuniram no Centro da Juventude Schutz, na zona oeste da cidade, situado num prédio de tijolos brancos decadente e manchado de fuligem negra. O prédio tinha um amplo pátio aberto no centro, onde um ringue cercado por arquibancadas portáteis havia sido erguido para a competição. O lugar todo provavelmente não comportava mais do que quinhentas pessoas, mas, para mim, parecia um estádio de futebol lotado de torcedores hostis.

Grupos de rapazes de várias academias e clubes se reuniam, vestidos com seus respectivos uniformes, incluindo diversos grupos da Juventude Hitlerista, que usavam suásticas nos calções de boxe e agasalhos. Pelo menos cem membros da Juventude Hitlerista uniformizados estavam sentados nas arquibancadas, torcendo para vários clubes e academias, ao lado de muitos homens adultos de uniformes nazistas, pais de alguns dos lutadores. A presença das insígnias nazistas não me perturbava tanto quanto minha própria falta de qualquer tipo de uniforme ou equipamento oficial. Eu usava uma camiseta branca lisa e calção azul. Senti vergonha inclusive das luvas de boxe velhas e mofadas de Neblig, que em comparação com as dos outros rapazes pareciam antiguidades de tamanho exagerado, algo que o palhaço de um circo usaria.

Vasculhei a plateia com o olhar em busca de tio Jakob e sua "seção de torcedores", mas não os vi. No entanto, encontrei Neblig esperando por mim no balcão de inscrições. Ele me chamou com um gesto.

– Como e-e-e-está se s-s-s-sentindo? – perguntou ele, quando me aproximei.

– Como se fosse vomitar.

– Ó-ó-ó-ótimo. É exatamente como deve se sentir.

Virou-se para o balcão de inscrições, onde um rapaz mais velho registrava os lutadores.

– Sim? – disse o rapaz.

– Este é K-k-k-karl S-s-s-s-stern – disse Neblig, acenando com a cabeça. – C-c-c-c-clube de Boxe de Berlim.

– K-k-k-karl? – imitou o rapaz, debochando. – Não vejo ninguém chamado K-k-k-karl aqui.

– É Karl – corrigi.

— Ah, sim. Aqui está. Você vai lutar às dez e meia com Wilhelm Strasser — disse ele, e fez uma marca ao lado do meu nome.

Neblig e eu subimos para as arquibancadas para assistir as outras lutas enquanto aguardávamos minha vez no ringue. Nuvens cinzentas pairavam baixo no céu. Silenciosamente, rezei por um aguaceiro que adiasse minha luta, mas o tempo mantinha-se firme. O dia estava estruturado como uma competição de eliminação. Tentei imaginar quem, na multidão, podia ser Wilhelm Strasser, e cada rosto em que meus olhos pousavam parecia mais confiante e ameaçador que o outro. Também continuei esperando a chegada de tio Jakob. Eu tinha dito a ele que as lutas começavam às nove e meia, mas ele ainda não havia chegado até a hora em que fui chamado para o ringue, às dez e vinte e cinco.

O rapaz que nos registrara aguardava junto ao ringue com sua prancheta. Um garoto grande de cabelo louro encaracolado e nariz grosso e achatado, que presumi ser Wilhelm Strasser, esperava a seu lado. Ele estava ao lado de seu treinador e de outro rapaz de seu clube. Ambos usavam insígnias da Juventude Hitlerista no calção. Enquanto esperávamos a luta anterior terminar, Strasser me olhou de cima a baixo com ar confiante e presunçoso. Podia sentir seus olhos medindo minhas pernas finas demais, as luvas velhas e mofadas, a camiseta e o calção lisos. Pior de tudo, quando nossos olhos se encontraram, ele viu minha expressão de pavor. Senti um espasmo no estômago e me virei de volta para o ringue, fingindo interesse na outra luta.

De repente, Worjyk surgiu do meu lado, trazendo debaixo do braço um par de luvas de couro marrom novinho em folha.

– Aí está você – disse ele, empurrando as luvas para mim. – Não posso deixar que represente meu clube com essas luvas velhas e surradas.

– São para mim?

– Considere como um pagamento por todos os treinos como *sparring* que você deu aos meus lutadores. Aqui, Neblig, ajude-o a vestir estas luvas.

Strasser e seu amigo riram ao ver Neblig me ajudar a trocar as luvas.

– Olhe, estão trocando a fralda do bebê – disse Strasser. Os outros riram.

– O retardado limpa a sua bunda também? – debochou o outro. Strasser deu um sorrisinho de escárnio.

– Lembre-se – disse-me Worjyk, ignorando-os –, se ele estiver indo à lona, deixe-o em paz. Não é preciso machucá-lo tanto como fez da última vez se a luta já está ganha.

– Certo – consegui balbuciar.

– Se vir o osso do nariz dele rompendo a pele de novo, diga ao árbitro – prosseguiu Worjyk. – Você não vai querer causar um dano cerebral. Esse sujeito já parece bastante prejudicado mentalmente.

Strasser assumiu uma expressão de desdém e desviou o olhar, como se soubesse que Worjyk estava apenas tentando deixá-lo nervoso. Mesmo assim, depois disso, ele não olhou para mim de novo até estarmos no ringue.

As luvas de Neblig eram de dezesseis onças, o tipo mais usado em treinos. As novas eram de dez onças, e eu as sentia leves em minhas mãos. Neblig terminou de amarrá-las no instante exato em que o gongo tocou, encerrando a outra luta. Olhei para as nuvens, esperando a intervenção divina que faria parar tudo e me permitiria ir embora com dignidade. Porém nada aconteceu.

Quando me dei conta, estava cara a cara com Strasser no meio do ringue. O árbitro declarou as regras, mas não escutei uma só palavra. Minha cabeça latejava com o barulho da multidão; cada voz e cada aplauso eram uma introdução tribal à minha morte certeira. O gongo soou, tocamos as luvas e minha carreira de pugilista oficialmente teve início.

Quase no mesmo instante em que o gongo soou, minha mente foi tomada por um branco completo. Todos os fundamentos me fugiram, como um balão de gás que uma criança solta acidentalmente. Puf! Tudo se foi para o éter. Strasser avançou sobre mim e nem pude assumir minha posição de combate. Meus braços ficaram caídos ao lado do corpo, e minhas pernas não se mexiam. Strasser acertou um soco leve em meu braço esquerdo e quase caí. Gargalhadas subiram da plateia. Ele me desferiu outro soco e cambaleei para trás, até as cordas.

Worjyk gritou do *corner*:

– Levante essas malditas mãos!

Tentei erguê-las, mas Strasser me atacou com uma combinação rápida de socos que acertaram meu abdome e meu peito. Em seguida, acertou meu maxilar com um uppercut veloz que atirou minha cabeça para trás e me jogou contra as cordas. As gozações ficaram mais ruidosas quando a plateia sentiu o cheiro de sangue. Ouvi gritos de "Acabe com ele!", "Derrube esse palhaço magricela!" e "Mate esse inseto!". Então consegui erguer as mãos e passar o restante do assalto bloqueando os socos, esquivando-me e recuando.

Finalmente, o gongo tornou a soar, trazendo um coro de vaias dirigidas a mim.

Consegui chegar ao *corner*, onde Worjyk e Neblig esperavam.

– Que diabos você está fazendo? – rosnou Worjyk. – Você luta duas vezes melhor do que aquele garoto!

Eu estava tão sem fôlego e estupefato que mal podia falar. Meu estômago revirou, então agarrei o balde e vomitei, um jato violento que sacudiu minha cabeça e irritou minha garganta.

– *Mein Gott* – disse Worjyk para Neblig. – Ele está se desfazendo.

Tossi e vomitei de novo no balde.

– T-t-t-talvez devêssemos jogar a toalha – disse Neblig.

– Não – eu disse, me recompondo. – Estou me sentindo melhor agora.

Vomitar liberara parte da tensão e limpara minha cabeça.

– E-e-e-encontre seu equilíbrio – disse Neblig. – M-m-m-mantenha as mãos levantadas e encontre seu ponto de equilíbrio. Esse cara n-n-n-não pode ferir você. Está com dor?

Pensei nisso. Apesar de ter sido atingido muitas vezes e não ter acertado nenhum golpe, não estava sentindo quase nenhuma dor.

– Não – respondi.

– Ele não tem força nos socos – disse Worjyk. – Você já esteve no ringue com caras dez vezes mais fortes do que esse inseto.

– C-c-c-controle a respiração e o equilíbrio – disse Neblig.

Ele então me deu um pequeno gole d'água, que cuspi no balde. Nesse momento, o gongo soou, e eles me empurraram de volta ao centro do ringue. Dessa vez concentrei toda minha energia mental em encontrar meu equilíbrio. Ouvi a voz de

Max em minha cabeça, e de repente minha postura voltou, e senti meus pés irem para o lugar certo, criando as fundações do meu edifício. Strasser avançou socando, esperando me derrubar rápido, mas absorvi os primeiros golpes facilmente, consciente de como seu soco era fraco em comparação com os dos homens com quem eu treinava no clube.

Meu corpo começou a se movimentar com um ritmo natural, enquanto eu me esquivava de seu ataque. Mais vaias e gritos elevaram-se da plateia:

– Vamos lá! Queremos ver uma luta!

Finalmente, vi uma abertura e ataquei com uma série de jabs, que jogaram Strasser para trás. Eu sentia a mudança em seu corpo à medida que eu avançava. Instantaneamente, ele assumiu uma postura defensiva. Nossos olhos se encontraram e vi o que ele vira nos meus antes da luta: medo. Pude ver que ele era um lutador que tinha medo de se machucar.

Então aconteceu. Acertei um soco perfeitamente colocado em seu peito. Max me instruíra a mirar o plexo solar. "As pessoas acham que conseguem nocautes com muitos socos na cabeça, mas o plexo solar é o melhor alvo. Se você puder atingir seu oponente ali, você tira a respiração dele, e a luta ficará sob seu controle."

Foi exatamente o que aconteceu com Strasser. Assim que acertei o soco, ouvi-o respirar fundo, e a postura de seu corpo desmoronou. Suas mãos baixaram, e instantaneamente acertei mais socos, tentando martelar o mesmo ponto. Dentro das luvas novas, minhas mãos pareciam pequenos martelos compactos. Outro jab forte atingiu o centro de seu peito, roubando um pouco mais de seu fôlego e fazendo-o curvar-se. Seu edifício estava desmoronando diante de mim.

Só foi preciso um uppercut de direita no maxilar para ele cair na lona. A multidão arquejou de susto quando Strasser tentou se apoiar nos joelhos. Escutei-o chiar, tentando desesperadamente tomar fôlego, quando o árbitro começou a contagem. Strasser permaneceu de quatro, tentando respirar, e escutei o árbitro terminar:

– ... *sieben... acht... neun... zehn!*

Uma aclamação surpresa subiu da plateia, e Neblig e Worjyk correram para o ringue e ergueram meu braço direito sobre minha cabeça, em sinal de vitória.

Nesse momento, o forte estrondo de um trovão abafou o ruído da multidão, e as nuvens finalmente estouraram, como se rasgadas por uma navalha. Rajadas espessas de chuva desabaram, dispersando imediatamente a multidão. Neblig e Worjyk correram para se abrigar, e eu fiquei só no ringue. Deixei a chuva cair sobre mim, resfriando meu corpo quente, e olhei ao redor do ringue vazio com profunda satisfação.

Eu vencera minha primeira luta.

Concentração

Neblig, Worjyk e eu esperamos numa marquise por duas horas, mas a chuva não cessou, e as lutas não foram retomadas naquele dia. A maioria das pessoas na rua se apertava sob guarda-chuvas ou jornais dobrados ao meio, correndo para fugir da tempestade, mas eu corria com a cabeça erguida, as gotas frias escorrendo pelo meu cabelo e o meu rosto. Corri por todo o caminho até minha casa, ansioso para contar sobre o meu triunfo à Greta, à Hildy, a meus pais, a alguém. Meus pés batiam nas calçadas cinzentas e escorregadias com um ritmo regular de satisfação; e eu olhava, presunçoso, para todas aquelas pessoas comuns que temiam se molhar um pouco. Eu era um guerreiro, indiferente a tudo. Entrei correndo no apartamento, ensopado e me sentindo como um herói conquistador, mas somente Hildy estava lá para me receber.

– Você venceu? – perguntou ela, recebendo-me na porta.
– Um nocaute no segundo assalto.
– *Wunderbar!* – gritou ela. – Espere aqui. Fiz uma coisa para você.

Ela correu até seu quarto e apanhou um desenho que fizera, retratando Spatz, o pássaro, meu *alter ego* em seu mundo de contos de fadas, usando luvas de boxe nas asas, com as palavras "ACABE COM ELES, SPATZ!" pintadas acima do desenho.

– Tá-dá! – exclamou ela, entregando-me o desenho.

– Obrigado, Winzig.

– Vai pendurar no seu quarto?

Eu não queria pendurar a figura infantil na minha parede, ao lado das minhas fotos de boxe, mas também não queria ferir seus sentimentos.

– Claro, Winzig.

Eu tivera esperanças de encontrar Greta na entrada do prédio, para que ela corresse para os meus braços, como imaginava que Anny Ondra fazia quando Max chegava em casa vitorioso. Também estava ansioso para contar a meu pai e impressioná-lo, o que era raro.

– Onde está tio Jakob? – perguntou Hildy. – Pensei que ele fosse voltar para casa com você depois da luta.

Com toda a empolgação da luta, eu esquecera completamente de tio Jakob e sua seção de torcedores.

– Ele não apareceu – falei. – Onde está mamãe?

– Não sei. Ela recebeu um telefonema que a deixou muito aborrecida, mas não quis me dizer o que era. Depois, foi procurar papai e me mandou esperar você aqui.

– De quem foi o telefonema?

– Mamãe não disse.

Hildy e eu passamos o resto do dia esperando que mamãe ou papai retornassem. Horas se passaram. Hildy empoleirou-se na janela da frente, olhando a rua chuvosa e esperando que eles virassem a esquina. Às sete da noite, fiz o jantar: fritei salsichas numa frigideira de ferro fundido e encontrei uma sobra de salada de batatas com cebolinha e vinagre picante. Comemos em silêncio à mesa. Muitas vezes papai trabalhava até tarde e perdia as refeições, mas não era comum que mamãe nos deixasse por tanto tempo sem notícias.

Finalmente, quase às onze da noite, ouvimos as chaves tilintando do lado de fora da porta e os dois entraram, em meio a uma discussão:

– Temos de contratar um advogado.

– Quem tem dinheiro para advogado? – retrucou meu pai.

– Nós temos – disse ela.

– E como vamos pagar o aluguel? Quer que moremos na rua?

– Sig, ele precisa de nós. Ele precisa de um advogado.

– Um advogado não vai ajudá-lo. Você sabe o que acontece nos tribunais nos dias de hoje. Será o mesmo que jogar dinheiro no ralo.

– Ele é meu irmão – disse minha mãe.

– Ele é um idiota. Sempre foi um completo idiota.

– O que houve? – perguntei.

– É seu tio Jakob... – começou minha mãe.

– Não é nada – interrompeu meu pai.

– Como assim, nada? – gritou mamãe.

– Quanto menos eles souberem, melhor – respondeu papai.

– Quanto menos nós soubermos sobre o quê? – perguntou Hildy.

– Nada, Hildegard. Vá para a cama.

– O que aconteceu?

– Seu tio Jakob foi preso – disse minha mãe, sem rodeios.

Hildy arquejou. Eu fiquei paralisado, sem acreditar no que escutara.

– Ah, ótimo, Rebecca. Perfeito. Você quer que todos os amigos deles saibam? Quer a SS batendo à nossa porta agora?

– Por que ele foi preso? – perguntou Hildy.

– Ele foi preso porque seu grupo político não concorda com os nazistas.

– Alguém pode ser preso por isso? – questionou Hildy a voz elevando-se nervosamente.

– As pessoas podem ser presas por quase qualquer coisa atualmente – respondeu mamãe.

– Nós vamos ser presos também? – perguntou Hildy à beira das lágrimas.

– Muito esperto de sua parte, Rebecca – disse meu pai. – Deixá-la morrendo de medo por nada!

– Não é por nada! – exclamou minha mãe. – Eles precisam saber o que está se passando. Eles o levaram para um campo de concentração, num lugar chamado Dachau – disse ela.

– O que é um campo de concentração? – perguntei.

– É um tipo de prisão que os nazistas construíram para qualquer um que não concorde com eles – respondeu minha mãe.

– Olhe – disse meu pai –, foi seu tio mesmo quem provocou isso. Ele e seu grupo estavam correndo riscos demais.

– Pelo menos estão tentando fazer alguma coisa – retrucou minha mãe. – Você não faz nada.

– O que há para ser feito? – respondeu bruscamente meu pai. – Você é tão inteligente. Você tem todas as respostas? O que há para ser feito?

— Alguma coisa! Qualquer coisa! Pelo menos meu irmão luta por aquilo em que acredita.

Minha mãe virou-se e cruzou o corredor na direção da cozinha. Meu pai foi atrás dela.

— E veja só aonde isso o levou — disse ele. — Você quer me ver apodrecendo num campo de prisioneiros na Bavária?

— Do jeito que as coisas estão indo, iremos para lá de qualquer maneira.

Hildy começou a chorar e correu para minha mãe, atirando os braços ao redor de sua cintura. Minha mãe pousou o braço nos ombros de Hildy.

— Você está perturbando as crianças — disse meu pai.

— Elas devem se sentir perturbadas! — afirmou ela.

— Não deveríamos discutir isso agora. — Ele voltou sua atenção para Hildy e para mim. — Ouçam, não mencionem o que aconteceu com seu tio a ninguém. Nem mesmo aos seus melhores amigos. Todos podemos ser presos também se eles pensarem que estamos envolvidos com esse grupo. Todos temos de ser mais cuidadosos agora, graças ao tio Jakob.

— Não podemos continuar assim — disse minha mãe.

— Não temos escolha — devolveu ele.

— Podemos ir embora — sugeriu ela.

— Já discutimos isso um milhão de vezes.

— Outros estão fazendo isso. Os Schwartz partiram semana passada para Genebra. E os Berg estão indo para Amsterdã.

— Eles têm família lá.

— Então podíamos simplesmente escolher um lugar.

— Escolher um lugar? E para onde iríamos, Rebecca? Já pensou nisso com cuidado?

— Qualquer lugar.

— Ah, ótimo! Qualquer lugar. Isso ajuda muito. Arrumem as malas, crianças. Vamos nos mudar para qualquer lugar.

Novos medos fincaram raízes no meu estômago. Meus pais jamais haviam discutido abertamente a ideia de deixar a Alemanha. As coisas estavam piores do que eu imaginava.

— E os Estados Unidos? Você tem primos...

— Você sabe que não podemos fazer isso.

— Por que não?

— Primeiro, é do outro lado do mundo e não tenho contato com nenhum deles desde antes da guerra. Segundo, não falamos inglês. E, acima de tudo, não temos nem perto do dinheiro que seria necessário para irmos todos para lá. E precisaríamos de milhares de marcos só para os pagamentos de patrocínio. Não sei por que você insiste nisso.

— Porque as coisas estão ficando cada vez piores.

— É só política. Vai passar.

— Não vai — disse ela. — Você não pode ficar aí sem fazer nada.

— OK, você quer ir, então vá!

Ele correu para o quarto deles, tirou uma das malas do armário e jogou-a aos pés dela.

— Aqui! Junte suas coisas e vá para qualquer inferno de lugar que quiser!

Ele chutou a mala, que deslizou e atingiu a perna de minha mãe com um golpe surdo. Ela agarrou a canela, sentindo dor onde a mala a acertara.

– Desgraçado! – gritou.

Então pegou a mala e a atirou em meu pai. Ele saiu da frente, mas a mala pegou em seu ombro e em seguida bateu na parede.

– Covarde! – acusou mamãe.

A palavra o deteve de imediato. Ele olhou para ela por um longo momento. Seu pescoço ficou vermelho e o rosto ferveu de raiva.

– Vou embora daqui – disse meu pai finalmente.

Virou-se e pulou desajeitado sobre a mala, que bloqueava seu caminho no corredor, e saiu ruidosamente do apartamento.

Depois que a porta da frente bateu, minha mãe pegou a mala e a guardou de volta no armário. Então, escondeu o rosto nas mãos e começou a gritar. Hildy e eu havíamos visto nossos pais brigarem antes, mas nunca daquele jeito. Hildy também chorava.

– Tio Jakob vai ficar bem? – perguntou ela.

– Não sei – respondeu mamãe. – Simplesmente não sei. Vocês dois devem ir para a cama agora.

Ela nos beijou na testa, entrou em seu quarto e fechou a porta. Dava para ouvi-la chorar, os soluços abafados no travesseiro. Hildy e eu fomos para nossos quartos. Eu receava ouvir o som da água enchendo a banheira, mas mamãe permaneceu em seu quarto.

Tentei bloquear todos os pensamentos sombrios que atravessavam minha mente, concentrando-me na minha vitória no ringue. Registrei fielmente os resultados da luta com Strasser em meu diário, tentando recordar a exata sequência de socos, o que dera certo, o que não funcionara. Max me ensinara que bons lutadores sempre procuravam reunir o máximo de informações possível sobre seus adversários para entender seus pontos fortes e fracos.

— Pense em você como o general de seu próprio exército, tentando encontrar o máximo de informações que puder sobre o outro exército antes da batalha.

Também esbocei uma pequena caricatura de Strasser, para que pudesse me lembrar como ele era, caso voltássemos a lutar um dia.

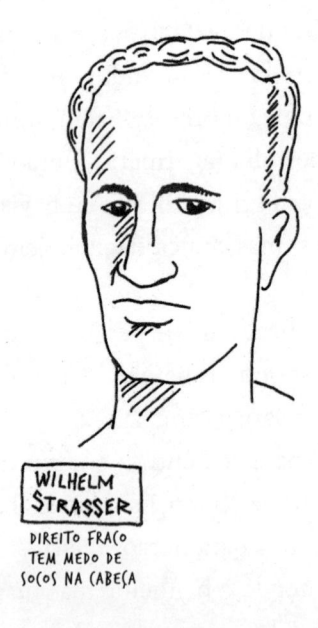

WILHELM STRASSER
DIREITO FRACO
TEM MEDO DE
SOCOS NA CABEÇA

Depois me deitei na cama e folheei minhas velhas revistas de boxe, tentando me perder no mundo de Barney Ross, Max Schmeling, Tony Canzoneri, Jimmy Braddock, Henry Armstrong. Raça e religião não pareciam ter importância no ringue, ou, se tinham, eram motivo de orgulho ou distinção. Os judeus eram descritos como "Martelos Hebreus" e "Filhos de Salomão". Os lutadores negros eram "Brutamontes Negros" e "Bombardeiros Negros". Gostaria que a Alemanha fosse tão acolhedora como o mundo do boxe parecia ser.

Minha mente continuava a se desviar para tio Jakob na prisão. Eu me perguntava por que tais lugares eram chamados de campos de "concentração". O que a concentração tinha a ver com aquilo? Eu ainda podia ouvir os soluços baixos de minha mãe quando, por fim, peguei no sono.

Um lutador de verdade

Meu pai voltou na manhã seguinte, com ar cansado e cheirando a charuto e à bebida com gosto de menta de que ele gostava. Ele e minha mãe mal trocaram uma palavra quando se viram. Ele se serviu de uma xícara de café e se sentou pesadamente à mesa da cozinha. Assim que ele se acomodou na cadeira, ela se levantou e saiu.

Não havia como se comunicar com os prisioneiros em Dachau, e o estado de espírito de minha mãe se tornou sombrio. Ouvíamos rumores de tortura e assassinato nos campos, e na ausência de informações concretas, minha mãe supôs o pior. Ela se recolhia a seu quarto e permanecia na banheira por períodos cada vez mais longos, até parecer que passava a maior parte de seus dias num dos dois cômodos, com a porta fechada.

No primeiro dia em que retornei ao clube após a luta com Strasser, entrei e vi Worjyk sentado na recepção. Por causa da chuva, não havíamos tido chance de conversar depois da luta, e eu esperava que ele me desse os parabéns ou ao menos fizesse alguns comentários sobre o meu desempenho no ringue. Porém ele só grunhiu um cumprimento pela metade, como se nada de especial tivesse acontecido. Neblig se aproximou, carregando um monte de toalhas. Certamente ele diria alguma coisa.

– Worjyk, onde quer que eu g-g-g-guarde estas toalhas novas?

– Coloque-as no armário dos fundos.

– OK. Ah, oi, Karl. – Ele acenou para mim distraidamente e saiu andando na direção do armário.

Fiquei parado ali, perplexo. Não esperava que meus pais ligassem para minhas apresentações no boxe, mas pensei que uma vitória ao menos me rendesse algum respeito no clube. Estava enganado. Olhei os homens treinando à minha volta, completamente indiferentes a mim, e me dirigi ao vestiário.

De repente, senti algo acertar minha nuca.

– Ai!

Virei-me e vi Neblig olhando para mim com um grande sorriso; uma luva de boxe estava caída no chão.

– Mas que...

Os homens no salão ficaram em silêncio e voltaram-se para mim.

– Parabéns, *Knochen* – disse Worjyk.

Todos os outros tiraram as luvas e as atiraram em mim. Tentei me desviar e me esquivar, mas as luvas continuavam a chegar, à medida que os homens se aproximavam de mim, repetindo meu nome:

– Karl, Karl, Karl, Karl!

Neblig, Johann e a maioria dos outros lutadores vieram para cima de mim e me levantaram em seus ombros, continuando a repetir meu nome, dando-me tapinhas nas costas e me parabenizando. Olhei ao redor, para o rosto dos homens que me cercavam, homens com os quais eu havia treinado, discutido e gargalhado. Nunca havia me sentido tão parte de algo, tão no centro das coisas. Inflei de orgulho. Foi um dos momentos mais felizes da minha vida.

Eu treinava com a maior frequência possível no Clube de Boxe de Berlim, embora Max aparecesse cada vez menos por lá. Depois de derrotar Paulino Uzcudun numa revanche em junho, ele viajara para os Estados Unidos para tentar uma oportunidade de disputar o título com Jimmy Braddock, conhecido como Homem-Cinderela, porque, antes de se tornar campeão, tinha sido pobre a ponto de viver de programas de auxílio do governo. O outro principal adversário era o jovem pugilista negro Joe Louis, e as pessoas já estavam especulando sobre a possibilidade de uma luta Louis-Schmeling no horizonte.

Meus totais no treinamento dos trezentos subiram para trezentos e setenta e cinco, quatrocentos e, finalmente, quatrocentos e cinquenta. Meu corpo ainda era magro, mas, onde a carne costumava ser mole e disforme, músculos tensos agora revestiam todos os membros.

Worjyk ajudou-me a entrar em mais torneios de boxe juvenis na cidade. Após minha primeira e *trêmula* luta, eu me acalmei e ganhei um senso de confiança interior. Meus meses de treinamento e sparring com adultos haviam me dado uma vantagem clara sobre adversários da minha idade. Lutei regularmente durante o verão de 1935. Venci com facilidade as diversas lutas seguintes e comecei a adquirir a reputação de alguém a ser respeitado e até mesmo temido no ringue.

Minha décima luta mostrou-se a mais desafiadora. Combati de igual para igual com um bom lutador de socos fortes chamado Heinz Budd. No segundo assalto, ele me surpreendeu com uma combinação e acertou um cruzado de direita esmagador do lado direito da minha cabeça que quase

JÜRGEN KRAUSE

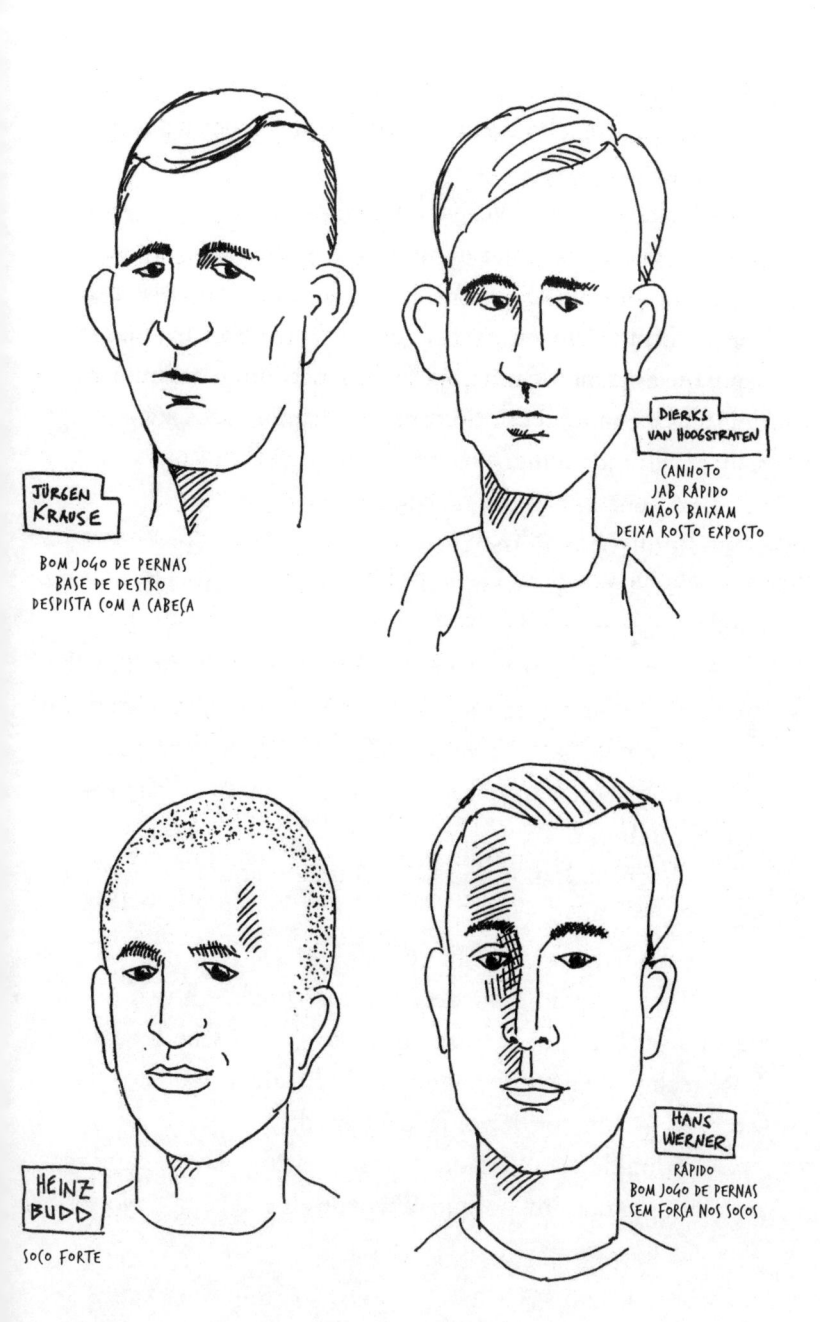

BOM JOGO DE PERNAS
BASE DE DESTRO
DESPISTA COM A CABEÇA

DIERKS VAN HOOGSTRATEN

CANHOTO
JAB RÁPIDO
MÃOS BAIXAM
DEIXA ROSTO EXPOSTO

HEINZ BUDD

SOCO FORTE

HANS WERNER

RÁPIDO
BOM JOGO DE PERNAS
SEM FORÇA NOS SOCOS

me derrubou. Meu protetor bucal saiu do lugar e eu mordi o lábio por dentro. Um fio de sangue quente escorreu pela minha garganta.

— Volte! — gritou Worjyk do meu *corner*.

Não consegui recuar depressa o bastante e Budd me acertou outra série de socos. Perdi o apoio dos pés e caí contra as cordas. Budd avançou para o golpe de misericórdia, mas consegui me esquivar de um uppercut e lancei um jab rápido. Mais dois jabs e consegui sair do canto. Trocamos socos até o gongo soar, encerrando a luta.

Budd encontrou-me no centro do ringue.

— Lutou bem — disse ele.

— Você também — respondi. Trocamos tapinhas nos ombros com as mãos enluvadas.

Retornei ao meu *corner* e Neblig entregou-me uma toalha, que usei para enxugar meu rosto coberto de suor. Tomei um longo gole de minha garrafa de água enquanto o árbitro apanhava uma pequena tira de papel com os juízes e dirigia-se ao centro do ringue.

— O vencedor, por decisão unânime — anunciou —, é Karl Stern.

Neblig bateu nas minhas costas.

— Bom trabalho, Knochen! — disse Worjyk. — A maioria das suas outras lutas foi moleza, mas esse garoto sabe lutar boxe. Você realmente mostrou algumas habilidades lá em cima. Pode vir a ser um lutador de verdade algum dia.

Um lutador de verdade. Nunca quatro palavras significaram tanto para mim, porque sabia que ele estava falando sério.

Dispensa antecipada

Quando as aulas recomeçaram naquele outono, Herr Boch não era mais membro do corpo docente. Havia vários professores novos, incluindo meu instrutor principal, Herr Kellner, um homem de lábios finos com um bigode estilo escovinha, o qual eu tinha certeza que ele deixara crescer para se parecer com Hitler. Muitos homens na Alemanha se barbeavam de modo a se parecer com Hitler, e tornou-se muito mais raro ver os bigodes volumosos que o *Kaiser* Guilherme tornara populares.

Poucas semanas após o início do novo período, Herr Kellner anunciou que naquela manhã haveria uma reunião especial no auditório para toda a escola. Meu amigo Kurt levantou a mão e perguntou sobre o que era a reunião. Herr Kellner apenas sorriu e respondeu que íamos descobrir. Ele pareceu olhar diretamente para mim ao dizer aquilo.

Entramos todos no auditório, e me sentei, como de hábito, mais para o fundo, com Kurt e Hans. Quando todos os alunos se encontravam reunidos, o diretor Munter subiu ao palco. Ele levantou o braço flácido numa saudação e gritou:

— HEIL HITLER!

E o auditório inteiro respondeu em uníssono:

— HEIL HITLER!

O diretor Munter colocou os óculos redondos e tirou um papel do bolso do paletó.

— Tenho notícias muito importantes para anunciar esta manhã — disse ele. — Nosso governo acaba de aprovar novas leis, sobre as quais tenho a honra e o dever de lhes falar. São as chamadas Leis de Nuremberg, e foram cuidadosamente criadas para proteger e assegurar a pureza do sangue alemão contra a insidiosa influência dos judeus. Eu as resumirei para vocês agora.

Minha garganta secou e senti minha coluna afundar na cadeira.

— Daqui em diante, qualquer um que tenha nascido de três ou quatro avós judeus será oficialmente considerado judeu. Não será mais permitido que judeus se casem com pessoas de sangue alemão genuíno. Relações sexuais extramaritais entre judeus e cidadãos alemães genuínos estão proibidas.

À menção de relações sexuais, um coro de risadas percorreu a plateia. Ouvi Kurt e Hans rindo ao meu lado. Será que eles não se davam conta do que Munter estava dizendo? Aquilo não tinha nada de engraçado. Pensei imediatamente em Greta. O que aconteceria agora que nosso relacionamento era oficialmente ilegal?

— Muito bem, quietos! — ordenou Munter. — Judeus não podem empregar cidadãs do sexo feminino com idade inferior a quarenta e cinco anos em funções domésticas. E estão proibidos, por meio dessa lei, de exibir a bandeira nacional ou do Reich. Qualquer violação dessas leis está sujeita a punição por trabalhos forçados. Vou afixar as novas leis e esta tabela de classificação racial no quadro de avisos da escola para que as examinem.

Ele dobrou o papel e devolveu-o ao bolso do paletó.

– Observando as novas orientações de nosso governo – prosseguiu Munter –, nossa escola também vai nos livrar da influência perniciosa dos judeus profanadores da raça. Os seguintes alunos queiram, por favor, se aproximar: Mordecai Isaacson.

Uma explosão de vaias irrompeu do local onde Mordecai estava sentado, em uma das primeiras filas. Ele ficou de pé e foi empurrado para fora da fila e para a frente do auditório.

– Jonah Goldenberg e Josef Katz, apresentem-se – prosseguiu o diretor Munter. Jonah e Josef também foram empurrados para fora de suas filas na direção da frente do palco.

– Benjamin Rosenberg...

Dei-me conta de que ele estava listando os alunos judeus em ordem alfabética, e que eu era o próximo. A menos que, por algum milagre, as novas leis me isentassem. Eu tinha, sim, um avô não judeu. Será que isso significava que seria poupado? Não lembro o que ele dissera. Se você tinha três avós, isso significava que era judeu, de acordo com a lei? Então, ele leu meu nome:

– Karl Stern. Apresente-se.

Hesitei por um instante, temendo juntar-me à fila de judeus na frente do salão. Nenhum deles era meu amigo. Eu não fazia parte daquilo. Alguns dos garotos sentados atrás de mim agarraram meu colarinho, levantaram-me da cadeira e me empurraram pelo corredor. Kurt e Hans olharam para seus pés quando passei. Enquanto eu me dirigia ao palco, todos os garotos começaram a recitar:

— *Juden! Juden! Juden!*

Fiquei de pé ao lado de Benjamin e olhei para os rostos alegres e de meus colegas cantarolando, como se tudo fosse um jogo para eles. Gertz Diener, Franz Hellendorf e Julius Austerlitz levantaram-se e gritaram mais alto. O diretor Munter ergueu as mãos para acalmar a plateia.

— Vocês cinco estão oficialmente expulsos. Podem pegar seus livros e deixar o prédio imediatamente. Estão dispensados.

Um clamor subiu da plateia quando nós cinco nos viramos e deixamos o auditório, e novamente o mantra:

— *Juden! Juden! Juden!*

Meu armário ficava ao lado do de Benjamin Rosenberg, e nós dois seguimos juntos pelo corredor vazio, pálidos e de olhos arregalados, como que num transe. Paramos diante dos armários, e minhas mãos tremeram quando reuni meus livros, perguntando-me que escola frequentaríamos, se é que iríamos para alguma escola.

Após alguns momentos, as portas do auditório abriram-se de repente, e Gertz Diener e a Matilha de Lobos surgiram na frente da torrente de alunos que saíam.

Gertz me viu com Benjamin de longe, apontou e disse:

— Lá estão eles!

De repente, ele começou a correr em nossa direção, liderando um imenso grupo de garotos.

— Karl, o que fazemos agora? — perguntou Benjamin, enquanto eles vinham para cima de nós.

— Corra!

Largamos os livros e disparamos na direção da escada de saída no fim do corredor. Voei escada abaixo, saltando três, quatro degraus de uma vez, com Benjamin logo atrás de mim.

– Espere! Karl! – arquejou ele, como se estar próximo de mim pudesse protegê-lo.

Ouvimos a ladainha abafada de *"Juden! Juden! Juden!"* e então a porta para a escadaria escancarou-se atrás de nós, e pelo menos duas dúzias de rapazes desceram desenfreados pela escada em nossos calcanhares. Cheguei ao pé da escada, saí pela porta lateral que levava ao pátio da escola, atravessei-o correndo e passei pelo portão principal, ganhando a rua. Benjamin ficou para trás.

– Karl! – gritou ele. – Espere!

– *Juden! Juden! Juden!*

Meus meses de treino de corrida haviam me dado velocidade e resistência superiores, de modo que me mantive bem à frente. Olhei para trás sobre o ombro no exato momento em que a Matilha de Lobos alcançou Benjamin. Gertz Diener o agarrou pelas costas do casaco e o jogou no chão. Benjamin caiu de joelhos, então os outros garotos amontoaram-se sobre ele como formigas sobre um doce descartado, até ele estar completamente coberto pelos corpos dos demais, que o chutavam e esmurravam.

Senti uma pontada de vergonha por não voltar para ajudá-lo, mas continuei a correr, sabendo que não havia nada que eu pudesse fazer além de ser surrado também. Eu me tornara um bom lutador, mas seria inútil contra uma dúzia de garotos. Minha força aumentara, mas e minha bravura? Enquanto corria, eu me perguntava se esse ato de autopreservação não seria apenas minha velha covardia me perseguindo.

Virei uma esquina e vi um policial mais adiante. Por um breve instante minha mente abraçou a ideia de avisar o policial do que estava se passando. Até comecei a andar em sua direção, mas então me lembrei das novas leis. Judeus já não eram nem cidadãos, portanto não era mais dever da polícia nos proteger. Até onde eu sabia, ele podia ajudar no espancamento ou me prender. O desespero me invadiu ao perceber quão vulnerável meu sangue judeu me tornava, e continuei a correr até nosso apartamento. No caminho, passei por diversas colunas de publicidade com imensos cartazes com as Leis de Nuremberg impressas para que todos as vissem.

Bertram Heigel

– Você foi o quê? – perguntou meu pai, arquejando.
– Expulso – respondi. – Não só eu. Todos os garotos judeus foram expulsos.

Minha mãe, meu pai, Hildy e eu tínhamos acabado de nos sentar para um humilde jantar de batatas cozidas, cenouras e pão integral quando dei a notícia.

– Será apenas uma questão de tempo antes que a escola de Hildy siga o exemplo. – Minha mãe suspirou.

– Eu não quero mais ir para a escola mesmo, de qualquer maneira – disse Hildy. – Lá é horrível.

– O que vamos fazer, Sig? – perguntou minha mãe.

– Eu não preciso ir à escola – eu disse. – Posso arrumar um emprego.

– Não existem empregos – afirmou ela.

– Então posso trabalhar com papai.

– Eu também – acrescentou Hildy depressa.

– Não. Os dois têm de estudar – disse minha mãe. – Não vou permitir que eles transformem nossos filhos em selvagens ignorantes.

— Mas só se encontrarmos uma escola que os aceitem — interveio meu pai.

— Vamos mandá-los para uma escola judaica — sugeriu minha mãe.

— Uma escola judaica? — retruquei.

— Não quero que meu filho vire rabino — disse meu pai.

Era bom ver que, excepcionalmente, meu pai e eu estávamos do mesmo lado de uma discussão.

— Bobagem — disse mamãe. — Conhecer a Torá certamente não vai prejudicá-lo. Você frequentou uma escola judaica e sobreviveu.

— Por pouco — resmungou ele.

— Sempre ensinamos nossos filhos a ter a mente aberta — disse minha mãe. — Tenho certeza de que um pouco de educação judaica não vai fechá-la.

Logo depois, Hildy e eu formos matriculados em escolas judaicas diferentes, não muito distantes de casa. Meu antigo colega de turma Benjamin Rosenberg começou a frequentar a mesma escola, mas nos evitávamos. Eu me sentia envergonhado por não ter parado para ajudá-lo quando ele foi alcançado pela Matilha de Lobos. E ele provavelmente estava furioso comigo ou constrangido por ter levado a surra.

No primeiro dia em minha nova turma, o professor, Herr Haas, um homem grande com uma densa barba ruiva, me chamou até a frente da sala. Ele usava um terno preto pesado, e longos cachos de cabelo pendiam ao lado de suas orelhas.

— Herr Stern, parece que você esqueceu algo.

— Senhor?

— A quipá — respondeu, apontando para o pequeno barrete na própria cabeça.

– Eu não tenho uma – admiti.

Diversos garotos deixaram escapar uma exclamação de surpresa, enquanto outros riram.

– Bem, sugiro que você consiga uma para usar na escola o mais depressa possível. É obrigatório. Por enquanto, use esta.

Ele abriu a gaveta de sua mesa e tirou de lá uma quipá feita de papel branco dobrado.

– Agora, sente-se.

Voltei para a minha carteira, e o garoto sentado atrás de mim inclinou-se para a frente e sussurrou:

– Por que você não usa quipá?

– Por que deveria?

– Por quê? Porque Deus mandou.

– Não entendo por que Deus se importaria com o fato de eu usar um chapéu. Além disso, atualmente isso é como usar um alvo na cabeça.

O garoto balançou a cabeça e se endireitou na carteira.

Todos tinham de aprender hebraico e estudar a Torá e o Talmude. Como um dos únicos alunos sem absolutamente qualquer observância judaica em casa, eu era um caso perdido em hebraico, tão atrasado em relação a meus colegas que nem mesmo tentava alcançá-los. Em geral, havia dois tipos de alunos na escola: os antigos, oriundos de famílias mais observantes, e nós, alunos novos, que fomos forçados a nos matricular ali porque fomos expulsos de nossas escolas laicas.

Eu não sentia ligação alguma com os judeus religiosos e não acreditava em nenhuma de suas tradições. Por que Deus ou alguém se incomodaria se eu comia linguiça de porco ou andava sem chapéu? Eu raciocinava que, se todos fossem laicos, nada disso teria acontecido. Os judeus religiosos não tinham uma opinião muito boa sobre os alunos não observantes, inclusive sobre mim. Para eles, éramos estranhos por termos nascidos judeus, mas não acreditarmos nem adotarmos qualquer tipo de prática. Eu evitava a maioria dos garotos, novos e antigos, concentrando toda a minha vida social em torno do Clube de Box de Berlim, de Greta Hause e de meus desenhos.

Uma noite, depois do jantar, eu estava sentado na sala de estar, trabalhando numa nova tira sobre Barney Ross baseada numa história que eu havia lido na *The Ring*, em que Ross voltava para seu antigo bairro e defendia seu rabino de um grupo de bandidos. Ao criar a história em quadrinhos, dei-me conta de que Ross nunca usava quipá, e mesmo assim considerava-se um judeu observante. Ele conseguia equilibrar o fato de ser um pugilista e também ter orgulho de ser judeu de um modo absolutamente impossível na Alemanha. Eu estava terminando o último quadro quando meu pai entrou de repente na sala, carregando um embrulho.

– Aí está você. Eu estava te procurando.

– Estava desenhando.

Meu pai se aproximou, e eu instintivamente tentei cobrir o que estava fazendo, mas era tarde demais. Ele franziu o cenho ao ver.

– Quadrinhos – disse, com desdém. – Não sei por que você perde tanto tempo em algo tão insignificante.

– Não é insignificante para mim.

– Bem, preciso que você faça uma entrega.

Ele me entregou um embrulho.

– Onde?

– Na Condessa. E não esqueça o dinheiro.

O desânimo tomou conta de mim. Eu ficava apreensivo ao fazer entregas para a Condessa, pois ele e seu namorado, Fritz, sempre faziam muito alvoroço sobre como eu estava ficando grande e forte, e tentavam me fazer entrar oferecendo-me chá. Evidentemente, desde que eu começara a treinar, eu queria que as pessoas notassem as mudanças no meu físico. Mas não aquele tipo de pessoas.

E eu estava contente por meus pais continuarem a ter um negócio ativo com a prensa, embora as cobranças e entregas tivessem se tornado ainda mais envoltas em segredo do que antes. Às vezes eu deixava anonimamente embrulhos na porta de apartamentos e saía sem cobrar o pagamento, enquanto com outros clientes eu ia apenas receber o dinheiro. Meu pai não queria correr o risco de que a mesma pessoa fosse vista com muita frequência no mesmo endereço. Meus clientes regulares incluíam a Condessa, bem como outros integrantes do submundo de Berlim – homossexuais, ciganos, judeus, comunistas, qualquer um cujo estilo de vida ou crença o forçasse a viver em segredo.

Relutante, dirigi-me ao prédio de apartamentos da Condessa, determinado a ir embora o mais depressa possível.

Quando toquei a campainha, uma voz de homem que não reconheci respondeu lá de dentro. Não parecia Fritz, que às vezes atendia a porta.

– Quem é?
– Karl Stern.

Um momento depois, a porta se abriu, revelando um homem de meia-idade, alto, a cabeça calva contornada por uma estreita coroa de cabelos castanhos.

– Hã... a Condessa está?

– Entre – disse ele.

Normalmente, eu teria apenas deixado o embrulho e ido embora, mas precisava levar o dinheiro. Meu pai fora muito claro sobre a necessidade de cobrar na hora sempre que possível. O homem que atendeu a porta virou-se e dirigiu-se à sala de estar. De repente, fui tomado pelo medo de que a Condessa e Fritz tivessem se mudado ou sido presos, e aquele homem fosse o novo ocupante do apartamento. Os folhetos em minha mochila pesavam muito, e eu sabia que não podia deixá-los com um estranho e correr o risco de criar um grande problema para todos. Hesitei à porta. Deveria sair correndo?

– A Condessa ainda mora aqui? – arrisquei.

O homem não se virou.

– Sim, Karl. A Condessa ainda está escondida em algum lugar por aqui. Só não está se sentindo muito bem hoje.

Como ele disse meu nome como se o dissesse com frequência, eu o segui até a pequena sala junto da porta da frente. Ele sentou-se pesadamente ao lado de uma pequena escrivaninha com tampo de correr.

– Gostaria de uma xícara de chá? – ofereceu.

– Não, muito obrigado – respondi. Ainda estava com medo de dar o embrulho a um estranho. – Fritz está?

– Fritz? Não, Fritz não mora mais aqui – disse o homem. – Fritz decidiu se tornar uma pessoa diferente porque o governo não gosta de quem ele realmente é.

A voz do homem ficou presa na garganta como se ele estivesse à beira das lágrimas, e me dei conta de com quem estava falando, apesar da ausência da peruca e das hábeis camadas de maquiagem.

– Condessa? – perguntei.

— Sim — respondeu ele. — Embora a maioria das pessoas me chame de Bertram quando estou com esta aparência. Bertram Heigel, muito prazer — disse ele, comicamente estendendo a mão. Trocamos um aperto de mãos.

— Estou com o embrulho para o senhor.

— Sim, bem, lamento o trabalho de você vir até aqui, mas não vou precisar disso esta semana. Na verdade, provavelmente nunca mais vou precisar deles, do jeito que as coisas estão. Minhas festas saíram de moda.

Minha mente parou. A Condessa era um dos únicos clientes confiáveis que nos restavam. Eu não tinha ideia do que faríamos se não tivéssemos aquela renda, pequena, mas regular.

— Mas já foram impressos! — falei, retirando o embrulho da mochila.

— É claro que pagarei por eles, mas parece que não vou organizar mais os bailes, então esta será a última entrega.

Ele tirou um rolo de marcos da escrivaninha e o entregou a mim, percebendo o olhar constrangido em meu rosto quando aceitei o dinheiro.

— Como estão os outros negócios de seu pai?

Imaginei como deveria responder àquela pergunta. O negócio de meu pai já não existia. A galeria fora obrigada a fechar oficialmente após a aprovação das Leis de Nuremberg, e seus clientes particulares pareciam diminuir a cada semana que passava, à medida que cada vez mais de seus antigos associados eram presos ou fugiam do país. A Condessa reconheceu meu silêncio com um movimento de cabeça.

— Entendo — disse ele. — Sabe como conheci seu pai?

— Não — respondi. Na verdade, eu não queria saber. Minha mente andara cogitando a ideia de que meu pai tinha algum tipo de vida secreta como homossexual ou travesti, ou ambos, mas eu tentara enterrar esses pensamentos tão depressa quanto eles haviam entrado em minha cabeça.

– Venha cá. Quero lhe mostrar algo.

Ele retirou um álbum de fotografias de couro surrado de uma prateleira na escrivaninha e abriu numa página com várias fotos de rapazes, garotos na verdade, vestindo uniformes de guerra. Ele apontou para a foto de um grupo de seis soldados, cada um portando um rifle em uma das mãos, e o braço livre sobre o ombro do outro.

– Sou eu aqui na ponta. E este aqui, no meio, é seu pai. O pequeno.

Examinei a imagem de meu pai de vinte anos antes, jovem e magro. Era difícil conceber que aqueles na fotografia fossem realmente meu pai e a Condessa.

– Essa fotografia foi tirada apenas alguns dias depois de completarmos o treinamento básico. Eu era um péssimo soldado. Mas seu pai era um guerreiro nato.

– O quê?

– Ah, sim. Um líder natural. Um grande atirador. Sempre se mantinha tranquilo debaixo de fogo. Ele nunca lhe contou nada sobre a guerra?

– Nada.

– Sabia que ele foi condecorado com a Cruz de Ferro?

– Ele nunca falou sobre a experiência dele na guerra.

– Bem, alguns fatos devem ser contados. Estávamos no fim de 1916, no norte da França. Na época, seu pai já havia sido promovido a cabo. Ficamos entrincheirados por dias durante a Batalha de Somme. Dezenas de milhares pereceram nessa batalha. O inimigo fazia uma grande investida, e estávamos recuando sob fogo pesado. Dois de nós, eu e Habermaas, o mais alto na foto, ficamos enroscados no arame farpado quando corríamos para outra trincheira, mais recuada. Seu pai já a tinha alcançado, e estava nos dando cobertura quando uma nuvem de gás mostarda nos envolveu. Habermaas e eu estávamos perdidos, presos no arame com a nuvem mostarda soprando em nosso rosto. Havíamos deixado cair as máscaras na retirada, e comecei a sufocar quando o gás chegou à minha garganta. Caí de joelhos e tentei prender a respiração até que a nuvem passasse. Habermaas foi atingido nas costas por uma bala, e eu o vi tombar. Não consegui prender a respiração por mais tempo. Inspirei de leve pelo nariz e imediatamente comecei a tossir, e soube que era um homem morto. Tombei para a frente, a pele das minhas pernas rasgando-se no arame farpado. Ainda tenho as cicatrizes.

Ele levantou a perna direita da calça, revelando uma cicatriz longa e sulcada subindo na lateral da panturrilha.

– Ainda bem que não aparecem quando uso meias – brincou ele.

"Então eu estava lá caído, esperando a morte, quando seu pai apareceu do nada, usando uma máscara de gás e carregando outras duas. Ele nem trazia a arma. Tinha atravessado correndo o campo de batalha sob fogo pesado. De alguma forma ele conseguiu colocar a máscara sobre nosso rosto, livrou-nos do arame farpado e nos carregou para a segurança da trincheira. Não imagino como ele encontrou forças, mas conseguiu. Foi o ato de maior bravura que já testemunhei. Devo a seu pai a minha vida.

"Habermaas morreu algumas semanas depois, de infecção. Dois dos outros rapazes da foto morreram também. Tantos amigos literalmente despedaçados diante de nossos olhos.

Depois da guerra, seu pai tornou-se um pacifista e recusou-se a aceitar a Cruz de Ferro. Dizem que a guerra produz falcões e pombos, e seu pai tornou-se um pombo maravilhoso, assim como eu. Só que eu me tornei um pombo com uma plumagem muito mais vistosa."

Ele soltou uma risada sem entusiasmo. Em seguida, virou a página do álbum, e lá estava outra fotografia de meu pai segurando sua arma, parecendo muito mais endurecido e cansado que na página anterior.

– Esta aqui foi tirada apenas poucos dias antes do fim da guerra.

Ele removeu a fotografia com cuidado e a segurou para examiná-la mais de perto.

– Éramos apenas crianças, na verdade. Tome, quero que fique com esta. Mas não conte a seu pai que lhe dei.

– Não vou contar – eu disse e guardei a foto em minha mochila, junto com o dinheiro que ele me dera.

Em seguida me levantei, pensando que aquela provavelmente seria a última vez que estaria naquele apartamento, enquanto ele me acompanhava até a porta.

– Então... até a próxima semana. À mesma hora – disse ele.

– Mas pensei que tivesse dito que...

– Os famosos bailes da Condessa podem voltar mais cedo ou mais tarde. Nunca se sabe. E mesmo que não voltem, posso pagar essas impressões por algum tempo, agora que não tenho Fritz para gastar meu dinheiro. Mas não conte a seu pai. Ele é um homem orgulhoso.

– Obrigado – agradeci.

Quando cheguei em casa, encontrei meu pai no escritório, a cabeça abaixada sobre alguns papéis. Ele esfregava as têmporas, massageando-as para aliviar uma dor de cabeça, e parecia abatido e cansado, um contraste e tanto com a fotografia do jovem soldado durão que eu tinha na mochila.

Aproximei-me e pus o dinheiro que recebera sobre a mesa. Ele não ergueu os olhos. Examinava um balancete e sacudia a cabeça, como se os números não fizessem sentido.

– Papai?

– Hã – resmungou, os olhos ainda colados aos papéis sobre a mesa.

Queria perguntar sobre a guerra e por que ele recusara a Cruz de Ferro. Queria saber como era disparar uma arma contra outro homem e o que se sentia ao matar alguém. Queria poder contar-lhe que eu tinha orgulho dele por salvar aqueles homens. Estava prestes a falar, mas as palavras ficaram presas na minha garganta. Naquele instante, decidi que, se ele queria manter em segredo aquela parte de sua vida, não seria correto de minha parte trazê-la à tona. Resolvi, então, guardar a fotografia. Algo acerca daquela decisão fez com que eu me sentisse mais velho, como se aquela fosse a coisa mais madura que eu já fizera. E o fato de agora conhecer o segredo de meu pai me fez sentir mais próximo dele do que nunca.

– Boa noite, papai.

– Boa noite, Karl – respondeu ele, distraidamente.

Então me retirei para o quarto, peguei a foto do meu pai e a comparei com as imagens de meu herói do boxe, Barney Ross, que eu rasgara da revista *The Ring*. Embora antes visse meu pai como o oposto de Ross, eu agora enxergava semelhanças nas expressões dos dois: olhares severos de determinação, como se ambos estivessem lutando por suas vidas.

O Bombardeiro Negro

Após uma longa viagem para os Estados Unidos, preparando o terreno por uma tentativa de luta pelo título dos pesos-pesados contra Jimmy Braddock, o "Homem-Cinderela", Max voltou para Berlim e nossas aulas foram retomadas. Apesar de ter me treinado durante quase dois anos, ele permanecia uma figura enigmática. Cada vez mais aparecia na imprensa com Hitler, Goebbels e os outros líderes nazistas, e descrito como prova da supremacia do sangue alemão. Isso, porém, não fazia sentido para mim, a julgar pelo número de amigos e associados judeus que ele parecia ter. Até seu empresário, o lendário Joe Jacobs, era um judeu americano. Como o centro do mundo da luta era os Estados Unidos, alguns pugilistas europeus tinham empresários americanos, e muitos deles eram judeus.

Quando Max trouxe Jacobs para a Alemanha, para sua luta contra Steve Hamas, em maio de 1935, foi um grande escândalo. A luta aconteceu em Hamburgo, e, para começar, o hotel onde Max reservara os quartos não queria nem mesmo deixar Jacobs se registrar. A gerência do hotel só cedeu quando Max ameaçou expor o hotel na imprensa americana.

Max bateu tão forte em Hamas que a luta teve de ser encerrada no nono assalto. A plateia da cidade natal foi à loucura e espontaneamente cantou *"Deutschland über Alles"*. Jacobs estava de pé ao lado de Max quando a plateia inteira se levantou e fez a saudação nazista, e ele foi fotografado fazendo a saudação junto com os demais, tendo na mão o indefectível charuto. A fotografia de Jacobs e Schmeling fazendo juntos a saudação saiu em jornais de todo o mundo. Nos Estados Unidos, Jacobs foi acusado de traidor de seu país e de sua religião. E, na Alemanha, Max foi acusado do mesmo tipo de deslealdade porque os nazistas acharam que a saudação de Jacobs foi um insulto, particularmente por causa do charuto na mão levantada.

Embora fosse considerado velho aos trinta anos, Max emergira como um dos principais lutadores a deter a coroa dos pesos-pesados. O outro lutador mais empolgante era Joe Louis, que nunca fora derrotado, e a imprensa do boxe parecia achar que sua ascensão ao campeonato era inevitável. Neto de escravos do Alabama, Louis tinha muitos apelidos na imprensa: *Destruidor Moreno, Martelador Cor de Café, Mutilador de Mogno* e o *Triturador de Chocolate*, mas era mais conhecido como o *Bombardeiro Negro*.

Max sabia que, se quisesse uma chance para disputar o título com Jimmy Braddock, teria de enfrentar Louis primeiro. Então, foi marcada uma luta para o dia 19 de junho de 1936, no Yankee Stadium, em Nova York. Nos meses que antecederam o combate, Max ficou obcecado por Louis, estudando filmes de suas lutas com o olhar de um cientista e desenvolvendo uma estratégia para derrotar o homem que a maioria dos cronistas do boxe considerava imbatível.

A maior parte de suas dicas de treino para mim nessa época foi inserida no contexto de sua iminente luta com Louis.

– Você precisa trabalhar seu jab – disse ele uma tarde, enquanto me observava socar o saco de pancadas. – Quanto mais força e velocidade conseguir colocar no seu jab, menos vai precisar depender de socos mais fortes, que consomem sua energia e o deixam aberto a contra-ataques. Dizem que Joe Louis tem um jab tão forte que nem precisa de outros socos. É por isso que nunca é nocauteado.

Parei de esmurrar o saco e fiz a pergunta que estava não só em minha mente, mas também na de todos do clube:

– Está com medo de lutar com ele?

– Nunca tenho medo de entrar no ringue – respondeu ele com um sorriso.

– Por que não?

– Já me machuquei antes. Sei o que é a dor. Mas existem regras e códigos de honra no boxe sob os quais vivi minha vida inteira. Uma derrota é uma derrota. Todo mundo passa por isso. É o mundo fora do ringue que está ficando cada vez mais complicado e tornando a derrota mais desafiadora.

– O que quer dizer?

– Parece que agora o governo todo se interessa por meus adversários. O ministro do Reich, Goebbels, deixou muito claro que não quer que eu lute com Louis.

– Por que não?

– Tem medo que eu seja derrotado. Um alemão perder para um negro prejudicaria suas teorias de superioridade germânica.

– O que você acha?

– Acho que posso derrotá-lo. Vi um defeito em sua técnica.

– Não, quero dizer, o que acha das teorias deles?

Eu jamais perguntara a opinião de Max sobre nada além do meu treinamento de boxe. E, ao fazer essa pergunta, tive a sensação de ter passado dos limites, mas as palavras simplesmente saíram de minha boca. Ninguém discutia política no clube, particularmente perto de Max. Ele fez uma pausa antes de responder:

– Lutei com dúzias de homens de todas as origens, e no ringue se vê todo tipo de emoção humana: heroísmo, covardia, raiva, medo, independentemente da cor da pele. Todos sangram igual.

– Você odeia Louis, como dizem os jornais?

– Eu nem o conheço. Isso é coisa dos cronistas esportivos tentando esquentar as coisas. Esporte é esporte – disse ele. – Ódio não tem nada a ver com isso.

– Como vai derrotá-lo?

– Ah, você quer saber o maior segredo do boxe, hein? Se eu lhe contar, precisa jurar que nunca dirá a ninguém. Se isso algum dia se espalhar, Louis me destruirá.

– Eu juro.

Durante semanas, Max vinha dando indiretas sobre o defeito que descobrira na técnica de Louis, e os cronistas esportivos vinham tentando adivinhar o segredo, mas ninguém acertou. Ele alegava que não compartilhara a informação com ninguém, nem mesmo com a mulher.

Max olhou por cima do ombro para ter certeza de que ninguém estava por perto ouvindo; então me levou a um canto do clube, oculto aos olhos alheios, e posicionou-me como se eu fosse Joe Louis e estivesse em posição de luta no ringue. Meu pulso se acelerou quando Max baixou o tom de voz:

O BOMBARDEIRO NEGRO

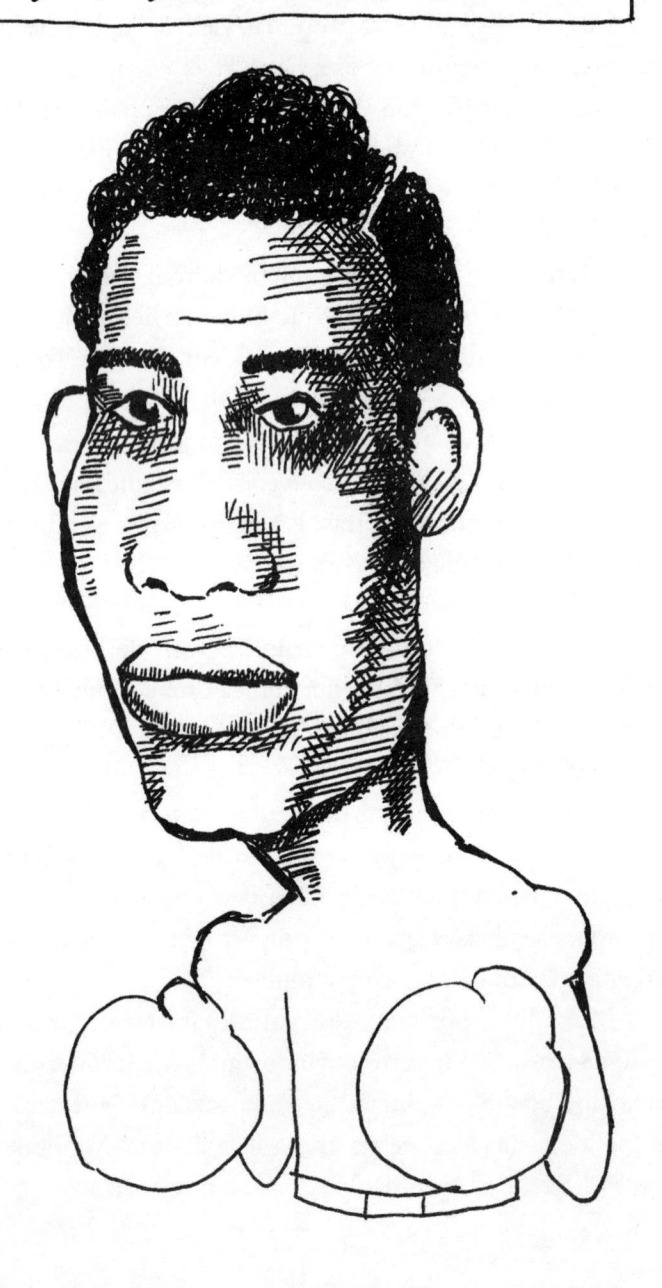

– Quando lança o jab, Louis deixa cair a esquerda – disse.

Ele demonstrou, movendo meu braço esquerdo num jab e depois imobilizando-o na posição abaixada.

– Vê? – continuou. – Isso o deixa vulnerável ao ataque pelo meu contragolpe de direita.

Ele me socou em câmera lenta com a mão direita robusta.

– O direto de direita é seu melhor soco! – exclamei.

– Exatamente. Tudo que tenho a fazer é ser paciente e esperar pelas aberturas, e sei que posso vencê-lo. Se conseguir sobreviver tempo bastante àqueles jabs. – Max me olhou nos olhos. – Não conte isso a ninguém, Karl. Meu destino está em suas mãos agora.

Naquela noite, fiz um esboço de Joe Louis em meu diário. Foi a primeira vez que desenhei um negro. De início, seus traços pareciam muito diferentes, mas, à medida que eu fitava sua fotografia e desenhava o rosto, ia percebendo como ele parecia jovem. Com isso, me dei conta de que ele estava muito mais próximo da minha idade do que de Max ou Barney Ross. Parecia jovem e faminto, como se quisesse provar algo ao mundo, exatamente como eu.

Amargos dezesseis

Nas semanas que antecederam a luta contra Louis, Max foi treinar nos Estados Unidos. Eu continuei me exercitando no clube e entrando em campeonatos juvenis locais, sempre com um olho no objetivo de um dia me tornar campeão alemão juvenil. Minha única distração de fato era Greta.

Poucos dias antes da luta, Greta faria dezesseis anos. Fiz para ela um cartão desenhado a mão retratando a Torre Eiffel. Primeiro, criei o cartão usando tinta preta no papel, mas não ficou muito bonito. Ao contrário das tirinhas e caricaturas que eu criava, aquele desenho precisava de cor. Então, comecei de novo. Desenhei cuidadosamente a imagem a lápis e depois colori com aquarelas. Deixei secar e acrescentei os detalhes à caneta e tinta.

Com um pouco do parco dinheiro que eu economizara, também lhe comprei um pequeno pingente de prata com a forma da Catedral de Notre-Dame para substituir o de trevo que ela me dera. Embrulhei a caixinha com o novo pingente e a enfiei no bolso de trás quando me aproximei do parque em nosso horário de encontro habitual.

O sol pairava baixo no céu e emitia um brilho amarelo flamejante por trás de nuvens que escureciam. Enquanto caminhava, eu apertava a bolinha de borracha que Max me dera. Além de ser uma ferramenta para fortalecer as mãos, a bola propiciava uma boa liberação de tensão, pois eu sempre sentia um pequeno nó de ansiedade antes de ver Greta. Cheguei ao nosso local de encontro junto ao banco e fiquei surpreso por não a encontrar ali. Normalmente ela chegava um ou dois minutos antes de mim. Sentei-me no banco e me pus a esperar, esquadrinhando a quase escuridão para vê-la chegando.

Foi então que ouvi um farfalhar nos arbustos próximos e o som nítido de Greta gritando: "Não!" Segui na direção do barulho. Ouvi-a arquejar. Fui para trás da primeira fileira de arbustos e deparei com Greta pressionada contra uma árvore por Herr Koplek.

– Pare, por favor! – pedia ela, tentando se livrar das mãos dele.

– Vamos, seja boazinha comigo – grunhiu ele, inclinando o rosto para a frente e fungando no pescoço dela. Sua língua projetou-se para fora da boca e tocou-lhe a pele da garganta.

– Ei! – gritei.

– Karl! – chamou ela.

Aproximei-me, mas Herr Koplek não a soltou.

– Vá embora, garoto – disse ele. – Se sabe o que é melhor para você. *Schnell!*

– Tire as mãos de cima dela!

– Sei o que vocês andam aprontando. Os dois podem ficar muito encrencados. Agora, se quer que eu fique de boca fechada, é melhor dar o fora daqui, judeu.

– Karl, por favor! – disse Greta. – Não vá!

– Eu disse para tirar as mãos dela agora!

Agarrei-o pelo ombro e o girei de frente para mim. Cerrei os punhos e assumi uma posição de combate.

– Não faça nenhuma burrice – disse ele. – Se não sair daqui neste minuto, você e sua família estarão na rua amanhã. Eu juro!

Fiquei ali com os punhos cerrados, sentindo o sangue pulsar pelos meus dedos, querendo mais do que qualquer coisa soltar uma torrente de murros sobre ele. Ele era flácido e lento, e eu passara os dois anos anteriores alimentando a caldeira com o carvão em seu lugar, então tinha certeza de que seus ombros e braços haviam enfraquecido. Sabia que podia vencê-lo. Queria machucá-lo muito, para defender Greta e a mim.

Mas minha mente rapidamente calculou o risco, e sabia que sofreria terríveis consequências se o esmurrasse.

Então, lancei-me para a frente e lhe dei um empurrão, que o derrubou rolando no chão. Em seguida, agarrei Greta pela mão e gritei:

– Vamos!

Saímos correndo de trás dos arbustos e disparamos através do parque.

Koplek gritou atrás de nós:

– Você vai se arrepender, Stern!

Corremos sem falar por diversos quarteirões, sentindo que olhos que não estavam ali nos seguiam, certos de que Koplek corria em nossos calcanhares. Quando estávamos a poucos quarteirões do nosso prédio, Greta começou a diminuir o ritmo. Olhei em volta para ter certeza de que ninguém nos observava e a puxei para um beco escuro.

– O que faremos agora? – perguntou ela, sem fôlego.

– Não sei – respondi. – Tenho de pensar.

– Ele sabe que temos nos encontrado. Vai contar ao meu pai.

– Não fizemos nada de errado. Ele, sim. Ele atacou você. Devíamos denunciá-lo. É nossa palavra contra a dele.

– Ninguém acreditará em nós. Somos crianças. E você é judeu. Quem sabe o que ele dirá que fizemos?

– Ele nunca nos viu fazendo nada.

– Ele viu quando nos beijamos no porão pela primeira vez.

– Mas isso foi há dois anos.

– Não importa. É o suficiente.

– Suficiente para quê? Para me prenderem?

– Não sei. Talvez.

— Deveria tê-lo acertado de qualquer maneira.

— Aí você realmente estaria encrencado. Olha, tenho de ir para casa.

— E se Koplek disser algo?

— Não sei. Temos de pensar numa história.

— Não vou contar uma história. Vou contar a verdade.

— Não podemos contar a verdade. – Seus olhos se encheram de lágrimas. – Por favor, Karl. Não diga nada. Talvez Koplek não diga nada também.

— Mesmo que não diga, e se ele vier atrás de você de novo? O que vai fazer?

— Não sei. Apenas não diga nada, por favor.

— Greta...

— Por favor, Karl, eu tenho de ir.

Ela se afastou de mim.

— Espere – eu disse. Estava desesperado para que ela ficasse, para abraçá-la e protegê-la.

— Desculpe, tenho realmente de ir.

Ela se virou e correu, saindo do beco, indo na direção do nosso prédio.

Fiquei olhando enquanto ela se afastava em disparada. Foi só depois que ela desapareceu de vista que me dei conta de que ainda estava com o cartão e a caixinha no bolso de trás.

A reabertura da galeria Stern

NAQUELA NOITE, EU NADA DISSE AOS MEUS PAIS. À MEDIDA QUE AS horas passavam, o peso da culpa crescia dentro de mim, combinado com o medo puro de ser descoberto, e eu sentia cada tique-taque do relógio passar como a Espada de Dâmocles oscilando acima de minha cabeça. A voz desesperada de Greta ecoava em minha mente. Eu tinha visões recorrentes dela contra a árvore, nas garras de Herr Koplek. Sua expressão, normalmente tão confiante e sob controle, parecia vulnerável, horrorizada e assustada. Tudo isso tornava meus sentimentos por Greta mais intensos que nunca, e meu desejo de vê-la aumentava como uma febre em rápida escalada.

Pela manhã, permaneci longe do porão, e fiz o que pude para evitar Herr Koplek. Esperava ver Greta no corredor e demorei-me na porta da frente ao sair e ao chegar da escola para aumentar minhas chances de encontrá-la, mas não a vi. Eu ainda levava o cartão e o presente de aniversário no bolso traseiro, planejando passá-los furtivamente a ela, se tivesse oportunidade. Queria mais do que tudo falar com ela, saber se ela estava bem e descobrir se havia confessado algo ou se Koplek abordara seu pai.

Um dia inteiro se passou sem incidentes, e comecei a relaxar. Naquela noite, jantamos como uma família, o que se tornara uma ocorrência relativamente rara devido aos horários de trabalho estranhos de meu pai e às entregas que minha mãe e eu fazíamos para ele. Mamãe tinha preparado uma refeição simples de talharim com purê de nabo e molho de carne, com uma quantidade mínima de carne desfiada. Carne se tornara uma raridade, e a qualidade em geral era ruim. Hildy chamou o prato de "guisado de cadarço", porque a carne desfiada fazia-na lembrar de tiras finas de couro. Acabáramos de nos sentar quando uma batida forte soou à porta. Desde a prisão de tio Jakob, vínhamos cada vez mais tomando conhecimento de histórias da Gestapo prendendo pessoas à noite sem aviso ou explicação. Meu pai lançou um olhar de relance para minha mãe.

— Está esperando alguém?

— Não — respondeu ela, em voz baixa.

Assim que ouvi a batida, meu corpo se retesou enquanto eu presumia que fosse Herr Koplek finalmente vindo vingar-se. Meu pai não atendeu, talvez esperando que, quem quer que fosse, simplesmente iria embora. Porém, após um momento, tornaram a bater.

— Herr Stern? — chamou uma voz por trás da porta. — É Fritz Dirks.

Meu pai mostrou-se surpreso e levantou-se para atender a porta.

Fritz Dirks trabalhava para a grande imobiliária que administrava diversos prédios na vizinhança, incluindo o nosso. Era também um amante das artes. E, embora não fossem amigos, ele e meu pai se davam bem. Ele comparecera a vários vernissages na galeria e até comprou uma pintura do meu pai havia alguns anos. Da cozinha eu podia ver meu pai abrir a porta no fim do corredor e Herr Dirks entrar, com o chapéu-coco nas mãos e uma expressão grave no rosto. Era um homem de idade, extremamente alto e esquelético, com apenas algumas mechas de cabelo grisalho que ele penteava sobre a cabeça calva.

– Lamento incomodá-lo, Herr Stern.

– Em absoluto, Herr Dirks, entre, por favor. Posso lhe oferecer algo?

– Não, obrigado.

– O que posso fazer pelo senhor?

– Lamento, mas estou aqui para cumprir uma tarefa desagradável.

– Oh?

– Houve, bem, uma acusação contra seu filho.

– Karl?

– Sim. E bem séria. Parece que ele abordou sexualmente a filha dos Hauser.

– O quê? – arquejou meu pai.

– Não é verdade – falei, aparecendo e juntando-me a eles na entrada. Minha mãe e Hildy me seguiram.

– Hildegard, vá para o seu quarto – ordenou meu pai.

– Mas, papai...

– Venha, Hildy – chamou mamãe.

– Mamãe – choramingou ela.

– Venha – repetiu mamãe, levando-a pelo corredor até o quarto e entrando com ela. Em seguida fechou a porta, deixando meu pai e eu sozinhos com Herr Dirks.

– Herr Koplek surpreendeu-os no porão numa situação comprometedora.

— Koplek é um mentiroso! — protestei.

— Karl. — Meu pai ergueu a mão para me silenciar e depois se voltou para Herr Dirks. — De que exatamente meu filho está sendo acusado?

— Não conheço os detalhes específicos. Basta dizer que parece ter havido contato físico impróprio.

— Não estávamos fazendo nada errado — falei. — Foi Koplek quem...

— Karl — interrompeu-me papai de novo. — O que está acontecendo entre você e a filha dos Hauser?

— Somos amigos. Bons amigos. Ela nunca diria que fiz algo *impróprio*.

— Ela não disse nada — afirmou Herr Dirks. — E nem vai dizer. Seus pais não a querem envolvida nisso. Portanto, eles se recusam a negar ou reconhecer o que quer que seja. Só querem que isso acabe.

— Mas Koplek está mentindo — retruquei.

— Jürgen Koplek trabalha na minha empresa há dezessete anos. Não é o mais agradável dos homens, mas tem um histórico de trabalho impecável. Lamentavelmente, devido às circunstâncias, vou ter de pedir que se mudem daqui.

— Mudar! — exclamou meu pai. — O senhor deve estar brincando!

— Receio que não.

— Mas isso não significa nada! Dois garotos de dezesseis anos de mãos dadas...

— Herr Koplek disse que eles estavam fazendo mais do que ficar de mãos dadas.

— Ele é um mentiroso, papai. Foi ele quem teve um comportamento impróprio. Ele estava com inveja.

— Não estou aqui para servir de árbitro entre os senhores e Herr Koplek — interrompeu Dirks. — Mas devo dizer que seria difícil alguém acreditar que um ariano de quarenta e dois anos estaria com inveja de um judeu de dezesseis. É preciso ser racional em relação a isso.

— Racional? — exclamou meu pai. — Moramos aqui há dez anos. Dez anos. Mesmo nos tempos mais difíceis, sempre paguei o aluguel em dia, não paguei?

— Sim, mas a questão não é essa.

— Temos direitos como inquilinos também — afirmou meu pai.

— Infelizmente para o senhor, esse argumento agora está aberto à interpretação. Todos no prédio souberam do caso. Verdade ou não, há um escândalo. Há membros do partido que moram aqui. Não quero problemas. Ninguém quer problemas. — Ele baixou a voz: — Ouça, não estou dizendo que não acredito no seu filho. Lamento profundamente. De verdade. Não gostaria que a situação fosse essa. Mas não posso fechar os olhos para o incidente, do jeito que tudo está agora. Tenho de pedir que se mudem.

— Do jeito que tudo está... — murmurou meu pai. — E se nos recusarmos a partir?

— Quando disse que estava *pedindo* que se mudassem, foi apenas uma expressão educada. O senhor está sendo despejado, Herr Stern. Por favor, não crie problemas. Nada tem a ganhar, mas tem muito a perder.

— Para onde iremos? — perguntou papai, muito mais para si mesmo do que para Herr Dirks ou para mim.

— Gostaria de poder ajudá-lo. Gostaria mesmo. Mas receio haver uma nova política na nossa empresa, para se enquadrar nas novas leis, que não permite que aluguemos apartamentos vagos a judeus. Posso lhe dar até o fim da semana. Mais uma vez, sinto muito.

Tendo dito isso, pôs de volta seu chapéu-coco e saiu. Meu pai e eu ficamos em silêncio. Esperei que ele me confrontasse. Eu fizera minha família ser despejada de nosso apartamento sem ter para onde ir. Observei-o esfregar os olhos, antecipando a explosão. Um minuto depois, ele respirou fundo e disse:

– Bem, agora tenho de encontrar um jeito de contar isso à sua mãe.

Ele começou a atravessar o corredor.

– Pai, eu...

– Você não tem de me explicar nada, Karl. Tenho certeza de que você foi um cavalheiro. – Então, acrescentou: – Ou pelo menos acredito que foi um cavalheiro tanto quanto ela queria que você fosse. – Ele deu um sorrisinho. – Também fui jovem um dia. Seja quem for que esteja no poder, não quero que você pense que é errado desejar a atenção de uma garota. Essa é uma das melhores coisas da vida. Eu nunca pensaria em lhe negar essa alegria. Vamos, temos de começar a empacotar as coisas.

Fiquei observando meu pai se afastar pelo corredor e fui tomado por uma forte mistura de emoções com relação a ele. Pela primeira vez me dei conta de que ele me entendia mais do que eu imaginava. Apesar dos problemas, ele caminhava ereto e altivo, com a cabeça ligeiramente erguida, uma postura que eu costumava achar que transmitia arrogância ou indiferença, mas agora denotava força e decisão. Era como se eu pudesse ver a sombra do soldado que ele fora ganhando foco e seguindo-o de perto.

Papai e eu passamos os dois dias seguintes tentando encontrar um lugar para morarmos. Fui com ele de prédio em prédio, sempre com o mesmo resultado. Nenhum dos prédios de gentios aceitava mais inquilinos judeus. Tentamos também nos bairros judeus, mas a maioria dos prédios de apartamentos de proprietários judeus estava superlotada, já que os judeus estavam sendo expulsos dos bairros gentios.

Finalmente, encontramos um pequeno imóvel disponível no bairro judeu. Era um apartamento de dois quartos num malcuidado prédio de apartamentos para locação, com menos da metade do tamanho de nosso antigo apartamento. Meu pai e eu caminhamos pelo corredor imundo, com o proprietário nos seguindo de perto, e entramos na cozinha.

– O senhor está cobrando o dobro por um lugar que tem metade do tamanho e metade da limpeza do que pago hoje – disse meu pai, correndo o dedo pela bancada. Ele levantou o dedo, agora coberto por uma visível camada de poeira cinza.

– É a lei da oferta e da procura – disse o proprietário. – Basta tirar um pouco de pó e limpar o chão, e o lugar ficará novinho.

Meu pai abriu um dos armários da cozinha, e uma dezena de baratas se espalhou pela bancada e rapidamente desapareceu nas rachaduras da parede.

– Que importância tem alguns insetos? – perguntou o proprietário.

– Vamos embora, Karl.

– Como quiser – disse o proprietário atrás de nós. – Mas não vão encontrar nada melhor por esse preço. Vocês vão ver.
– E ele tinha razão. E, sem outra opção, meu pai decidiu que teríamos de nos mudar para a galeria até as circunstâncias

melhorarem. Os dias das exposições de artes estavam encerrados havia muito, e fazia mais de um ano que ele não usava o espaço para nada além de depósito. Éramos os proprietários do pequeno prédio independente e, embora não houvesse sido construído com propósito residencial, tinha a vantagem de não ter vizinhos que pudessem se opor ao fato de morarmos ali. E o preço era perfeito.

Mamãe ficou horrorizada com a ideia. Eu os ouvi discutindo a decisão tarde da noite, através da parede do meu quarto.

– A galeria só tem um cômodo! – disse ela.

– Há o escritório dos fundos – retrucou meu pai. – E podemos dividir a sala da frente.

– Nós quatro na sala da frente?

– Bem, há também o porão. Karl pode dormir lá, e podemos dividir a sala com Hildy.

– Não quero meu filho dormindo no porão com os ratos.

– Não temos ratos, Rebecca. E ele está grande demais para dividir um espaço com a irmã. É quase um homem agora. Vai ficar tudo bem.

– Não vai ficar tudo bem. Vamos viver um sobre o outro, como animais.

– Não temos escolha agora, droga!

De início, fiquei com raiva com a perspectiva de ter de morar no porão. Mas então percebi que, diante das alternativas, era a melhor opção. Meu pai estava certo sobre eu precisar de privacidade. E uma parte de mim vibrou com essa constatação da minha maturidade. Algo naquele ambiente árido combinava com meu treinamento de boxe, que estimulava o afastamento dos confortos mundanos. Quando Hildy soube do plano, ficou empolgada, como se tudo fosse uma grande aventura. Eu sabia que ela vinha se sentindo negligenciada, e a ideia de todos confinados num ambiente pequeno a atraía, como se fosse uma grande festa do pijama.

No dia seguinte, encaixotamos o que podíamos e transportamos apenas o essencial para a galeria. Fizemos uma venda de um dia para nos livrar dos móveis e de outras coisas que não íamos levar conosco. Diversas pessoas que moravam no nosso prédio e na vizinhança vieram comprar. Minha mãe observou, com amargura:

– Num minuto, são nossos vizinhos; no seguinte, estão saqueando nosso apartamento.

– Eles não estão saqueando. Nós precisamos do dinheiro – lembrou meu pai a ela. – E não precisamos desses objetos. Eles estão nos ajudando ao comprar.

– Você chama de ajuda. Eu chamo de canibalismo.

Como não suportava ver seus futuros ex-vizinhos examinando as coisas que ela havia cuidadosamente acumulado ao longo de seu casamento, mamãe foi para a galeria varrer, tirar o pó e arrumar. Eu temia que ela estivesse mergulhando num de seus humores sombrios. Nossa família já estava numa situação terrível, e eu não sabia como lidaríamos com isso se acontecesse.

Hildy e eu tivemos de nos livrar de metade de nossos livros e brinquedos. Eu esperava que Greta passasse por lá com a família. Ainda não a vira desde que ela fugira de mim naquela noite. Na noite anterior à venda, eu tinha ido ao seu apartamento para entregar a ela o cartão de aniversário e o presente. Imaginei que, se já estávamos sendo despejados do prédio, o que mais podia acontecer por simplesmente entregar um presente? Mas, quando bati, ninguém atendeu. Pensei ter ouvido alguém silenciosamente se aproximar da porta pelo outro lado para olhar pelo olho mágico e depois recuar. Porém, quando tentei espiar através do pequeno olho de vidro, não consegui ver nada. Bati, bati e bati, mas ninguém veio. Então deixei o cartão e a caixinha junto à porta. Eu escrevera no cartão: "Que todos os seus desejos de aniversário se realizem. Afetuosamente, Karl." O que pensei que era inofensivo o bastante para o caso de seus pais o encontrarem e lerem antes de chegar às mãos de Greta. Entretanto, nem Greta nem os pais apareceram em nosso apartamento.

Após a venda, um velho e sujo vendedor de sucata chegou e deu a meu pai umas centenas de marcos pelos itens que não haviam sido vendidos. O homem carregou tudo numa grande carroça de madeira puxada por um burro. Depois que se foi, nós três olhamos pela última vez o apartamento onde eu passara quase toda minha vida. Entrei no meu quarto e olhei em volta. Eu podia distinguir nas paredes os contornos desbotados dos locais onde meus pôsteres de boxe costumavam ficar, única evidência de que eu um dia ocupara o quarto. Parei no canto onde fazia minhas flexões e abdominais todas as manhãs e me perguntei quantas eu devia ter feito nos dois últimos anos. O sol brilhava através das janelas e enchia o quarto com uma luz morna. Eu nunca havia notado o quanto meu quarto era claro até aquele momento. Não queria morar no porão escuro da galeria, o qual – agora eu me dava conta – lembrava mais uma cela de prisão do que um quarto propriamente dito.

– Karl? – ouvi meu pai chamar.

Juntei-me a ele e Hildy na entrada, onde eles aguardavam com expressões sombrias. Meu pai fez um gesto em direção à porta e saímos, deixando a porta da frente aberta. Foi uma sensação estranha não fechar e trancar nossa porta, mas percebi que meu pai a deixou escancarada intencionalmente, como se para anunciar que aqueles cômodos não tinham mais valor para nós. Eram apenas uma série de paredes e portas, e não um lar que precisava ser protegido. Em algum nível entendi que a porta aberta também serviria como um lembrete ou mesmo uma acusação aos vizinhos de que tínhamos sido expulsos de nossa casa e eles deixaram aquilo acontecer.

Quando saíamos do prédio, olhei para trás, esperando vislumbrar Greta de relance através de sua janela. No momento em que me virava, notei que uma mão puxava de lado a cortina no quarto da frente do apartamento dos Hauser. Mas, antes que eu pudesse ver quem era, as cortinas voltaram para o lugar. Meu pai me chamou para que os acompanhasse.

Com relutância, voltei as costas para o prédio e os segui pela rua rumo ao nosso novo lar. Parte de mim esperava que Greta saísse correndo pela porta da frente e se atirasse em meus braços, como num filme americano. Imaginei nós dois num longo abraço e depois trocando a promessa de esperar um pelo outro. Meti a mão no fundo do bolso, onde havia guardado o pingente de trevo, e segurei-o na mão fechada, tentando reter uma parte dela. No entanto, a cada passo que dava, afastando-me do prédio, sentia minha vida com Greta desaparecer na distância.

Notícias de Dachau

O ÚNICO ASPECTO POSITIVO DE MORAR NA GALERIA ERA QUE A mudança pareceu despertar algo no espírito de minha mãe. Ela assumiu a tarefa de converter a galeria num lar com uma energia que eu receara que ela não tivesse mais. Imediatamente dividiu a sala da frente em três partes, usando cortinas de um tecido grosso branco, que pendiam de ganchos que meu pai aparafusara no teto. A parte da frente servia de sala de estar e de jantar, enquanto a de trás era dividida em dois quartos, um para Hildy e outro para meus pais, separados no meio por um corredor estreito que levava aos fundos. Ela arrumou cada área de modo a maximizar o espaço e, quando terminou, havia criado a ilusão de um lar.

Em razão de sua proximidade do banheiro, única fonte de água corrente, o escritório dos fundos foi convertido numa cozinha improvisada. Nosso fogão a carvão foi colocado junto à janela. E meu pai comprou um velho lavatório de pedestal e o transformou numa pia, levando até ali uma mangueira que partia da torneira do banheiro. Um pequeno armário da nossa antiga cozinha ficou no canto da área de estar, guardando a porcelana. Tínhamos espaço para apenas um conjunto de pratos, e minha mãe insistira em se livrar de nossos pratos de uso diário e conservar a louça fina, que havia sido presente de casamento de seus pais.

O banheiro era bastante grande e tinha uma imensa banheira de porcelana que havia mais de uma década não era usada. Uma espessa camada de poeira e manchas de ferrugem marcava o interior. Minha mãe passou a maior parte de uma tarde esfregando aquela banheira, e conseguiu limpá-la ao ponto de deixar somente umas poucas manchinhas visíveis perto do ralo. Ela sabia que precisaria do seu banho mais do que nunca, pois aquele seria um dos poucos lugares com algum senso real de privacidade.

Embora um pouco frio e úmido, o porão me oferecia um espaço maior do que dispunha no apartamento antigo. O cômodo tinha piso de terra batida e paredes de pedra grossas, que constituíam as fundações da construção. A velha prensa ocupava uma parte do cômodo. A maioria dos raques para os quadros já havia sido retirada. Mamãe pôs um de nossos tapetes persas no chão, cobrindo boa parte da terra. Arrumei a cama, a cadeira e a cômoda, e sobrou espaço suficiente para uma pequena área para exercícios, onde guardei os halteres, a corda e as luvas de boxe. Pude até mesmo pendurar um velho saco de pancadas que eu tirara de uma das vigas de madeira que revestiam o teto do clube.

Por algum tempo a vida pareceu bem normal na galeria, ou tão normal quanto possível. Desviávamos a atenção de nossa situação precária com o trabalho que tínhamos para tornar o lugar habitável, e o projeto compartilhado nos unia. Hildy estava certa ao pensar que aquela situação também nos for-

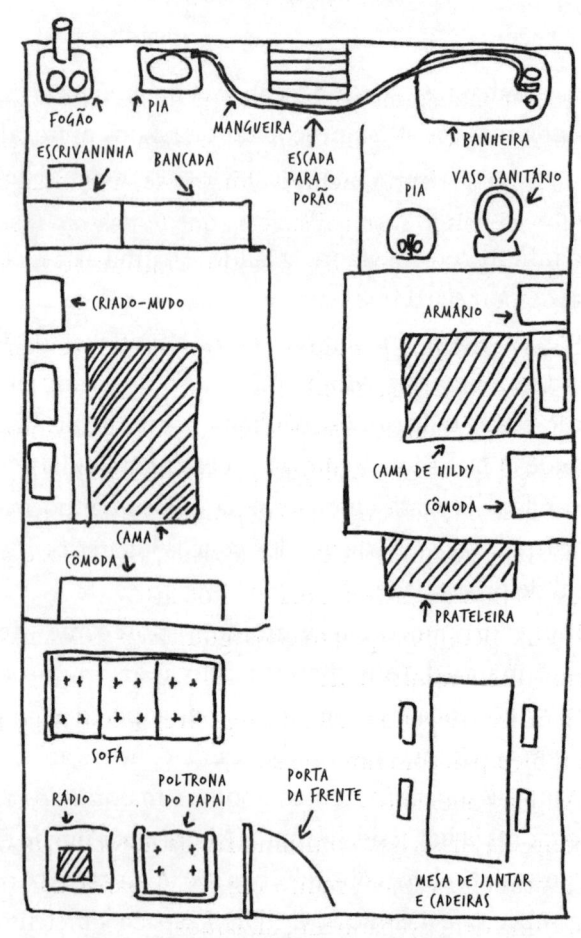

A NOVA PLANTA DA GALERIA

A PLANTA DO PORÃO

çava a passar mais tempo juntos e, apesar da falta de espaço, conseguíamos encontrar momentos de humor. Até meus pais pareciam estar se dando melhor. Uma noite, no jantar, os dois riram juntos quando meu pai sugeriu que tentassem fazer uma exposição na galeria com os cômodos configurados daquela maneira.

— Sim, podíamos pendurar quadros nos travesseiros nas camas — brincou minha mãe.

— Ou ainda melhor — sugeriu meu pai —, devíamos fazer como Marcel Duchamp e alegar que a mobília *é* a arte.

Anos antes, Duchamp causara grande agitação no mundo das artes ao pegar um mictório de verdade, assiná-lo, dar-lhe o nome de *Fonte* e declará-lo uma obra de arte.

— Eu me pergunto quanto conseguiríamos pelo nosso vaso sanitário — disse minha mãe.

— Bem, isso depende se a descarga tiver sido dada ou não — retrucou meu pai, com um sorriso.

— Ah, Sig, que nojo!

Porém ela disse isso com uma risada, e todos rimos juntos pela primeira vez em muito tempo. A partir daí, quando alguém tinha de ir ao banheiro, dizíamos:

— Com licença, tenho de usar a escultura.

Poucas semanas depois, já havíamos estabelecido uma rotina. Minha mãe voltou sua atenção para tentar obter informações sobre tio Jakob, que estava em Dachau havia bem mais de um ano. Originalmente criado para abrigar presos políticos, o campo também abrigava "prisioneiros religiosos", como padres e pregadores dissidentes e judeus. Na época de sua prisão, presos políticos como tio Jakob eram considerados as maiores ameaças ao Reich e não podiam se comunicar com o mundo exterior. O fato de que ele era também judeu só teria piorado sua situação. Devido à necessidade de sigilo, nunca soubemos o nome completo de nenhum dos integrantes do grupo político de tio Jakob, de modo que minha mãe não tinha como encontrá-los para descobrir se eles sabiam de algo.

Um dia, Hildy e eu fazíamos compras com mamãe numa feira livre próxima à galeria. Os fazendeiros vendiam legumes, carnes e laticínios em fileiras de barracas que ocupavam a rua. Passávamos mais rápido pela barraca de carne de cavalo, por causa do cheiro forte das vísceras, que ficavam em baldes sob as bandejas com os cortes de carne.

Como nossa aparência não era de judeus, minha mãe e eu caminhávamos nas ruas sem incidentes. Mas, quando Hildy estava conosco, tínhamos de estar sempre alertas. Enquanto andávamos pela feira, percebi diversas mulheres olharem com desdém em nossa direção, ao avistarem Hildy. Na barraca de queijos, minha mãe escolheu um pequeno pedaço de *brie*. Quando o entregou ao fazendeiro para que fosse pesado, ele se recusou a pegá-lo.

– Não vendo para ciganos.

– Não somos ciganos – disse minha mãe.

– Nem para judeus – retrucou ele, olhando diretamente para Hildy. – Vá procurar uma vaca *kosher*.

Minha mãe pôs o pedaço de *brie* de volta no lugar e pressionou o polegar sobre ele, deixando uma marca.

– Vamos – disse mamãe, arrastando-nos com ela.

Rapidamente tomamos o caminho de volta através da feira. De súbito, um homem segurou o braço de minha mãe. Ele usava um casaco esfarrapado e um chapéu de lã cinza puxado sobre o rosto. Minha mãe deu um passo para trás, supondo que se tratasse de um pedinte ou um ladrão. Instintivamente, passei à frente para defendê-la, posicionando meu corpo entre o homem e minha mãe. Ergui a mão num aviso e ele recuou.

– Afaste-se – falei, minha voz falhando apenas o suficiente para me lembrar de que o medo ainda residia em mim, mesmo após os anos de prática de boxe.

– Espere. A senhora é irmã de Jakob Schwartz, *ja*? – perguntou o homem.

– Sou – respondeu ela, espantada ao ouvir o nome do irmão.

Ela olhou mais de perto o rosto sob o chapéu e de repente o reconheceu:

– Já nos encontramos. O senhor é Stefan...

– Sim – cortou ele, olhando em volta, nervoso, como se pudesse ser preso a qualquer momento. – Seu irmão e eu éramos camaradas.

– Tem alguma notícia do...

– É por isso que me arrisquei a abordá-la. Soube através de nossos canais que Jakob não está bem.

– O que quer dizer?

– Está muito doente.

– Muito como?

– Eu lhe disse tudo que sei. – Ele começou a se afastar.

– Mas... – disse ela.

– Preciso ir. Não devem vê-la falando comigo. Já lhe disse tudo que sei.

E, com isso, desapareceu na multidão.

Naquela noite, mamãe implorou a meu pai que a deixasse ir ver tio Jakob no campo de concentração. Em nossas novas condições de vida, não havia lugar para conversas particulares, e Hildy e eu podíamos escutar facilmente cada palavra da discussão através das paredes de tecido do quarto deles.

– Você ficou louca? – disse ele. – Quer ir a Dachau?

– Meu irmão está doente. Tenho de ajudá-lo.

– No que ajudaria o fato de você ou eu irmos lá? Não passaríamos da primeira cerca de arame farpado. Você está falando em suicídio.

– Temos de fazer algo. Não suporto mais esse silêncio. Ficar sentada esperando enquanto a situação se agrava cada vez mais.

– Se fizermos perguntas, atrairemos a atenção sobre nós. Quer ser interrogada pela Gestapo?

– Se esse for o preço, sim.

– Preço de quê? Entendo que se preocupe com seu irmão, assim como todos nós. Mas, mesmo se conseguirmos mais informações, nada poderemos fazer. E teremos corrido risco por um conhecimento inútil.

– Não é conhecimento inútil. Preciso saber se ele está bem. Ele é meu único parente, e só tem a mim.

– Vou lhe dizer uma coisa. Ele não ia querer que você nem chegasse perto de Dachau, nem que fizesse nada que colocasse você ou os meninos em risco.

– Vou descobrir o que está acontecendo com ele.

– Rebecca...

– Não ligo se me prenderem. Que espécie de país é este em que podem prendê-lo por fazer uma pergunta? Não me importo mais...

Então ela começou a chorar, e meu pai se comoveu. Ele baixou a voz para um tom mais suave:

— Olhe, conheço um homem da força policial, alguém com quem estive na guerra. Faz muitos anos que não tenho contato com ele, mas posso procurá-lo e ver o que ele pode descobrir. Talvez ele não concorde em nos ajudar, mas acredito que ao menos seria discreto quanto ao pedido.

No dia seguinte, meu pai procurou seu contato, um homem chamado Lutz, que estava na polícia de Berlim havia mais de vinte anos. A polícia civil de Berlim estava agora sob a supervisão dos nazistas, mas ainda operava com certa autonomia, e alguns homens de suas fileiras, incluindo Lutz, não eram membros do Partido Nazista. De volta para casa, à noite, papai disse que Lutz concordara em descobrir o que pudesse, mas que levaria alguns dias. Fiquei impressionado com a lealdade que os colegas de exército de meu pai pareciam nutrir em relação a ele. Perguntei-me se Lutz era o outro soldado sobrevivente da fotografia que a Condessa me mostrara.

Não tivemos notícias por vários dias. Finalmente, uma sexta-feira, tarde da noite, alguém bateu à porta. Ouvi a batida e meus pais se movimentando acima de minha cama no porão. Através da escuridão, olhei para o relógio ao lado da cama. Era uma hora da manhã. Qualquer visita tão tarde era motivo de alarme. Corri para cima e para o quarto de meus pais, onde Hildy já estava encolhida entre eles na cama. Eles não haviam acendido as luzes. Novamente ouviu-se uma batida de leve na porta.

— Não atenda — sussurrou minha mãe. — Finja que não ouvimos.

— Se estivessem aqui para nos prender, não estariam batendo tão suavemente. Na verdade, eles não se dariam ao trabalho de bater. Fiquem aqui.

Meu pai amarrou o roupão e foi até a porta. De dentro do quarto, ouvimos quando ele a abriu.

– *Guten Abend*, Sigmund – disse uma voz. – Desculpe-me por vir tão tarde, mas não quis levantar suspeitas.

– Não, não, por favor, entre, Lutz.

– Sugiro deixar as luzes apagadas. Não quero que os vizinhos pensem que você está fazendo uma reunião clandestina.

– Claro – concordou meu pai. – Entre.

Meu pai guiou Lutz através da escuridão até a cozinha, onde acendeu um pequeno abajur sobre a escrivaninha, cuja luz não podia ser vista da rua. Minha mãe vestiu seu roupão e nós três nos juntamos a papai no escritório. Lutz era um homem alto e de ossatura larga, com uma cabeleira farta e grisalha. Vestia o uniforme de policial.

– *Guten Abend*, Frau Stern – disse. – Dolph Lutz. – Ele formalmente estendeu a mão com uma ligeira mesura.

– *Guten Abend* – respondeu minha mãe, apertando-lhe a mão.

– Peço desculpas por vir tão tarde, mas, como expliquei a seu marido, não quis levantar suspeitas.

– Claro – disse ela.

– Você tem belos filhos, Sigmund – elogiou ele, apontando com a cabeça para mim e Hildy.

– Obrigado – agradeceu meu pai.

– Infelizmente, não sei se querem que eles ouçam o que tenho a dizer.

– Agora vivemos sem paredes – disse minha mãe. – É impossível ter segredos.

– Sim, entendo – disse ele, respirando fundo. – Receio trazer péssimas notícias. Seu irmão faleceu na semana passada.

Sede de sangue

Antes mesmo que Lutz terminasse a frase, minha mãe emitiu um grito agudo, como se tivesse sido esfaqueada, e tombou para trás contra a bancada. Papai teve de agarrar-lhe o braço para segurá-la. Peguei uma cadeira, e meu pai e eu a ajudamos a se sentar. Ela enterrou o rosto nas mãos e soluçou. Foi um uivo gutural, profundo. Fiquei com medo de que alguém a ouvisse, mas eu sabia que não podíamos tentar silenciá-la. Lutz olhava, constrangido, para os próprios pés. Finalmente, as lágrimas dela cessaram.

– Como? – perguntou minha mãe.

– Eu não consegui descobrir muitos detalhes – disse Lutz. – Tudo que sei é que a causa oficial da morte foi relatada como disenteria.

– Disenteria?

– Sim. Lamento muito.

– Como um jovem saudável morre de disenteria? – questionou mamãe.

– O que é disenteria? – perguntou Hildy através das lágrimas.

– É uma dor de barriga forte acompanhada por muita diarreia – explicou meu pai rapidamente.

– Eu realmente preciso ir agora – disse Lutz.

– Claro – respondeu meu pai. – Eu o acompanho.

Lutz curvou-se, desajeitado, na direção de minha mãe, e então meu pai o guiou de volta à porta da frente da galeria. Hildy encolheu-se no colo de mamãe, fungando. Meu pai voltou da sala da frente e pôs a mão no ombro de minha mãe, para confortá-la.

– Rebecca... Eu sinto muito.

– Ele realmente acreditava, sabia?

– Acreditava em quê?

– Em toda essa bobagem comunista sobre todos os homens serem irmãos, que um dia haveria um paraíso dos trabalhadores onde todos receberiam uma parte igual. Não era só política para ele. Ele acreditava.

– Eu sei – assentiu meu pai. – Karl, Hildy... Por favor, voltem para a cama. Está tarde.

Minha mãe beijou Hildy na cabeça, e ela deslizou do colo de mamãe e foi para a cama. Beijei mamãe e voltei para o porão, onde me deitei e fiquei ouvindo.

– Temos de ir embora, Sig – disse mamãe.

– Eu sei – respondeu ele, suavemente. – Eu sei.

Mais tarde naquela mesma noite, deitado na cama no porão escuro e úmido, comecei a me dar conta da realidade da perda de tio Jakob. Era difícil imaginar que nunca mais tornaria a escutar sua gargalhada. Nunca mais assistiríamos a um faroeste americano. Ninguém nunca mais me chamaria de vaqueiro como ele chamava. Tio Jakob tinha sido a única pessoa que me encorajara a lutar boxe, e nunca tivera a chance de me ver lutar.

No dia seguinte eu tinha uma luta marcada no Centro Juvenil Voorman, na zona oeste da cidade. Não era um campeonato oficial, mas uma pequena série de lutas de demonstração que o centro organizara para seus membros. Neblig encontrou-me no clube para ser meu segundo e imediatamente percebeu meu estado de espírito amargo. Normalmente, brincávamos um pouco antes da luta para me deixar relaxado, mas naquela manhã eu não estava com espírito para brincadeira.

– T-t-t-tudo bem? – perguntou ele.

– Tudo – respondi brevemente.

– Você p-p-p-parece zangado.

– Por que eu estaria zangado? – perguntei com mais do que uma nota de amargura.

Eu tinha muitos motivos para estar zangado. Era um judeu morando na Alemanha nazista. Havia sido expulso da escola e perdera minha namorada. A meu pai tinham sido negadas todas as oportunidades de ter um meio de vida legítimo, e nossa família tinha sido expulsa de nossa casa. Eu estava morando num porão úmido, abaixo dos meus pais e irmã, que tinham aberto mão de toda privacidade, dividindo um cômodo separado por lençóis. Meu "herói" Max havia desaparecido na América para buscar lutas com Joe Louis e Jimmy Braddock. E meu tio favorito acabara de morrer num campo de prisioneiros, simplesmente porque era comunista, judeu ou ambos.

– Não é b-b-b-bom ficar zangado demais antes de uma l-l-l-luta – disse ele. – Um p-p-p-pouco de raiva faz bem para despertar seus sentidos. Mas, se estiver zangado demais, pode c-c-c-cometer erros e abrir a guarda.

– Qual foi a última vez em que esteve num ringue?

– Faz tempo – respondeu ele.

– Então me deixe em paz, ok?

Imediatamente me arrependi de ser ríspido com Neblig; nenhum dos meus problemas tinha relação com ele. Mas o arrependimento foi consumido pela raiva. Cerca de trinta rapazes haviam se reunido para lutar no ginásio pequeno e apinhado. Ficamos de pé ao lado do ringue e esperei minha vez de lutar. Mal podia esperar para entrar. Eu fazia os músculos do meu braço pulsarem sob a pele, fazendo o inventário de cada um deles numa chamada agitada.

Quando finalmente subi no ringue, encolhi o corpo como um leão que se agacha esperando para atacar. Fui escalado para lutar com um rapaz musculoso chamado Kliegerman, de olhos azuis e cabelo louro ondulado que quase parecia branco contra o tom rosado de seu couro cabeludo. Ele pertencia à Liga Atlética da Juventude Hitlerista e usava calção de boxe com uma suástica vermelha costurada na frente. No passado eu nunca me importara muito com quem enfrentava no ringue. Mas agora eu experimentava uma expectativa profunda e visceral por causa de seus traços arianos. Ele era exatamente o tipo de nazista que eu queria encarar para extravasar minha raiva.

Ao soar o gongo, lancei-me contra ele e imediatamente iniciei o ataque, desferindo uma furiosa rajada de socos. Kliegerman era um garoto forte, com braços e mãos grandes, e conseguiu bloquear a maioria dos socos nessa primeira explosão. Ele acertou um jab de esquerda forte e um uppercut de direita em minhas costelas, que eu deixara expostas depois de errar um cruzado de direita. Seu soco veio forte, e perdi um pouco o fôlego.

Engoli a dor e ataquei novamente. Dois de meus socos penetraram suas defesas. Disparei uma série de combinações – jab, jab, uppercut, jab e então cruzado, jab, uppercut. Kliegerman tentou recuar, pedalando para trás até o *corner* oposto, mas eu o acompanhei, avançando agressivamente a cada passo que ele dava para trás. Um de meus uppercuts acertou-lhe o queixo, jogando sua cabeça abruptamente para trás. Acidentalmente ele mordeu o lábio superior, e uma pequena trilha de sangue escapou de um dos lados de sua boca. Pela primeira vez entendi o significado da expressão "sede de sangue". Meu coração acelerou ao ver o sangue vermelho, e eu queria mais. Minha mente entrou em uma espécie de modo primitivo, como se eu tivesse me tornado um animal selvagem ou um tubarão agitado pelo sangue. Fui para cima dele, mirando todos os socos em sua cabeça, querendo ver seus lábios se abrirem ainda mais. Ou, melhor ainda, esperava fazer sangrar seu nariz também, ou abrir um corte acima do olho. Precisava de mais sangue.

Não prestei atenção à defesa, e Kliegerman desferiu diversos socos e todos me acertaram, mas eu não os senti. A raiva e a adrenalina adormeciam qualquer sensação, e eu só continuava a esmurrar. A certa altura, as defesas de Klingerman baixaram de exaustão, suas mãos despencaram e ele já não se defendia. Continuei a esmurrá-lo, até que suas pernas desmoronaram sob ele, que caiu pesadamente sentado, os pés comicamente estirados à frente, para fora. Ele parecia aturdido, e com a mão enluvada tocou o lábio que sangrava. Eu pairava sobre ele, instigando-o, para que eu pudesse prosseguir com a surra.

– Levante-se! – falei, meus olhos enlouquecidos pelo desejo por sangue. – Vamos! Levante esse traseiro e lute. *Schnell!*

– OK, para trás – interveio o árbitro, empurrando-me para o meu *corner*.

O árbitro ficou de pé diante de Kliegerman, declarou-o vencido após a contagem e em seguida veio até mim e ergueu minha mão para indicar a vitória. E, pela primeira vez, notei o pequeno público aplaudindo e vaiando a luta desequilibrada a que havia acabado de assistir. Meu peito arfava com o esforço, sorvendo grandes goles de ar. Senti meu corpo descomprimir, como se a raiva vagarosamente escoasse por um pequeno furo, deixando-me fraco e vazio.

Meus olhos encontraram Neblig. Ele balançou a cabeça em sinal de reprovação. Seu olhar comunicava o que eu já estava pensando: o que eu acabara de fazer nada tinha a ver com a doce ciência do boxe, e tudo a ver com violência nua e crua.

Foi então que o vi. Logo atrás de Neblig, de pé com um grupo de rapazes, estava Gertz Diener, minha velha nêmesis da Matilha de Lobos. Seus olhos encontraram os meus. Tentei ler sua expressão. Era de confusão? Medo? Evidentemente, eu já não era o Mijão de que ele se lembrava.

Por mais chocado que Gertz estivesse por me ver, eu estava ainda mais surpreso por vê-lo. A visão dele me atingiu com mais força do que qualquer soco que Kliegerman desferira. Até aquele momento, ninguém no meu mundo do boxe fazia ideia de que eu era judeu. Agora, eu podia ser descoberto.

Desviei o olhar e tentei fingir não tê-lo visto. Rapidamente desci do ringue e me aproximei de Neblig.

– O que f-f-f-foi aquilo? – perguntou. – Tem sorte por ele não ser um b-b-b-bom lutador, ou você poderia ter se machucado.

– Vamos – falei.

Então segui diretamente para a saída, e Neblig me acompanhou. Eu podia sentir os olhos de Gertz Diener em mim enquanto eu deixava o ginásio.

A luta

Enquanto eu lutava com Kliegerman, Max estava em Nova York preparando-se para sua luta contra Joe Louis no Yankee Stadium. Para Max, aquela seria sua última e melhor tentativa de recuperar a coroa dos pesos-pesados. Quem vencesse se tornaria o primeiro lutador do ranking e desafiaria Jimmy Braddock pelo título. Nos dias que antecederam a luta, a expectativa varria a Alemanha. Todas as revistas e jornais publicavam matérias diárias sobre Max, de perfis biográficos a seus programas de treinamento e análises detalhadas do que ele precisava fazer para vencer Louis. As propagandas da luta no rádio anunciavam: "É obrigação de todo cidadão alemão ligar o rádio para escutar Max defender a raça branca contra o Negro."

Havia até artigos nos jornais sobre onde personalidades alemãs estariam acompanhando a luta pelo rádio. A mulher de Max, Anny Ondra, havia sido convidada para a casa do ministro da Propaganda, Goebbels, e de sua mulher, Magda. O próprio Hitler havia ordenado explicitamente aos técnicos que garantissem que seu rádio pessoal estivesse em perfeitas condições de funcionamento, para que ele pudesse escutar a luta em seu vagão de trem privativo, que estaria em trânsito no momento da luta. Os nazistas permitiram que bares e restaurantes permanecessem abertos até mais tarde para que as pessoas pudessem acompanhar a luta juntas e aplaudir seu compatriota. Trinta milhões de alemães ligaram o rádio quando a luta começou às 22 horas, hora de Nova York, três da manhã na Alemanha.

Por maior que fosse a expectativa em torno da luta em todo o país, era ainda mais intensa entre os membros do Clube de Boxe de Berlim. Numa rara demonstração de generosidade, Worjyk organizou uma festa para escutarmos a luta no clube. Ele e Neblig colocaram o grande rádio de Worjyk sobre um suporte no centro de um dos ringues de boxe, cercado por grupos de velhas cadeiras de madeira dobráveis. Worjyk até forneceu um barril de cerveja e grandes tigelas de pretzels e ovos cozidos como aperitivos. Meus pais me deram permissão para ficar no clube na noite da luta, após eu ter prometido permanecer lá até clarear, antes de voltar para casa. Eles não me queriam perambulando pelas ruas tarde da noite.

As pessoas se amontoavam em volta do rádio, ansiosamente especulando sobre a luta. Worjyk estava empolgado, mas nervoso, mordiscando o toco de seu charuto apagado. Em público seria pouco patriótico duvidar da vitória de Max, mas dentro do clube Worjyk deu sua avaliação franca e realista.

– É melhor Max tomar cuidado nos primeiros assaltos – disse Worjyk. – Esse Louis pode causar danos.

– Max tem a melhor direita – interrompeu Johann.

– Mas é praticamente tudo o que ele tem em termos de vantagens naturais – retrucou Worjyk.

– Acha que Louis vai ganhar? – perguntou outro lutador.

— Não estou dizendo isso — respondeu Worjyk, acendendo o toco do charuto. — Mas veja da seguinte maneira: Louis é oito anos mais novo do que Max. Oito anos é muito no ringue. Louis é cerca de quatro centímetros mais alto, uns dois quilos mais pesado; ele tem uma envergadura maior, peito maior, bíceps e antebraços mais grossos e coxas, panturrilhas e tornozelos maiores. E, se isso não fosse o bastante, considere o seguinte: Louis nunca foi derrubado. Nunca.

Alguns assentiram com a cabeça, concordando. Willy, que era membro do Partido Nazista, ofendeu-se:

— Parece que você duvida que um homem branco possa prevalecer sobre um negro, Worjyk — disse ele. — É dever de todo alemão acreditar que Max pode triunfar nessa nobre causa. Precisamos nos unir.

— Olhe, isso é uma luta de boxe, não um comício — contrapôs Worjyk. — Uma das coisas que você precisa aprender nesse negócio é nunca acreditar na própria propaganda. Agora, todos sabemos que Max tem a vantagem em inteligência e experiência, o que conta muito nesse esporte. Mas, depois de quinze assaltos, não vai ser o cérebro deles que estará lutando lá em cima. Será o corpo e o coração.

— Ouvi um rumor de que só venderam metade das entradas, porque todos os judeus de Nova York estão boicotando a luta — retrucou alguém.

— E ouvi dizer que os judeus estão planejando dar drogas a Max antes da luta, sem que ele perceba, para que caia no primeiro assalto — acrescentou outro.

— É — disse Johann, com sarcasmo —, tenho certeza de que seu empresário judeu é parte do plano para fazer o próprio lutador perder.

— Com essa gente, nunca se sabe — disse Willy.

Eu tinha sentimentos misturados em relação à luta. Claro que eu queria que Max vencesse. Mas, em certo nível, estava muito confuso, porque também queria vê-lo cair, para provar ao mundo que raças "inferiores" como negros e judeus podiam não ser tão inferiores, afinal.

Neblig circulou e encheu a caneca de todos pouco antes de a luta começar. Eu estava com quase 17 anos, e a maioria dos garotos da minha idade bebia cerveja, mas eu evitara completamente o álcool desde o início do meu treinamento. Dei um gole na cerveja e imediatamente a senti circular pelo meu corpo, fazendo meu cérebro formigar prazerosamente. Neblig sentou-se a meu lado, e tocamos nossas canecas num brinde.

— Acho que Max vai d-d-d-derrubá-lo em dez — disse Neblig. — Ele v-v-v-vai pegá-lo com um grande de direita.

A transmissão começou, e mal conseguíamos ouvir o apresentador da Alemanha, Arno Hellmis, acima do rugido da multidão no Yankee Stadium.

O gongo soou, assinalando o início da luta, e todos nos inclinamos na direção do rádio.

"E eis o gongo de abertura", disse Hellmis. "A luta do século está começando."

No primeiro assalto, Louis acertou uma série de socos que deixou todos no clube nervosos.

"Louis acerta outro direito na cabeça de Max", arquejou Hellmis. "Seu olho já está começando a inchar e a escurecer."

— *Ah*, ele nunca vai passar do segundo assalto — gemeu Johann.

— Cale a boca! — gritou alguém. — Vai dar azar a ele.

No segundo e terceiro assaltos, Louis continuou a causar danos com seus jabs de esquerda, e o rosto de Max ficou seriamente ensanguentado. Ele parecia estar sendo sobrepujado pelo lutador mais jovem e mais forte.

"Max está fazendo uma luta corajosa", disse Hellmis, tentando defender Max. "Mas Louis luta mais como um animal selvagem do que como um homem. É quase impossível para um atleta como Max defender-se contra um ataque tão selvagem e caótico. Estamos no terceiro assalto, e Max ainda não acertou um golpe sólido nele."

Preocupados, os membros do clube deram um gole em suas cervejas, esperando algo para aplaudir. Depois de um tempo, nem mesmo Hellmis conseguia mais transformar o fraco desempenho de Max em algo pelo qual valesse a pena torcer.

Então, no quarto assalto, Louis finalmente baixou a guarda depois de desferir um de esquerda.

"E Max acerta um de direita potente!", exclamou Hellmis, o tom de voz subindo de entusiasmo. "E mais um! Os dois últimos de direita de Max claramente atordoaram o negro. Louis parece tonto e confuso como um menino de escola. E lá vai outro direito potente de Max, jogando a cabeça de Louis para trás. E esperem! Esperem um minuto! Não acredito, pessoal, Louis caiu! Louis caiu! Pela primeira vez em sua carreira, o negro foi derrubado! Ele está se esforçando para se levantar agora, depois da contagem até dois apenas, mas Max virou a mesa nesta luta!"

Os homens no clube gritavam e enchiam sem parar as canecas de cerveja. Eu não havia comido nada desde o jantar, e o álcool deixou meu corpo inteiro dormente, enquanto cenas rodopiantes da luta dançavam em minha cabeça. As palavras de Hellmis se derretiam em imagens vívidas, e vi Max com seu calção roxo crescendo acima de Louis com autoridade e ameaça cada vez maiores. Os homens à minha volta riam, aplaudiam e batiam nas costas uns dos outros com cada soco que Max acertava. Os dois pugilistas se digladiaram ainda por oito assaltos, infligindo-se danos terríveis. O olho esquerdo de Max estava totalmente fechado, o lábio cortado, e veios de seu próprio sangue tinham de ser limpos de seu rosto com toalhas entre cada assalto. Sua energia, porém, não enfraquecia; o ímpeto da oportunidade de derrotar Louis e obter sua chance de lutar pelo título o faziam seguir adiante.

Atônito e cansado, Louis, por desespero ou exaustão, desferiu um soco baixo que provocou uivos de ultraje de Hellmis.

– Louis sabe que está acabado, então está se valendo de táticas sujas para se manter vivo. Ele está mostrando que as verdadeiras cores do negro são o marrom *e* o amarelo de um covarde!

Por fim, no décimo segundo assalto, Max desferiu outra sólida combinação de socos que mandou Louis ao chão, primeiro de joelhos e depois na lona.

– Ele caiu novamente! – gritou Hellmis. – Ele caiu! Louis caiu! Ele está acabado! *Aus! Aus! Aus! Aus! Aus! Aus! Aus!* Max conseguiu! Derrotou Joe Louis!

Os homens saltavam e gritavam, dançando como loucos, abraçando-se e esvaziando suas canecas de cerveja. Abracei Neblig, que me levantou e gritou sem gaguejar:

– *Ele conseguiu!*

Espontaneamente, todos começaram a bater palmas e a sair do clube para as ruas, entoando:

– Schmeling! Schmeling! Schmeling! Schmeling!

Multidões inundaram as ruas para comemorar. Entramos numa cervejaria próxima, onde centenas de pessoas celebravam, levantando seus copos e cantando. O salão parecia oscilar e pulsar com a clientela alegre.

Acomodei-me num banco comprido entre Johann e Neblig, que se revezavam enchendo minha caneca de cerveja. Minha visão ficou ainda mais turva, e eu arrastava as palavras ao falar, fazendo aqueles sentados ao meu redor rirem e tentarem me deixar ainda mais bêbado. Toda vez que minha caneca esvaziava, alguém a enchia e propunha um brinde a Max, insistindo para que tomássemos todo o conteúdo em sua honra. Eu alegremente obedecia, e a cerveja descia pela minha garganta com facilidade cada vez maior. Eu cantava e batia palmas acompanhando o coro na cervejaria, e fui envolvido pela alegria do momento.

Depois de uma hora bebendo sem parar, tive de me levantar para ir ao banheiro. Apoiei-me na mesa para sair, e, enquanto cambaleava até o banheiro, tinha a sensação de que minhas pernas eram de borracha. Um mictório comprido, em forma de cocho, corria ao longo de uma parede. Abri a calça, e havia começado quando outro cliente bêbado entrou e parou a meu lado para fazer o mesmo.

– Que luta, hein? – disse ele.

– *Ja* – concordei.

– Vou lhe contar, ele realmente deu uma lição naquele negro.

– Deu mesmo. *Ja*. Ele deu.

– Que pena que ele não pode lutar com um cigano na próxima melhor ainda, com um judeu! Seria divertido ver Max derrubar todas as raças mestiças de uma vez só. Não seria?

Minha mente paralisou, e de repente me dei conta de que estava segurando meu pênis circuncidado, à vista pela primeira vez. Meu estômago se contraiu como se as palavras do homem tivessem sido um soco forte e rápido em minhas entranhas. Tentei rapidamente me enfiar de volta na calça, atrapalhando-me com os botões. Antes que eu pudesse terminar de afivelar o cinto, meu estômago tornou a se contrair violentamente e vomitei no mictório.

– *Scheisse!* – disse o homem, dando um salto para trás para evitar os respingos.

Firmei-me apoiando a mão contra a parede. Mas então tive nova ânsia e vomitei de novo, desta vez esvaziando-me na frente da minha camisa e no chão.

– Você está bem, amigo? – perguntou o homem, afastando-se de mim.

– Sim – murmurei. – Estou bem.

Dei um pequeno passo para longe da parede. Minha mente se reorganizou o bastante para perceber que não tinha certeza de ter puxado a calça a tempo. Apalpei-me na frente e descobri que minha calça só estava abotoada pela metade, mas eu conseguira me resguardar. Minha mão saiu molhada, e percebi que havia urinado em mim mesmo. Então senti as pernas desmoronarem sob mim e meu corpo caindo. As paredes do banheiro e o mictório ficaram de lado em minha visão. E tudo escureceu.

Quando meus olhos finalmente se abriram, não fazia ideia de onde estava. Lembrava-me vagamente de desmaiar, e fiquei aliviado ao descobrir que não estava ainda no chão do banheiro masculino da cervejaria. Quando meus olhos se ajustaram, percebi que estava deitado numa cama de lona dobrável, no vestiário do Clube de Boxe de Berlim.

Neblig entrou, carregando algumas das cadeiras dobráveis, que ele empilhou contra a parede oposta.

– *Guten Morgen*, Herr S-s-s-s-stern! – disse ele, sarcástico.

Tentei me sentar, mas minha cabeça parecia feita de chumbo, e me deixei cair de volta na lona da cama. Meu estômago se contorceu. Um gosto amargo encheu-me a garganta, o nariz e a boca.

– Que horas são? – perguntei.

– Umas dez.

Vi minhas roupas sujas amontoadas ao lado da cama, inclusive a roupa de baixo. Rapidamente corri as mãos pelo meu corpo e vi que estava nu sob o lençol que me cobria.

– Você me trouxe de volta para cá?

– *Ja*. Você n-n-n-não tinha condições de andar.

– Você... hã... como consegui me trocar e subir nesta cama?

– Fiz exatamente como sua m-m-m-mãe. – Ele riu. – Mas não cantei uma canção de ninar para você. Também não lhe dei um b-b-b-beijo de boa-noite.

Ele viu que eu olhava para a pilha de roupas.

– Você e-e-e-estava coberto de vômito e t-t-t-t-tinha se urinado. Não foi seu melhor momento.

Eu queria saber se ele tinha notado meu pênis circuncidado. Se tinha, não demonstrou. Continuou a arrumar as cadeiras dobráveis contra a parede onde eram guardadas. Depois, atirou-me um suéter velho e uma calça de malha que tirou de seu armário.

– Aqui. Vão ficar g-g-g-grandes em você, mas pelo menos não vai estar cheirando a banheiro de cervejaria q-q-q-quando for para casa.

Ele tornou a sair, e eu rapidamente vesti a calça, aliviado por ter meu segredo novamente guardado em segurança.

O verdadeiro Max?

A ALEMANHA INTEIRA FOI ARREBATADA PELA "MAXMANIA". ELE voltou para casa em grande estilo, no Zeppelin, dirigível que era a maior aeronave do mundo e orgulho da frota nazista. Milhares de pessoas foram saudá-lo quando pousou em Frankfurt, e o evento foi coberto ao vivo pelo rádio. Todos os jornais e revistas estampavam fotografias de Max e matérias sobre a luta. Quase instantaneamente, o nome e o rosto de Max apareceram em produtos em toda a Europa, enquanto ele endossava de tudo, desde sua marca favorita de amêndoas até colarinhos de camisas e óleo de motor. Ele também adquiriu os direitos de distribuição do filme da luta contra Louis na Alemanha, o qual rapidamente tornou-se o sucesso de bilheteria número um em todo o país, com o título *A vitória de Max Schmeling – Uma vitória alemã*.

O primeiro fã a assistir ao filme foi o próprio Hitler. Max sentou-se ao lado do *Führer*, enquanto ele assistia ao filme inteiro e comemorava, feliz, cada soco. Todo o alto-comando nazista agora disputava a proximidade de Max, e ele parecia contente em atendê-los. As páginas de fofocas dos jornais publicavam inúmeras fotografias e artigos sobre os jantares de Anny e Max com Hitler ou Goebbels e sua mulher, como se fossem todos grandes amigos.

A imprensa nazista aproveitava todas as oportunidades para posicionar a vitória de Max como prova da superioridade ariana. Os cronistas esportivos e cartunistas alemães retratavam Louis como covarde ou selvagem, e Max como o grande e honorável guerreiro teutônico. Max até escreveu o prefácio de um livro intitulado *Os alemães lutam por honra, não por dinheiro: o boxe como problema racial*, escrito por um homem chamado Ludwig Haymann. Encontrei um exemplar do livro no vestiário do Clube de Boxe de Berlim. Então o abri e li uma passagem ao acaso:

> *Covardes por natureza, os judeus tendem a evitar tornarem-se eles próprios pugilistas e infestam as fileiras de empresários e produtores. Essas posições lhes permitem usar suas habilidades naturais como trapaceiros e corruptos nos negócios.*

Essa afirmativa me deixou ultrajado, muito mais do que a típica propaganda nazista. Qualquer fã verdadeiro de luta sabia que as fileiras de pugilistas profissionais estavam cheias de judeus. O autor argumentava que os alemães genuínos lutavam com os punhos por honra, enquanto os judeus e outras raças mestiças lutavam pelo prêmio em dinheiro. O prefácio de Max para o livro era um cumprimento superficial, elogiando Haymann e encorajando os rapazes alemães a praticar o boxe. As palavras de Max não carregavam qualquer referência aberta às teorias antissemitas de Haymann, mas, ao escrever o prefácio do livro, ele estava claramente endossando aquelas ideias. Fiquei tão absorvido no texto que não escutei Johann entrar e começar a se aprontar a meu lado.

– Pode pegar emprestado, se quiser – disse, me fazendo pular de susto.

– Hã? – falei, rapidamente fechando o livro e pondo-o de lado.

– O livro – disse ele. – É meu, mas pode pegar emprestado.

Fiquei surpreso com o fato de o livro pertencer a Johann. Não sabia que ele era nazista. Meu primeiro instinto foi recusar a oferta. No entanto, receei que ele pudesse suspeitar de algo em relação a mim, se eu desse algum sinal de que não estava interessado.

– Claro – retruquei, tornando a pegar o livro casualmente.

– Mas deixe-me avisá-lo: é uma total perda de tempo – afirmou Johann. – Pensei que se tratasse de um livro de estratégias sobre como vencer no ringue. Mas é apenas um monte de propagandas nazistas. A única ajuda que esse livro traria numa luta seria se o árbitro me deixasse bater no adversário com ele.

Ele riu e saiu do vestiário. Fiquei aliviado de saber que Johann não havia se tornado nazista. Porém, o livro levantava mais perguntas incômodas sobre Max. Enfiei o volume na mochila e li o texto inteiro naquela noite, cada frase me deixando mais irritado e determinado a provar um dia que um judeu alemão podia ser campeão de boxe. O livro também me deixou ainda mais confuso sobre Max e suas verdadeiras alianças.

Max estava tão absorto em sua recente fama e nas demandas pelo seu tempo que não tinha mais tempo de treinar no Clube de Boxe de Berlim. Fiquei me perguntando se ele era uma pessoa completamente diferente do homem que eu havia conhecido. Talvez toda a atenção recebida de Hitler e Goebbels o houvesse transformado em um nazista completo. Poderia ser aquele o mesmo Max que era amigo do meu pai? Que posava para quadros por artistas de vanguarda proibidos? Cujo empresário era judeu? Que um dia afirmara que não existia diferença entre os homens no ringue?

Quem era o verdadeiro Max? Eu tinha medo do que aconteceria se e quando ele voltasse para o clube. Será que se recusaria a me treinar por saber que sou judeu? Será que me denunciaria publicamente, forçando-me a sair do clube? Ou talvez ele jamais voltasse. Talvez tivesse deixado todos nós para trás.

Naquele verão, a Alemanha recebeu os Jogos Olímpicos em Berlim. Nas semanas que antecederam o evento, o governo reuniu esforços para limpar a cidade e ocultar todas as evidências do antissemitismo do regime. Os atos de violência contra judeus diminuíram, e os pôsteres de propaganda antijudeus foram retirados e substituídos por outros anunciando as Olimpíadas. Restaurantes e hotéis removeram seus cartazes que diziam PROIBIDA A ENTRADA DE JUDEUS. Assim, quando a comunidade de jornalistas internacionais chegou para cobrir os jogos, viram poucas evidências do que realmente estava se passando.

Enquanto isso, todos os dias os jornais pareciam publicar mais fotografias de Max jantando e tomando vinho com nazistas do alto escalão. Na minha cabeça, Max e a cidade de Berlim se moviam em direções opostas. Enquanto o país inteiro parecia disfarçar seus costumes racistas e antissemitas, Max estava revelando sua aceitação do nazismo.

Durante os jogos, Max teve de dividir os holofotes nas páginas de esportes de Berlim com as estrelas da equipe olímpica da Alemanha, os ginastas Alfred Schwarzmann e Konrad Frey, que haviam ganhado, cada um, três medalhas de ouro, e o astro do atletismo Luz Long. Long ganhou a medalha de prata no salto em distância, mas tornou-se mais conhecido por ajudar seu rival americano Jesse Owens, um corredor negro, forte e esguio do Alabama. Depois que Owens errou seus dois primeiros saltos, Long aconselhou-o a tentar iniciar o salto alguns centímetros antes. O conselho funcionou e Owens conquistou a medalha de ouro.

Hitler esperava usar a Olimpíada – como ocorrera com a luta Louis *versus* Schmeling – como prova da supremacia ariana. Jesse Owens frustrou esses planos, levando quatro medalhas de ouro: no salto em distância, nos 100 metros rasos, nos 200 metros rasos e no revezamento 4x100 metros. Hitler recusou-se a apertar sua mão após as vitórias e deixou o estádio antes da cerimônia de entrega das medalhas a cada vez que Owens venceu. Mas até os cronistas esportivos alemães tiveram de escrever com admiração sobre as realizações do negro, e ele foi recebido como celebridade em todos os lugares a que foi, com fãs amontoando-se ao seu redor para conseguir autógrafos e fotografias.

O desempenho de Owens inflamou ainda mais minha obsessão com os Estados Unidos. A equipe olímpica alemã havia sido purgada de quase todas as pessoas de ascendência não ariana. Por outro lado, a equipe americana multiétnica incluía até diversos atletas judeus.

Na véspera do encerramento dos Jogos, um envelope grosso chegou à galeria, endereçado a meu pai, com o nome e endereço de Max. Recebi a entrega, mas não imaginava o que

Max poderia ter enviado a meu pai. Fiquei ao lado de papai enquanto ele abria o envelope, revelando dois ingressos para as Olimpíadas e um bilhete:

> *"Prezado Sig"*, ele leu o bilhete em voz alta para si mesmo, *"achei que você e Karl gostariam de assistir ao último dia de competição e à cerimônia de encerramento. São bons lugares, então torçam bem alto pela Alemanha. Atenciosamente, Max"*.

Meu coração disparou. Por mais que eu nutrisse sentimentos ambíguos sobre para quem torcer, eu estava morrendo de vontade de assistir às Olimpíadas. Max instantaneamente caiu de novo nas minhas graças. Meu pai, porém, franziu o cenho olhando para o bilhete e os ingressos em sua mão.
– Ingressos. Ótimo – disse ele, com sarcasmo. – É exatamente do que precisamos.
Ficou olhando os ingressos, e então um sorrisinho atravessou-lhe os lábios. Foi para o telefone e pediu à telefonista que ligasse para um número em Berlim.
– *Guten Tag*, Herr Rolf, aqui é Sig Stern. [Pausa.] Sim, faz muito tempo. Ouça, por acaso estou com dois ingressos de primeira para os Jogos Olímpicos, para amanhã, e imaginei que o senhor poderia se interessar. [Pausa.] Sim. Os lugares são fantásticos. [Pausa.] Bem, tive de pagar o dobro por eles, então, se o senhor pudesse chegar, não sei, talvez a vinte por cento sobre esse valor, apenas para cobrir meus custos, fecharíamos negócio. [Pausa.] *Wunderbar!* Meu filho, Karl, vai deixá-los em sua casa agora.
Cerrei os punhos enquanto observava meu pai enfiar os ingressos, meus ingressos, num envelope e rabiscar um endere-

ço na frente. Não podia acreditar que ele pegara meus ingressos e os vendera sem pensar duas vezes. Será que ele não tinha ideia do quanto as Olimpíadas significavam para mim? Para todos?

– Leve para Herr Rolf e pegue o dinheiro primeiro.

Ele me estendeu o envelope, mas me recusei a pegá-lo.

– Esses ingressos eram para mim...

O rosto do meu pai se fechou.

– O quê?

– Max disse no bilhete que...

– Talvez você prefira o gosto de papel ao de pão – cortou ele. – Está tudo muito bem você lutar seu boxe e desenhar histórias em quadrinhos em vez de tentar encontrar mais trabalho. Mas precisamos de dinheiro para comer, para viver, muito mais do que você precisa assistir a um bando de homens de calção correndo em volta de uma pista. Entendeu, Karl?

Não respondi.

– Entendeu? – repetiu ele, elevando a voz e aproximando o rosto do meu.

– Sim, senhor – murmurei.

– Muito bem – disse ele. – Agora vá.

Ele enfiou o envelope nas minhas mãos e voltou para a escrivaninha.

Por um instante considerei a possibilidade de desafiar meu pai e ir à Olimpíada com Neblig. Entretanto, meu intenso desejo de assistir aos jogos deu lugar a uma sensação de desespero. Estávamos vivendo em condições constrangedoras, amontoados num cômodo separado por lençóis. Nossas refeições estavam ficando cada vez mais magras. Eu sabia que meu pai estava certo. Não podíamos jantar os ingressos. Engoli minha decepção e fui entregar os ingressos a Herr Rolf.

Adeus, Winzig

NA SEMANA SEGUINTE À CERIMÔNIA DE ENCERRAMENTO, OS RESTAUrantes e lojas na nossa vizinhança tornaram a exibir em suas vitrines os cartazes com os dizeres NÃO SERVIMOS JUDEUS, e o *Der Stürmer* e outros tabloides e revistas nazistas voltaram às bancas.

    Apesar da minha dedicação aos treinos, ainda encontrava tempo para desenhar no meu diário quase todos os dias, trabalhando em minhas histórias em quadrinhos e caricaturas. Normalmente, eu desenhava tarde da noite, depois de terminar minhas tarefas, deveres de casa e entregas, trabalhando à luz de velas até ficar cansado demais para manter a caneta firme na mão. Um dia, voltei à loja de materiais de desenho de Herr Greenberg porque minha tinta preta acabara. Fazia meses que eu não ia à loja e fiquei chocado com a transformação. As prateleiras, outrora superlotadas, estavam agora mais da metade vazias, com apenas alguns blocos, canetas e pincéis espalhados, com grandes espaços vazios e empoeirados onde outros produtos costumavam estar.

    Herr Greenberg estava sentado atrás do balcão, lendo um livro em hebraico, com os ombros curvados, parecendo abatido e derrotado. Um cesto com pequenas maçãs verdes estava ao lado do balcão da frente, junto com uma tigela de madeira com ovos vermelhos. Antigamente, ele se levantava de imediato para receber cada cliente, mas agora nem pareceu notar quando entrei e me aproximei.

– Herr Greenberg? – chamei.

Ele finalmente ergueu os olhos do livro, com o olhar vazio e parado. Quando viu que era eu, seu rosto se iluminou, e ele lentamente se levantou da cadeira.

– *Guten Morgen*, Karl. É bom ver você – disse, apertando minha mão. – Faz muito tempo. Como vão seus pais?

– Vão bem – respondi, notando que sua mão estava fria e frágil.

– Que ótimo. Dê lembranças minhas a eles.

– Claro – respondi.

– Continua com seus desenhos?

– Continuo.

– Ainda quer desenhar histórias em quadrinhos, *ja*?

– Estou tentando.

– Que bom. O mundo precisa de mais imagens engraçadas. Mas em que posso ajudá-lo?

– Só preciso de tinta preta.

– Você está com sorte. Tinta preta é uma das poucas coisas que ainda tenho.

Ele saiu de trás do balcão e foi até uma prateleira próxima. Antes, costumava ter um pequeno exército de frascos de tinta de diferentes tamanhos e cores arrumados em fileiras apertadas, como peças de xadrez. Agora, havia apenas dois pequenos frascos.

– Quantos você quer?

Eu esperava comprar diversos frascos, mas de repente me senti mal em desfalcar seus já escassos suprimentos.

– Bem, eu levaria os dois, mas não quero deixá-lo sem nenhum.

– Bobagem. É para isso que estão aqui, para serem vendidos.

– O senhor vai receber mais?

– Quem sabe? – Ele deu de ombros. – Por causa das leis contra negociar com judeus, nenhum dos meus fornecedores pode me vender mais. Ainda tenho alguns poucos itens, mas a maioria vem de lojas de proprietários judeus, e eles enfrentam seus próprios problemas para conseguir suprimentos. Estoco o que posso.

Ele trouxe os frascos de tinta para o balcão e colocou-os num saquinho de papel pardo. Entreguei-lhe o dinheiro.

– Não estaria interessado em levar uma maçã ou, quem sabe, alguns ovos? São frescos, da fazenda do meu primo.

Notei o quanto seu casaco estava puído. Os olhos estavam úmidos e amarelados, e traíam seu desespero enquanto aguardava minha resposta.

– Claro, vou levar uma maçã.

– E que tal uma para sua irmã? Só mais alguns centavos.

Hesitei. Na verdade, eu não tinha os centavos extras para gastar, mas Herr Greenberg parecia precisar deles ainda mais do que nós.

– Tudo bem – concordei, escolhendo outra maçã do cesto.

Estar ali na loja me fez lembrar de Greta e de nosso segundo beijo. Eu ainda levava no bolso seu pingente de trevo. Ainda me agarrava à chance de que um dia poderíamos ficar juntos. Pensei em perguntar a Herr Greenberg se ela havia estado na loja para comprar algo. Contudo ele parecia tão perdido e distante que me pareceu improvável que se lembrasse, mesmo que ela tivesse estado lá.

Antes que eu saísse, Herr Greenberg aproximou-se e colocou as mãos na minha cabeça, fechou os olhos, e silenciosamente recitou uma prece curta em hebraico. A princípio foi estranho sentir as mãos do velho homem em minha cabeça. Mas depois, embora eu não entendesse hebraico, comecei a achar as palavras e a leve melodia calmantes. Observei seu rosto e, enquanto ele fazia a prece, sua testa franzida relaxou e a boca curvou-se num sorriso, leve e determinado, como se as palavras tivessem lhe dado conforto interior e talvez até mesmo força. Quando abriu os olhos, disse:

– Essa foi a *Tefilat HaDerech*, uma prece para fazer uma viagem em segurança. Tenha cuidado lá fora, Karl.

Voltei para a galeria e a encontrei estranhamente silenciosa e calma. Como o ambiente era pequeno, em geral eu sabia de imediato se havia alguém em casa e exatamente o que estava fazendo. Circulei pelo espaço e chamei, mas ninguém respondeu. Eu tinha de ir ao banheiro, mas a porta estava trancada. Bati. Como não houve resposta, bati de novo, mais alto.

– *Hallo?* – chamei.

– Estou no banho, Karl – respondeu minha mãe finalmente.

– A senhora está bem?

– *Ja*. Estou bem.

Porém sua voz não parecia nada bem. Soava fraca e cansada, como se estivesse falando de muito longe. Parei junto à porta e escutei, mas só ouvia o ligeiro ruído da água quando ela se mexia na banheira. Resolvi bater de novo dali a dez minutos.

Assim que me virei para seguir para o meu quarto no porão, ouvi um som baixo vindo da área principal da galeria. Retornei até as cortinas que serviam de parede e escutei soluços.

– Hildy?
– Vá embora – disse ela.
– Trouxe uma maçã para você.
– Não quero maçã.
– Você está bem?
– Eu disse para você ir embora. Quero ficar sozinha.

Enfiei a cabeça pela cortina e vi Hildy deitada na cama, com o rosto voltado para baixo. Um pequeno diário estava aberto à sua frente. Ela o fechou rapidamente. Por trás das lentes grossas de seus óculos, seu olhos cintilaram de raiva.

– Eu disse para ir embora! Será que não posso ter nenhuma privacidade?
– Mamãe está bem?
– O que você acha? Algum dia ela já esteve bem?
– Aconteceu algo para que ela ficasse assim?
– Não sei. Ela já estava lá quando cheguei em casa. Agora, quer sair?

Senti um cheiro forte de enxofre vindo de algum lugar no cômodo. Olhei para baixo e vi o casaco de Hildy no chão, ao lado da cama, coberto por uma camada de gosma amarelada.

– O que aconteceu com seu casaco?
– Me acertaram no tiro ao alvo.
– Tiro ao alvo?
– No fim do dia, os garotos da Juventude Hitlerista nos esperam do outro lado da rua, na frente da escola, e quando saímos, eles atiram ovos podres em nós e gritam: "Dez pontos para quem acertar a primeira judia!"

— Você contou aos professores?

— Eles têm mais medo que nós. Só nos dizem para correr e manter a cabeça abaixada. Foi a primeira vez que me acertaram.

— Sinto muito, Winzig.

— Você não sabe como é ter cara de judeu, Karl. Simplesmente não sabe.

— Também não é fácil para mim.

— Não é a mesma coisa. Sua aparência é normal. Tudo em mim é judeu: meu nariz, meu cabelo, minha pele, tudo!

— Vamos, alegre-se. Vou ler para você um livro de Winzig und Spatz ou algum outro. "A aventura está no ar..." – eu disse, esperando que ela respondesse completando seu chamado à ação.

— Winzig und Spatz? – disse ela. – Esses livros são para bebês. Tenho onze anos, Karl. Ninguém nesta família parece notar, mas não sou mais uma garotinha.

Hildy tinha razão. Eu não havia notado de fato, mas, no decorrer dos últimos meses, Hildy fizera a sutil transição de criança para pré-adolescente. Seu rosto estava mais fino, e suas pernas e braços iam se tornando mais longos e finos, como os meus. Eu podia ver a sombra de uma mulher logo abaixo da superfície.

— Eu noto você, Hildy – menti.

Sentei-me a seu lado e tentei pôr a mão em seu ombro. Ela se afastou.

— Ah, sei. Tudo o que você nota é a si mesmo e seu boxe idiota.

— Não é verdade...

— Você sabe que dia foi ontem?

— Ontem foi quarta-feira. O que isso tem a ver com...

– Foi meu aniversário.

Meu coração afundou no peito e minha boca ficou seca. Como podíamos todos ter esquecido? Senti uma pontada aguda de raiva de mim mesmo, mas ainda mais de meus pais. Era filha deles, afinal.

– Ah, Winzig, sinto muito!
– Ah, sei.
– Olha, ainda podemos fazer uma festa...
– Não quero festa idiota nenhuma. Não quero nada.
– Hildy...
– Só quero ficar sozinha. Não dá para ter privacidade aqui.
– Você pode descer para o porão, se precisar de privacidade.
– Não quero ir para um porão nem para um quarto idiota atrás de uma cortina. Quero o nosso antigo apartamento. Quero que tudo volte ao normal.

Ela começou a chorar.

– Hildy, venha cá, está tudo bem...

Ela se levantou da cama de um pulo.

– Não está tudo bem, Karl. Sei que não está; você sabe que não está; mamãe, papai, todos sabem que não está.

Ela correu para fora do quarto e saiu pela porta da frente.

– Hildy, espere! – gritei atrás dela. Mas era tarde demais. Quando cheguei à porta, ela já havia desaparecido rua abaixo.

Voltei para dentro e olhei o quarto de Hildy. Herr Karotte ainda estava na mesinha ao lado da cama, mas, à exceção dele, a maioria dos objetos infantis que enfeitavam seu antigo quarto havia desaparecido. Na verdade, o espaço tinha muito poucos toques pessoais. Sentei-me na cama e peguei o diário em que ela estivera escrevendo, sentindo-me ligeiramente culpado por bisbilhotar. O diário estava cheio de poeminhas e observações sobre a nossa vida, e contava a história da tristeza e do isolamento cada vez maiores de Hildy. Em uma das páginas mais recentes, descobri o seguinte poema:

Careca

Minha mãe costumava dizer que eram anéis de chocolate
Agora, porém, são mais como uma corrente enferrujada
Horríveis elos castanho-escuros
Se ao menos fossem louros e lisos
Ninguém teria motivo para odiar
Minha única esperança é cortá-los
E ficar ainda mais feia do que sou hoje
Talvez então me deixem em paz
E eu possa ficar invisível, a sós comigo mesma.

Fechei o diário e o coloquei com cuidado de volta sobre a cama. Não havia me dado conta da dor profunda e do autodesprezo que Hildy vinha sentindo. Também me espantou como seu texto era maduro e forte. Aquelas não eram as palavras de uma criança, mas de uma jovem artista com talento verdadeiro. Definitivamente ela deixara Winzig und Spatz para trás. Foi então que notei que sua coleção de livros de Winzig und Spatz não estava na prateleira. Teria ela realmente se livrado deles? Aquilo fez com que eu me sentisse ainda mais irritado e impotente. Procurei em sua cômoda, mas não estavam lá. Finalmente, olhei debaixo da cama e encontrei-os escondidos atrás de uma pilha de suéteres velhos. Respirei, aliviado, ao ver os livros, como se sua presença ali confirmasse que a antiga Hildy ainda existia em algum lugar.

Recoloquei os suéteres no lugar, escondendo os livros, depois peguei seu casaco de lã e o levei para nossa cozinha improvisada. Usando um balde de água e uma escova, lavei o ovo, que havia endurecido parcialmente por dentro da trama apertada da lã. Escovei o casaco, deixando-o o mais limpo que pude, e o levei de volta para o quarto dela, estendendo-o sobre a cama.

Voltei para a porta do banheiro e bati.

– Mamãe? Mamãe, está tudo bem?

– Sim, Karl – respondeu ela, com voz fraca.

Ia dizer algo a respeito de Hildy a mamãe, mas ela me pareceu tão perdida que receei deixá-la ainda mais nervosa. Então, apenas virei-me e desci as escadas para o meu quarto no porão, a raiva crescendo dentro de mim.

Despi a camisa e fiz uma série de abdominais até perder a conta e sentir os músculos da barriga queimarem. Em seguida, passei para as flexões de braços, e de novo fiz tantas que perdi a conta e os músculos dos ombros, tórax e braços começaram a tremer com o esforço. Continuei, até que os tremores e a queimação em meu corpo ficaram tão intensos que meus braços cederam e caí com o rosto contra o chão. Deixei minha face descansar no solo enquanto respirava, ofegante, inflando meus pulmões exaustos. Então, me levantei com dificuldade e me posicionei de frente para o pequeno espelho que pendurara na parede ao lado da cama.

Olhei meu reflexo e pela primeira vez tive real noção da completa transformação física que meu corpo sofrera ao longo dos últimos anos. Meus ombros estavam largos e arredondados; veias grossas recobriam meus bíceps e antebraços bem-definidos; os músculos do tórax e do abdome formavam uma fina camada de proteção sobre a barriga. Minha estrutura óssea estava agora recoberta por músculos. A expressão amedrontada em meus olhos se fora, dando lugar a determinação e raiva. Até minha acne melhorara. No entanto, apesar de toda a minha força física, jamais me sentira tão fraco, porque era incapaz de secar as lágrimas dos olhos de minha irmã ou de livrar seu coração da tristeza.

Naquela noite, apanhei os novos frascos de tinta que comprara na loja de Herr Greenberg e tentei desenhar uma tirinha de Winzig und Spatz para animá-la. Mas todas as ideias que me ocorriam pareciam ocas, pouco originais ou sem graça. A caneta não me levava mais a lugar algum que tivesse importância.

Um dia, chegou à estação um carregamento de queijos vindo de uma fazenda...

— Winzig, venha depressa! Estou sobre uma montanha de queijo Muenster!

— Vá embora, Spatz...

— Estou deprimido demais para sair. Sou apenas um ratinho feio e idiota, e assim serei para sempre...

DEIXE DISSO, WINZIG. VOCÊ ESTÁ SENDO TOLO.

WINZIG...?

O Campeonato Juvenil de Boxe de 1937

– B-B-B-BOM. ACERTE O SACO – DISSE NEBLIG, SEGURANDO O saco de pancadas enquanto eu enterrava meus punhos no tecido. Eu grunhia com o esforço, os antebraços doendo a cada uppercut furioso.

– Agora, experimente alguns j-j-j-jabs.

Troquei para os jabs, esquerda, esquerda, direita, esquerda, esquerda, direita, depois direita, direita, esquerda, direita, direita, esquerda. Esmurrando repetidas vezes até sentir que meus pulsos iam se partir.

Worjyk se aproximou de nós e parou ao lado de Neblig enquanto eu terminava a série.

– OK, é isso – disse Neblig.

Acertei o saco com um último jab esquerdo e um forte cruzado de direita, e encerrei. O saco balançou para a frente e para trás com a força do meu último soco.

– Você estava b-b-b-batendo realmente forte hoje – disse Neblig, entregando-me uma garrafa d'água.

– É bom mesmo bater forte, *Knochen* – disse Worjyk. – O campeonato está chegando.

— Campeonato? — perguntei sem fôlego.

— É. Você quer competir no campeonato juvenil, não quer?

Olhei para Neblig. Ele acabara de dizer o que eu pensava que ele tinha dito? Neblig sorriu e assentiu com a cabeça.

— Inscrevemos você no campeonato — disse Worjyk.

Soltei uma pequena risada de contentamento e abracei Neblig.

— Não comemore ainda, *Knochen* — disse Worjyk. — Você vai lutar com os melhores entre os melhores, portanto não fique confiante demais.

— Não vou decepcioná-los — respondi. Estendi a mão, e Worjyk a apertou.

Como o Clube de Boxe de Berlim não era um clube voltado para os jovens, eu não lutava com tanta frequência quanto os outros rapazes da minha idade. Mas, apesar da minha limitada experiência, nunca havia sido derrotado no ringue. O campeonato de boxe formal da cidade era um evento de dois dias que reunia os melhores pugilistas de Berlim com menos de 18 anos. Apesar de nervoso, eu também estava empolgadíssimo. Aquela era a oportunidade para a qual eu vinha treinando desde que conhecera Max, três anos antes.

O campeonato seria realizado no Centro Atlético Hesse, uma pequena arena na zona norte da cidade. Os organizadores esperavam que Max presidisse o campeonato, fosse o locutor ou juiz honorário, mas ultimamente ele parecia estar sempre "ocupado", confraternizando com as elites nazistas ou fazendo *lobby* por uma oportunidade de disputar o título dos pesos-pesados com Jimmy Braddock. Apesar de Max ter derrotado Joe Louis, os promotores americanos preferiam dar a chance de disputar o título ao seu astro local. Os cronistas de boxe alemães sentiam-se ultrajados, alegando que os americanos estavam com medo de que o cinturão de campeão fosse para um alemão. Max viajava para os Estados Unidos e voltava, fazendo apelos às autoridades do boxe, e fazia quase um ano que ele não aparecia no Clube de Boxe de Berlim.

Alguns dias antes do campeonato, perguntei a Worjyk se o incomodava o fato de Max não vir mais ao clube. Worjyk deu de ombros.

– Max vem e Max vai. Ele sempre foi assim, *Knochen*. Lembre-se sempre de que Max cuida de Max. Às vezes acho que é isso que faz dele um grande lutador, mas também significa que ele nem sempre é o sujeito mais confiável do mundo.

Eu jamais ouvira Worjyk ou qualquer outra pessoa no clube fazer ainda que o mais leve comentário negativo a respeito de Max. Mas suas palavras certamente repercutiam em mim, enquanto eu tentava compreender como Max parecia entrar e sair da minha vida sem pensar duas vezes, balançando-se como um brinquedo na frente de um gatinho, só para ser puxado para trás no último segundo.

Ao contrário das pequenas academias e clubes onde eu lutara no passado, o Centro Atlético Hesse era uma arena de verdade, com capacidade para milhares de espectadores. Mesmo antes de abrirmos as portas para entrar, eu podia ouvir os gritos abafados de uma multidão turbulenta. Meu coração acelerou, e as palmas de minhas mãos começaram a suar quando Neblig, Worjyk e eu entramos. Ao redor do ringue havia diversas fileiras de cadeiras dobráveis; elas, por sua vez, eram cercadas por fileiras íngremes de arquibancadas metálicas. Já havia uma luta em andamento, e mais de mil pessoas assistiam e torciam. A multidão me assombrava e intimidava. Alguns rapazes batiam os pés no chão, criando um alto ritmo de apoio, raivoso e metálico. Caminhamos por um corredor entre as arquibancadas, e as batidas faziam as tábuas do piso de madeira tremer e saltar sob nossos pés. Meu pulso acelerou, acompanhando o ritmo dessas batidas à medida que avistava o ringue, iluminado por seis refletores industriais imensos que pendiam do teto como gigantescas cascas de ovo de aço.

Um número imenso de rapazes usava uniformes da Juventude Hitlerista, e havia grupos de adultos, na maioria pais e irmãos mais velhos dos lutadores, vestidos com outros uniformes do Reich. No início do meu treinamento, Max me aconselhara a jamais prestar atenção ao público. "Quando luto nos Estados Unidos, eles adoram torcer contra mim. Eles me xingam e às vezes até cospem em mim quando estou entrando ou saindo do ringue, mas eu simplesmente me desligo disso tudo. Lembre-se, você só está combatendo seu adversário no ringue. Se deixar o público entrar em sua cabeça, você está acabado. Tento bloquear o barulho e aproveitar essa energia para aumentar a força de meus golpes."

Atravessamos a multidão até o vestiário, atrás de uma das arquibancadas. Vários outros rapazes se achavam lá dentro, trocando de roupa para suas respectivas lutas. Como sempre, eu já havia vestido meu calção de boxe para que não tivesse de me despir totalmente na frente de ninguém. Também já guardara o pingente de trevo de Greta dentro da minha meia como amuleto.

Sentei-me num banco baixo de madeira enquanto Neblig enfaixava minhas mãos e amarrava minhas luvas. Worjyk me dava dicas e fazia lembretes sobre minha técnica, o costumeiro charuto apagado pendendo do canto da boca.

– Lembre-se de trazer a mão para trás depois do jab direito, *Knochen*. Você sempre se deixa exposto por muito tempo.
– Vou lembrar.
– Tente cortar os ângulos quando estiver no ataque. Assim que ele demonstrar fraqueza, torne o ringue o menor possível.
– Eu sei.
– E não se fie demais nos jabs. Como você tem uma ótima envergadura, é uma excelente arma. Mas não tenha medo de lançar alguns socos potentes. Você vai enfrentar lutadores de verdade, e pode precisar derrubá-los rápido.
– Já falamos sobre isso um milhão de vezes – eu disse.
– E vamos repetir outros milhões – retrucou Worjyk. – Vocês, lutadores, são um bando de macacos estúpidos. É por isso que tenho que enfiar isso à força na cabeça de vocês.

Apesar dos meus protestos, era reconfortante tê-lo ali me acompanhando e repetindo aquelas instruções familiares. Neblig terminou de amarrar minhas luvas e olhou para Worjyk.
– A-a-a-agora? – perguntou ele.

Worjyk confirmou, e Neblig pegou a sacola e dela retirou um roupão de seda novo em folha, cuidadosamente dobrado. Era de um azul royal vivo, com acabamento branco, exatamente como os pugilistas profissionais usavam. Neblig desdobrou-o, revelando as palavras CLUBE DE BOXE DE BERLIM, escritas nas costas em letras brancas grandes. Eu não sabia o que dizer. Sempre desejara um roupão, mas nem sequer tinha pensado em pedir a meus pais, em razão de nossa situação financeira. Na verdade, fazia anos que eu não recebia nenhum tipo de presente significativo de alguém. A última vez tinha sido quando Worjyk me presenteara com as luvas de boxe. Eu nunca vira ninguém no clube usando um roupão daqueles, então soube que Worjyk o encomendara especialmente para mim. Meus olhos marejaram e tive de engolir o nó que se formou em minha garganta.

– *Danke* – consegui dizer. – Obrigado aos dois.

Neblig sorriu.

– Esqueça isso, *Knochen* – disse Worjyk, com displicência. – Tenho pensado em expandir os negócios para aproveitar o mercado juvenil. Achei que esta seria uma grande oportunidade para fazer propaganda. Agora, vamos lá.

Worjyk me deu um tapinha nas costas, Neblig deslizou o roupão sobre os meus ombros e entramos na arena. Fomos para a pesagem, próximo da mesa de inscrição posicionada ao lado do ringue. Um grande pôster sobre a mesa informava os pares do torneio, relacionando os nomes de todos os lutadores. Havia dois grupos principais, um do lado esquerdo da página, outro do direito, e os dois lutadores que vencessem em seus grupos disputariam o título. Dei uma olhada na lista de pares e verifiquei que eu ia enfrentar um rapaz chamado Meissner na primeira rodada.

Quando examinei os outros nomes, um jorro de adrenalina gelada percorreu meu corpo. Gertz Diener estava escalado para lutar mais tarde naquela mesma manhã em meu grupo. Se nós dois vencêssemos nossas primeiras lutas, iríamos nos enfrentar na segunda rodada. Temores e desejos conflitantes colidiam em minha mente. Primeiro, havia o medo maior de ser desmascarado. Gertz me denunciaria como judeu? Será que ele e a Matilha de Lobos tentariam me atacar fisicamente, como haviam feito no passado? No entanto, mais forte do que o medo era meu desejo de vingança. Eu teria realmente a oportunidade de lutar limpo contra minha nêmesis dentro do ringue? Em muitos aspectos, meus anos de treinamento haviam sido motivados pelas agressões de Gertz e da Matilha de Lobos. E, no entanto, até agora, eu havia dependido de intermediários para expressar minhas frustrações. Como eu queria acertar um soco na cara ariana e arrogante de Gertz!

Meu primeiro adversário, Meissner, era um rapaz lento e de constituição robusta, com antebraços e ombros fortes, que ficou facilmente sem fôlego quando dancei ao seu redor. Eu estava tão empolgado e nervoso com a possibilidade de lutar com Gertz que acelerei meu ritmo de ataque, tentando cansar Meissner e terminar a luta rápido. Minha pressa me deixou desleixado, e Meissner acertou um poderoso uppercut de direita em meu abdome que quase me derrubou. Rapidamente me recuperei e adotei uma abordagem mais conservadora, atacando com uma dupla de jabs e depois recuando para fazê-lo se movimentar.

Depois do primeiro assalto, eu estava sentado no meu *corner* recebendo instruções de Worjyk para reduzir o ritmo da luta quando vi Gertz entrar na arena, seguido por Franz, Julius e diversos outros rapazes da Matilha de Lobos. Um arrepio gelado percorreu meu corpo ao avistá-los. Gertz estava vestido para lutar, enquanto os demais usavam uniformes da Juventude Hitlerista. Todos se sentaram numa das arquibancadas superiores para me ver lutar.

O gongo soou, sinalizando o início do segundo assalto. Neblig teve de me cutucar para que minha atenção voltasse à luta, eu me levantasse e fosse para o ringue. No segundo assalto, usei uma técnica que Max chamava de roda de bicicleta, em que eu imaginava Meissner como o centro de uma roda e eu o circulava sem parar, desferindo uma série de jabs e socos curtos, porém regulares. Meissner começou a ficar impaciente, tendo de girar e alternar os pés constantemente para me acompanhar. Sua respiração tornou-se mais difícil, e seus socos perderam o vigor. Após cerca de um minuto rodeando-o, quando soube que o tinha esgotado, pressionei-o com um ataque mais agressivo, levando-o a um *corner* com uma combinação de direitos fortes. Devo ter lançado uns quinze socos que não tiveram resposta, mas ele não caía. Finalmente, o gongo soou, encerrando o assalto.

Quando cheguei ao meu *corner*, Neblig e Worjyk me deram os parabéns pelo assalto, mas vi Gertz e os outros com ar preocupado. De repente ocorreu-me que, se Gertz achasse que eu era bom demais, poderia revelar que eu era judeu para assegurar-se de que não teria de lutar comigo. Decidi que no assalto seguinte eu precisava deixar Meissner marcar alguns pontos para que eu não parecesse tão dominante.

Assim, no assalto seguinte, não ataquei nem usei qualquer estratégia. Até deixei Meissner marcar dois pontos. Precisava ter cuidado para deixá-lo conectar alguns socos, mas nenhum que me deixasse machucado ou exposto demais. No minuto final, passei a uma postura defensiva, dançando para longe dos ataques lentos de Meissner e aguardando que o gongo encerrasse a luta. Quando finalmente terminou, os juízes me deram a vitória, mas pude ver pela reação confiante de Gertz que ele não estava impressionado com meu desempenho. Worjyk me repreendeu seriamente:

– Você foi uma porcaria lá em cima. Seu jogo de pernas estava terrível. Baixou suas defesas meia dúzia de vezes. Tem sorte por ele não ter destruído você!

Escutei todas as críticas, sabendo exatamente o que ele ia dizer antes que proferisse as palavras.

Depois de sair do ringue, sentei-me com Worjyk e Neblig e assisti à primeira luta de Gertz. Fazia uns dois anos que havíamos estudado na mesma escola, e nesse período ele crescera diversos centímetros, e sua robustez de menino tinha se transformado em força de homem. Ainda usava o cabelo louro curto e espetado, e sua expressão tinha um viés cruel. Perguntei-me se ele ainda falava ceceando. Gertz tinha bom ritmo e um senso de estratégia decente, e dominou seu oponente com facilidade. Ganhou por nocaute, com uma combinação jab-jab-uppercut no segundo assalto. Erguendo o braço em sinal de vitória, ele olhou para mim com um sorrisinho confiante.

A rodada seguinte estava programada apenas para depois do almoço. Eu não conseguia comer nada, e apenas fiquei sentado com Neblig e Worjyk, que me aconselharam como lutar contra Gertz, mas suas palavras mal penetraram minha mente. A tensão e a agitação enviavam uma forte pulsação pelas veias do meu pescoço até a cabeça, bloqueando todos os ruídos exteriores.

Finalmente, o intervalo do almoço terminou, e Gertz e eu subimos ao ringue. Senti meu estômago se revirar e se contrair de ansiedade. A Matilha de Lobos estava sentada numa fileira de cadeiras bem ao lado do ringue e gritava alto à medida que nos aproximávamos um do outro. Eu lutara dezenas de vezes ao longo dos anos desde que eles haviam me usado como saco de pancadas e penico, mas de repente toda minha experiência e força pareceram escoar do meu corpo. Encarei Gertz e vi meu velho eu refletido em seus olhos. O magricela fraco e covarde que eu fora saltara de volta para dentro da minha pele. Pouco antes de tocarmos mutuamente as luvas para assinalar o início da luta, Gertz inclinou-se e sussurrou:

— Agora todos verão como dar uma surra num judeu, Mijão.

Ele bateu com força as luvas nas minhas e começou a dançar na minha frente. Percebi apenas um ligeiro traço de seu antigo defeito de dicção quando ele me chamou de Mijão, de tal modo que a palavra soou mais como "Mizão". O instinto de luta cresceu dentro de mim. Ouvir meu inglório apelido acendeu toda a raiva que eu nutria contra ele. E ouvir seu ceceio provocou em mim uma rápida descarga de confiança. Ele ainda era o mesmo garoto de que eu me lembrava, que no passado precisava da Matilha de Lobos inteira para me confrontar. Desde então eu fora treinado por um dos maiores pesos-pesados do mundo e lutara principalmente contra homens, e não garotos. Eu sabia que já não era nenhum Mijão. Avancei, bati minhas luvas nas dele e sussurrei:

— Ou como levar uma surra de um judeu.

O gongo soou e a luta teve início.

Passei o primeiro minuto do assalto sentindo o estilo de Gertz. Ele se movimentava muito e tinha bom controle dos socos. Mas eu logo detectei uma falha em sua técnica. Havia um ligeiro atraso em seu ritmo. Seus pés e mãos não estavam sincronizados, e, portanto, ele não socava e se movia com fluidez. Ele sempre parecia fazer uma pausa e se preparar antes de um ataque, telegrafando seus socos. Como consequência, eu conseguia armar minha guarda e lançar meus contragolpes no tempo certo. Ele acertou alguns jabs leves, e eu ouvi a Matilha de Lobos uivar da primeira fila. Então, ataquei.

Lancei várias combinações, dando preferência ao meu jab de esquerda, para que ele esperasse socos vindos desse lado; então, subitamente, mudei de lado e avancei sobre ele com minha direita. Acertei um forte cruzado de direita em sua cabeça e saboreei a sensação do meu punho conectado ao seu queixo, a sensação de seu pescoço sendo atirado para trás contra a força da minha luva.

Gertz cambaleou para trás e levantou as mãos para proteger o rosto. Vi outra abertura e baixei meu ataque, acertando dois fortes uppercuts em sua barriga. Conectei o segundo soco naquele ponto mágico no meio de seu peito, e Gertz emitiu um arquejo estrangulado ao ficar momentaneamente sem ar. Desferi mais um soco na lateral da cabeça e ele caiu de joelhos. E ali ficou, ofegante, quando o gongo soou, encerrando o assalto.

Respirei fundo, satisfeito, ao ver que o treinador de Gertz teve de ajudá-lo a chegar a seu *corner*. Dirigi-me a Neblig e Worjyk, que me aguardavam junto à minha banqueta. Olhei para a Matilha de Lobos e vi Franz e Julius confabulando. Com um pavor crescente, vi Franz se levantar do lugar e se aproximar da mesa dos juízes. Ele falou com um homem mais velho, com grandes costeletas grisalhas, que parecia ser o juiz principal. Os olhos escuros de Franz dardejaram em minha direção, e o homem acompanhou-lhe o olhar e assentiu com ar grave.

O homem se ergueu da mesa dos juízes e veio para o nosso *corner*.

– Qual o problema? – perguntou Worjyk.

– Chegou ao meu conhecimento que Herr Stern é judeu. Isso é verdade?

Worjyk empalideceu, mas recuperou-se depressa.

– O que isso tem a ver com...

– É verdade, Herr Stern? – interrompeu o homem.

Todos se viraram para me olhar. Franz, Julius e o restante da Matilha de Lobos aguardavam ali perto, assistindo também, e o público todo começou a murmurar, perguntando-se o que estava acontecendo. Finalmente, assenti com a cabeça. Os olhos do homem endureceram. Sem hesitar, ele subiu ao ringue e dirigiu-se ao público:

— Chegou ao meu conhecimento que Herr Stern é judeu.

Vaias e assovios elevaram-se da audiência. O homem prosseguiu:

— A política da nossa associação atlética obedece às normas do Reich, e portanto não podemos permitir que ninguém pertencente a raças mestiças participe desse torneio. Herr Stern está oficialmente desclassificado.

O público uivava ao ouvir o anúncio. Diversos rapazes e homens gritavam:

— Dê o fora, seu filho da mãe imundo!

— Matem esse judeu!

— Mestiço!

Esquadrinhei a multidão e vi a Matilha de Lobos puxando o refrão:

— *Jude, Jude, Jude!*

Logo a maioria dos espectadores juntava-se ao coro. Gertz continuava sentado em seu *corner* com a cabeça baixa. Lixo começou a voar para dentro do ringue: copos de papel amassados, cascas de banana e restos de maçã. Meus olhos por fim fitaram meu *corner*. Neblig estava fazendo sinal para que eu descesse do ringue. Mas foi para Worjyk que meus olhos foram atraídos. Ele estava imóvel. Seu rosto empalidecera completamente. Parecia que fora esfaqueado nas costas.

Saí rapidamente do ringue e corri através da arena em direção ao vestiário, sob uma chuva de cuspe, lixo e insultos. Uma garrafa me acertou na têmpora, deixando um pequeno talho, mas continuei a correr. Acho que Neblig tentou me seguir, porém foi impedido por grupos de espectadores furiosos, que se aglomeraram nos corredores atrás de meu rastro. Agarrei minha sacola e saí correndo da arena, esquivando-me de rapazes que tentavam me golpear ao longo do caminho.

Alcancei a rua e disparei pela calçada. Não tenho certeza se alguém me seguia, e não olhei para trás. Corri por quase dois quilômetros a toda velocidade, até que meus joelhos começaram a dobrar e tive de diminuir o ritmo. Havia chegado ao parque onde Greta Hauser e eu costumávamos nos encontrar, então inclinei-me com as mãos nos joelhos, tentando recuperar o fôlego.

Enquanto lutava para controlar a respiração, sentia tudo desmoronar dentro de mim. Todos os anos de treinamento, disciplina e foco no boxe foram eliminados num único momento no ringue. O sonho de me tornar campeão juvenil estava desfeito. Mas, pior do que isso, sabia que não poderia retornar ao Clube de Boxe de Berlim. Isso colocaria Worjyk em risco por violar as políticas do governo sobre misturar-se com judeus. De qualquer maneira, pude ver por sua expressão que ele não me permitiria voltar. Até onde eu sabia, ele poderia até ser um membro do alto escalão do Partido Nazista. O boxe fora meu único refúgio na tempestade, e eu não conseguia imaginar minha vida sem ele.

Vasculhei minha sacola e encontrei a bolinha de borracha que Max me dera três anos antes, como primeira fase do meu treinamento. Apertei-a com toda a força, até os nós dos dedos doerem e a mão ficar branca. Então me empertiguei e atirei a bola o mais longe e o mais forte que pude. Observei-a cair na grama, quicar e rolar para o bosque distante. Só então me dei conta de que deixara meu roupão novo para trás.

Sorvete

NA MANHÃ SEGUINTE, DORMI ATÉ TARDE, PULANDO OS EXERCÍCIOS da manhã pela primeira vez desde que começara o treinamento três anos antes. Meu pai finalmente me acordou e me pediu que fizesse a entrega de uma impressão a um novo cliente que morava num apartamento acima do Café Kranzler, na esquina da Friedrichstrasse com a Unter den Linden. Mal consegui sair da cama, e senti as pernas pesadas quando lentamente me vesti e saí para fazer a entrega.

A Friedrichstrasse fervilhava de gente, com homens apressados a caminho do trabalho e cafés lotados de fregueses tomando o café da manhã. O cliente morava no quarto andar de um grande prédio de apartamentos de dez andares, sem elevador. Os degraus rangiam enquanto eu subia a escadaria escura. Na subida, passei por uma senhora idosa, pesada, que descia, com o cabelo grisalho coberto por um lenço azul. Tive de me espremer para deixá-la passar. Tive a impressão de que ela me fitava, e abaixei a cabeça para que ela não me visse direito. Quando finalmente cheguei ao apartamento no quarto andar, bati e uma voz de homem respondeu:

– Quem é?
– Entrega.
– Quem?
– Tenho uma entrega. Uma impressão...

De repente uma fresta se abriu na porta, deixando passar uma mão estendida.

– Pode me dar – disse ele.

Olhei para as sombras do recinto, mas não consegui divisar o rosto.

– Disseram-me para receber o dinheiro – retruquei. – Adiantado.

A mão desapareceu por um instante e reapareceu com um pequeno maço de marcos.

– Aqui está.

Contei rapidamente as notas e entreguei o embrulho.

– Agora vá – disse o homem.

Assim que a mão desapareceu para dentro do apartamento a porta se fechou. Guardei o dinheiro dentro de um bolso especial que minha mãe costurara por dentro da minha calça e desci a escada.

Quando saí novamente na Friedrichstrasse, as pessoas se apressavam em todas as direções, olhando vitrines e comendo em mesas ao ar livre do Café Kranzler. Observei um casal que dividia uma torta Linzer e meu estômago roncou. Fazia pelo menos um ano que eu não comia uma guloseima como aquela. Meus pais costumavam encontrar amigos ali para tomar café e comer doces. Eu não me lembrava da última vez em que minha família e eu havíamos ido a um restaurante.

Engoli minha fome e comecei a retornar para a galeria, desviando dos pedestres na calçada larga e espiando as vitrines das lojas e restaurantes. De repente, algo me deteve. Através da grande vitrine de uma sorveteria, avistei Greta Hauser sentada no balcão, ao lado de um rapaz que não reconheci; os dois atacando vigorosamente suas respectivas taças de sorvete com chantili. Senti a garganta apertar e os olhos arderem.

O rapaz era alto e bonito, com cabelos castanho-claros. Usava um elegante terno de lã cinza e, a julgar por suas roupas, era de família próspera. Greta estava ainda mais linda do que eu recordava. Vestia uma blusa branca simples e uma saia preguada azul e verde. Sua longa trança loura caía sobre um dos ombros. Ela riu de algo que o rapaz disse, e a trança escorregou do ombro para suas costas. Meu rosto ficou vermelho, o calor subindo pelo pescoço e percorrendo minha cabeça. Quantas vezes eu a fizera rir? Quantas vezes toquei sua trança quando nos beijávamos?

Enfiei a mão no fundo do bolso e busquei o pingente de trevo. Apertei-o com força até enterrá-lo na mão.

Num impulso, fui até a porta, entrei na sorveteria e segui direto até o balcão onde eles estavam sentados. Fiquei parado atrás de Greta por um momento, antes que o rapaz olhasse para cima e me notasse.

– Posso ajudá-lo?

Greta virou-se e empalideceu ao me ver.

– Karl?

Olhei para ela, incapaz de me mexer ou de falar, os punhos cerrados ao lado do corpo, a raiva fervendo dentro de mim.

O rapaz se levantou e me encarou.

– O que está acontecendo aqui? Você conhece esse sujeito?

Continuei a olhar para Greta. Seus olhos se encheram de lágrimas. Parecia assustada e confusa.

Movi um dos meus punhos fechados sobre sua taça de sorvete, abri a mão e deixei cair o pingente de trevo sobre o chantili.

Greta olhou para o colo.

– Ei, que diabos está fazendo? – perguntou o rapaz, empurrando a mão contra o meu peito.

Agarrei seu pulso, segurando firmemente e apertando até sentir sua pele apertada contra o osso.

– Não encoste em mim – falei num tom de voz firme e baixo.

O rapaz tentou livrar o braço, mas o segurei por mais um instante. Por fim o soltei, e o rapaz caiu para trás, derrubando no chão a taça de sorvete, que se espatifou ruidosamente. Vários clientes se voltaram para olhar a confusão.

– Quem você pensa que é? – perguntou ele, segurando o pulso.

– Ela sabe quem eu sou.

Fitei Greta por mais um momento, desafiando-a a erguer os olhos.

Mas ela não desviou o olhar do colo.

Virei-me e saí da sorveteria. Comecei a correr, mas mal sentia minhas pernas se moverem. Era como se a cada passo a calçada afundasse sob meus pés, como se o mundo estivesse literalmente desabando sob mim.

PARTE III
1938

"Grandes pugilistas devem sempre manter um certo grau de mistério sobre si mesmos. Seu adversário nunca deve ter a sensação de que entende total e exatamente quem você é ou o que você vai fazer num determinado momento."

Helmut Müller, *Fundamentos de boxe para garotos alemães*

PART III

O último Picasso

Diversos meses depois de ser desclassificado do campeonato, eu ainda não havia retornado ao Clube de Boxe de Berlim. Não tinha notícias de Worjyk nem de Neblig. Eu me sentira constrangido demais para contar a alguém que estávamos morando na galeria, então não tenho certeza se eles teriam conseguido me encontrar mesmo se quisessem. Mantive meu treinamento físico pela força do hábito mais que por qualquer outro motivo. Mas agora o esforço para me superar parecia sem sentido, motivado apenas por um ódio surdo sem nenhuma esperança de satisfação.

Minha raiva e depressão eram agravadas pelo absoluto alheamento da minha família em relação à minha infelicidade. Eles nem mesmo perceberam que meu mundo inteiro desmoronara. Enquanto no passado as refeições em família eram cheias de discussões e debates, agora eram cada vez mais silenciosas, enquanto trocávamos somente os comentários mais mecânicos. A transformação mais assustadora foi a de meu pai. Ele sempre fora falante, discorrendo sobre arte ou filosofia, ou explicando alguma ideia moderna da qual ouvira falar. Agora ele parecia tão sombrio e furioso quanto eu.

Eu passava o máximo de tempo possível em meu quarto no porão, treinando ou desenhando em meu diário. Uma noite, após o jantar, estava me exercitando no saco de pancadas. Eu rodeava o saco, alternando séries de socos, primeiro jabs, depois uppercuts, cruzados e combinações. Estava tão concentrado em mecanicamente enterrar meu punho no tecido que não percebi minha mãe de pé, junto à base da escada, me observando. Parei ao vê-la. Ela raramente descia ao porão desde que passara a ser meu quarto.

– Isso deve ser bom – disse ela.
– O quê?
– Poder bater em algo assim, para relaxar.
– Acho que sim.
– O boxe tem feito bem a você – continuou ela, sentando-se em minha cama. Tinha o ar cansado, mas me dirigiu um sorriso. – Às vezes eu gostaria de ter algo assim.
– Na verdade, não tenho mais – confessei. – Fui expulso da liga de boxe.
– Eu sei.
– Sabe?
– Sim. Eu não tenho estado bem ultimamente, mas ainda posso fazer deduções, Karl. Sei quando você chega e quando sai. Ainda sou mãe. Lamento por você não poder mais competir, mas você ainda tem seu boxe.
– O que a senhora quer dizer?
– Você não perdeu praticamente nem um só dia de treino em quatro anos, e não creio que vá perder tão cedo. Está dentro de você agora. E sei que você vai voltar a lutar algum dia. Haverá outros campeonatos.
– Gostaria de acreditar na senhora.

– Haverá – repetiu ela –, porque você quer muito. É assim que todas as grandes coisas se realizam. Sabe por que deixei de pintar?

– Não.

– A maioria das pessoas acha que abandonei a pintura por causa das minhas obrigações familiares, mas não é verdade. A verdade é que eu não tinha paixão pela pintura. Meu pai era um retratista e queria que eu seguisse seus passos, o que fiz por algum tempo. Mas nunca tive prazer com isso, além do prazer que dava a ele. É claro que eu amava o mundo da arte, mas o processo de pintar era sempre uma tarefa para mim, não uma alegria. Por outro lado, você desenha em seu diário desde que conseguiu segurar uma caneta. Não poderia fazê-lo parar se eu quisesse. E você tem o mesmo tipo de paixão pelo boxe. É por isso que você tem tudo para ser grande.

– Papai não pensa assim.

– Pensa, sim.

– Então por que ele nunca me disse nada? Sobre nada?

Ela suspirou e pareceu analisar sua resposta antes de falar:

– Uma das ideias modernas de seu pai sobre educação dos filhos é deixá-lo em paz e deixar que se torne o homem que você deseja ser, e não o homem que ele deseja que você seja. Lembra-se de quando você era bem pequeno, tinha talvez quatro ou cinco anos, e costumávamos vesti-lo com um smoking para os vernissages na galeria?

Eu não pensava naquilo fazia muito tempo, mas de repente uma imagem se formou na minha cabeça: eu ainda garotinho, ao lado do meu pai, usando um smoking igual ao dele. A lembrança produziu um inesperado sentimento caloroso dentro de mim, como se eu entrasse numa banheira de água quente.

— Eu tinha inclusive uma pequena echarpe de seda azul para combinar, não tinha?

— Tinha. — Ela riu. — Você adorava se vestir como seu pai assim. E ele desfilava com você pela galeria todo orgulhoso. Sabe por que ele parou com isso?

— Não.

— Uma noite, num vernissage na galeria, todos os amigos de seu pai começaram a chamar você de Pequeno Sig. Você achou engraçado, mas seu pai ficou irritado. Mais tarde naquela noite, ele disse que não queria que você vestisse o smoking de novo. Quando lhe perguntei por que, ele respondeu apenas: "Karl tem de ser Karl."

— Mas então por que ele sempre critica tudo que quero fazer, como as histórias em quadrinhos e o boxe?

— As duas coisas trazem altos riscos. Ele ainda quer que você faça o que ele acredita ser o melhor para você. Ele ainda é seu pai.

— Ele é uma pessoa difícil de entender.

— Você tem razão até certo ponto. Mas ao mesmo tempo ele é muito transparente. Seu pai tenta tratar você como ele gostaria de ter sido tratado pelo pai dele. Ele acredita em autoconfiança e quer incutir a independência em você. Além disso, tem tentado manter você e sua irmã longe de problemas. Entendeu?

— Acho que sim.

— Ótimo. Porque ele precisa de você agora.

- Precisa de mim para quê?

— Ele vai lhe explicar. Vista-se e vá falar com ele.

Ela se levantou da cama, beijou o alto de minha cabeça e virou-se para subir a escada. Fazia tanto tempo que ela não demonstrava afeto por mim. Fui tomado pelo forte desejo de voltar a ser criança, de chegar em casa da escola, correndo, e ser envolvido em seu abraço, ser confortado por sua voz doce quando eu despertava de um pesadelo, deixá-la me dar banho e me vestir e pegar minha mão quando eu a acompanhava em suas saídas. Eu a amava muito e precisava dizer isso a ela.

– Mãe...?

Ela parou nos degraus. Eu esperava ver a mãe jovem e vibrante de que eu me lembrava da infância. Mas, quando ela se voltou para mim, vi apenas a mulher sem viço e frágil que se tornara.

– *Ja?* – disse ela.

– Nada – respondi.

Ela tornou a virar-se e subiu devagar a escada.

Troquei de roupa e subi. Encontrei meu pai esperando por mim no quarto deles, de pé diante de uma pintura a óleo abstrata, em cores vibrantes, de uma mulher lendo um livro.

– Lembra-se deste quadro? – perguntou ele, sem se virar para mim.

– Claro. Durante anos ficou pendurado na sala de estar de nosso antigo apartamento. Bem acima da lareira.

– Sempre foi meu favorito. Picasso tem olhos mágicos. Vê o mundo de um modo muito diferente do nosso, mas é capaz de nos fazer entender o que vê. É o que um artista realmente grande faz.

Anos antes eu copiara o Picasso em meu diário, e me viera à mente a ideia de que a mulher no retrato devia estar lendo algo impróprio e foi surpreendida no ato.

– Há beleza nele, e sensualidade – disse meu pai. – Mas também humor e mistério, e até mesmo certa tristeza. Tantas ideias num único quadro. Não é de espantar que aqueles selvagens tenham proibido arte como esta. Ideias demais. Beleza demais.

Ele dobrou um grande pedaço de papel pardo de embrulho sobre a tela e cuidadosamente o fechou com fita adesiva.

— O que o senhor está fazendo?

— Encontrei um comprador para o quadro — respondeu ele. — Um negociante suíço chamado Kerner, que diz ter um cliente louco por Picasso em Estocolmo. Pode nos render o suficiente para irmos para os Estados Unidos.

— Estados Unidos? — Meu coração se alegrou. Eu não imaginava que meu pai vinha trabalhando num plano real para nos tirar dali, e a ideia me fez vibrar. Imagens dos Estados Unidos, a terra prometida do boxe, das estrelas de cinema e das histórias em quadrinhos, inundaram minha mente.

— Tenho primos nos Estados Unidos, um na Flórida, chamado Leo, e um em Nova York, chamado Hillel. São filhos do irmão de meu pai — prosseguiu ele. — Mudaram-se para lá antes da Grande Guerra. Não tínhamos contato havia muitos anos. Não os conheço bem, mas eles concordaram em nos patrocinar. Precisamos apenas de dinheiro para a viagem. Vendi quase tudo a que estava me agarrando. Este último Picasso deve nos dar praticamente a quantia de que precisamos. Mas esse negociante, Kerner, é um homem em quem não confio. Por isso preciso que você venha comigo.

— Por quê?

— Apenas por cautela.

— Cautela em relação a quê?

Ele terminou de embrulhar o quadro e virou-se para me olhar.

– Temos de ter cautela em relação a tudo nos dias de hoje, Karl.

Caminhamos em silêncio pelas ruas ao anoitecer. Meu pai seguia depressa, seus olhos focados num ponto adiante. Passamos por um sorveteiro descarregando de sua carroça um imenso bloco de gelo com tenazes de metal afiadas. Passar pela caixa de gelo aberta provocou-me um arrepio que aumentou minha tensão e meu medo.

Kerner estava hospedado num pequeno hotel no centro da cidade chamado Pequeno Kaiser. Papai respirou fundo antes de bater à porta. Ouvimos o ruído de passos se aproximando; alguém espiou pelo olho mágico; então Kerner abriu a porta e solenemente convidou-nos a entrar na suíte.

– *Willkommen!* Entrem, entrem – disse ele, abraçando meu pai calorosamente, como se fossem velhos amigos. Kerner era um homem alto, com um rosto comprido e fino, e um bigode fino ao estilo de Errol Flynn. O cabelo longo e louro estava cuidadosamente penteado para trás, colado ao couro cabeludo.

– E quem é este? – perguntou, com surpresa fingida. – Seu guarda-costas?

– É meu filho, Karl – disse meu pai.

– Não se parece nada com você, Sig. Tem certeza de que o carteiro não estava envolvido?

Kerner estava rindo, mas seus olhos me avaliavam. Eu vira aquele olhar antes no ringue quando os adversários me lançavam olhares furtivos antes de uma luta. Minhas mãos imediatamente ficaram frias e úmidas, e cerrei os punhos.

– Entrem, entrem – repetiu ele.

Passamos à pequena saleta, que consistia num sofá e duas poltronas posicionadas ao redor de uma mesa de centro baixa e larga. Meu pai desembrulhou o quadro sobre a mesa no centro, e, ao vê-lo, Kerner aplaudiu, encantado.

— *Fantastisch!* Olhe estes peitos. Meu cliente vai adorar. Aquele sujeito é um velho safado.

Meu pai estremeceu, mas conseguiu dar um sorriso discreto.

— Estou contente por você ter conseguido encontrar um comprador disposto a pagar meu preço.

— Sim — disse Kerner. — Ainda existem pessoas com dinheiro para comprar arte, se você olhar debaixo da pedra certa. Isto é excelente, Stern. Sempre bom fazer negócios com você.

Ele estendeu a mão e meu pai a apertou, como se fechando o acordo.

— Vou enviar-lhe o dinheiro assim que voltar a Estocolmo.

— Enviar-me o dinheiro? — retrucou meu pai, soltando a mão.

— Presumo que queira francos suíços? Ou prefere dólares americanos?

— Combinamos que eu receberia adiantado a minha parte.

— Combinamos? — disse Kerner, franzindo o cenho, como que tentando recordar a conversa. — Não me lembro de termos conversado sobre isso.

— Tenho certeza que conversamos — disse meu pai.

— Bem, é um mal-entendido embaraçoso. Mas receio não ter esse dinheiro agora.

— É uma pena — disse meu pai.

— Mas vou enviá-lo a você imediatamente. Assim que nós chegarmos à Suíça.

— Nós?

— Sim — respondeu Kerner. — Ah, desculpe-me, esqueci de apresentar meu sócio, Gustav.

Um homem corpulento vestindo um terno azul mal ajustado surgiu do quarto da suíte e ficou de pé atrás de Kerner. Ele afastou o paletó para por as mãos nos quadris, e ao fazê-lo revelou um lampejo do aço cinzento de um revólver enfiado no cinto.

– Gustav e eu viajaremos de volta à Suíça esta tarde – continuou Kerner – com o Picasso. Agora você e seu *garoto* devem dar o fora, e não façam nenhuma besteira.

– É nisso que você está metido, Kerner? Roubo de carga?

– Chame do que quiser.

– Você não vai sair impune disso – disse meu pai.

– Não? E o que você pode fazer quanto a isso, Stern? Seu governo proibiu este quadro. Se soubessem que você o tinha, eles o teriam levado. Além disso, você é judeu e negociante do mercado negro. Eles fuzilariam você como um cão raivoso. Ao menos comigo você sabe que o quadro vai acabar nas mãos de um verdadeiro amante da arte. Nós dois queremos ter certeza de que esta linda vagabunda vai encontrar um lar amoroso.

Papai permaneceu em silêncio por um momento, o rosto ganhando um tom vermelho de raiva. Então, de repente, se lançou para a frente, agarrou o quadro e o ergueu sobre a cabeça como se fosse rasgá-lo.

Kerner deu um passo à frente para impedi-lo. Eu estava aturdido demais para saber como reagir.

– Pare! – gritou Kerner.

Gustav puxou a arma e a apontou para mim. Meu corpo congelou e meus olhos se fixaram no buraco escuro do cano. Meu pai olhou para Kerner, o quadro tremendo em suas mãos, acima de sua cabeça.

– Você quer mesmo ver seu filho levar um tiro por causa de um quadro, Stern?

Rapidamente os olhos de meu pai passaram de Kerner para Gustav, para o revólver e em seguida para mim. Devagar, ele baixou o quadro e o deixou cair no chão.

– Quando tudo isso acabar, vai haver um lugar especial no inferno para lixos oportunistas como você.

– Quem disse que isso vai acabar algum dia? – disse Kerner casualmente.

– Dê uma boa olhada nestes homens, Karl – disse meu pai. – Esta é a cara da escória do mundo.

Ele me agarrou pelo braço e rapidamente me levou para fora do quarto.

– *Gute Nacht!* – disse Kerner ao nos retirarmos.

Gustav manteve a arma apontada para nós até sairmos porta afora.

Não nos falamos enquanto caminhávamos, afastando-nos do hotel na escuridão crescente. Meu pai não seguiu diretamente para casa, andando a esmo por um caminho ao longo do rio Spree. A correnteza era rápida e a água parecia negra, com lampejos prateados ao luar. Finalmente, ele parou num pequeno parque que dava para a Museumsinsel, a Ilha dos Museus, uma ilha no centro da cidade com uma série de museus construídos no último século. Ele sentou-se num banco do parque de frente para a ilha e fitou os contornos escuros dos domos e estátuas dos prédios. Após um momento, sentei-me a seu lado.

– O *Kaiser* Frederico Guilherme IV mandou construí-los – disse ele, quebrando por fim o silêncio – para abrigar todos os tesouros artísticos do reino. Difícil acreditar que o governo um dia tenha dado valor a tais coisas a ponto de construir esses palácios magníficos para elas.

– O que vamos fazer? – perguntei.
– Não sei.
– O que vai dizer à mamãe?
– Por enquanto só vou dizer que tudo correu bem, pelo menos até eu ter outro plano em mente. Não posso tirar a esperança dela.

Papai tornou a mergulhar no silêncio. Eu me sentia desconfortável sentado ali com ele, inseguro sobre o que dizer. Estava horrorizado com sua impotência. Mas também senti uma estranha satisfação em compartilhar esse momento de desespero de meu pai, dois homens unidos pela crueldade, sem ter ninguém mais com quem contar. Permanecemos sentados ali por mais quinze minutos, na escuridão gelada. Finalmente, papai se levantou e fomos andando juntos para casa.

O Mestiço

DEPOIS DO INCIDENTE COM O PICASSO, ESPERAVA QUE PAPAI PASSASSE a confiar mais em mim e me tratasse mais como um adulto. Entretanto, o resultado foi que ele se tornou ainda mais distante e reservado. Não cheguei nem mesmo a saber exatamente como ele explicou o incidente para minha mãe. Eles pareciam se fechar em si mesmos cada vez mais à medida que os dias se passavam.

Várias semanas mais tarde, chegou um pacote para mim na galeria. Como eu raramente recebia correspondência pessoal, não conseguia imaginar de quem poderia ser. O endereço do remetente no grosso envelope branco trazia um nome que não reconheci, Albert Broder. Levei o pacote para o porão, rasguei a lateral e o abri, espalhando seu conteúdo sobre a cama. O envelope continha uma grande coleção de revistas de boxe e livros de histórias em quadrinhos. Finalmente, um pequeno pedaço de papel cinzento flutuou para o chão. Apanhei-o e li:

Caro Karl,

Desculpe-me por não o ter procurado antes, mas demorei um pouco para encontrar seu endereço.

Achei que você gostaria destas revistas e histórias em quadrinhos, especialmente uma delas, dos Estados Unidos, chamada Action Comics. Ela tem um herói que combate o crime chamado Super-Homem, do qual acredito que você vai gostar. As coisas não são as mesmas aqui desde que você foi embora, por motivos além das que você imagina. Sinto falta da nossa camaradagem. Por favor, venha fazer uma visita, se tiver uma chance.

Seu amigo,
Albert Broder
(também conhecido como Neblig)

Senti o peito apertar de emoção. Neblig não desistira de mim, afinal. Eu ainda tinha um amigo de verdade, que gastara tempo e energia para me encontrar. Seis meses haviam se passado desde minha última luta, e eu me perguntava o que Worjyk e os outros membros pensavam de mim.

Vasculhei a pilha de revistas até descobrir a *Action Comics*. A capa mostrava uma imagem impressionante do novo herói, chamado Super-Homem, um homem musculoso com cabelos negros e vestindo macacão azul e uma capa vermelha flutuante, levantando um carro acima da cabeça e esmagando-o contra uma colina rochosa. Um grupo de homens, provavelmente bandidos, corria apavorado enquanto estilhaços de vidro e pedaços do carro voavam em todas as direções.

Fiquei instantaneamente paralisado pela história. Como eu, o Super-Homem era um alienígena, um forasteiro de outro planeta que havia sido totalmente destruído. Sua fisiologia era diferente da dos homens comuns, exatamente o que os nazistas diziam dos judeus. Só que, em vez de ser corrompido, o sangue do Super-Homem lhe dava força e inteligência superiores. Ele até mesmo tinha cabelos escuros e ondulados como um judeu. E seu *alter ego*, Clark Kent, usava óculos e se parecia com um dos amigos intelectuais de meu pai. Também como eu, ele se transformava de um homem humilde, manso e comum num guerreiro musculoso. Apesar de sua força e heroísmo, tanto o Super-Homem quanto Clark Kent eram forasteiros incompreendidos.

Uma linha na história em quadrinhos realmente se destacou e selou minha devoção a esse novo herói. O escritor descrevia o Super-Homem como "Campeão dos Oprimidos". Ele não era um detetive comum nem um soldado combatendo o crime ou salvando donzelas em apuros. Ele era o campeão da justiça. Alguém que defendia velhos desamparados cujas lojas eram vandalizadas e garotinhas alvejadas com ovos e maçãs podres.

Li e reli a revista em quadrinhos meia dúzia de vezes naquele dia. O personagem do Super-Homem parecia tão maior e mais importante do que as tirinhas infantis que eu desenhara no passado. Fiquei tão dominado e inspirado pela história que imediatamente comecei a criar meu próprio super-herói. Peguei a caneta, tinta e o diário, e numa única e febril erupção desenhei tudo, inclusive o uniforme do meu personagem, logotipo, armas e a história inteira de suas origens. Tudo a respeito do personagem ganhou vida quase instantaneamente, jorrando dos recantos mais profundos da minha imaginação. Escrevi e desenhei durante cinco horas ininterruptas, trabalhando e retrabalhando ideias diferentes. Quando terminei, dera à luz ao Mestiço.

Quando finalmente pousei a caneta, senti-me fisicamente esgotado, mas satisfeito de um modo que jamais me sentira com meus desenhos anteriores. Queria compartilhar minha nova criação com alguém. Mas eu sabia que meus pais não entenderiam. Tinha receio de que minha irmã ficasse assustada demais por causa das implicações sombrias da história. Só havia uma pessoa que eu considerava capaz de apreciar completamente meu novo herói.

Nos mais escuros corredores do Terceiro Reich, cientistas diabólicos conduzem experiências com cobaias humanas...

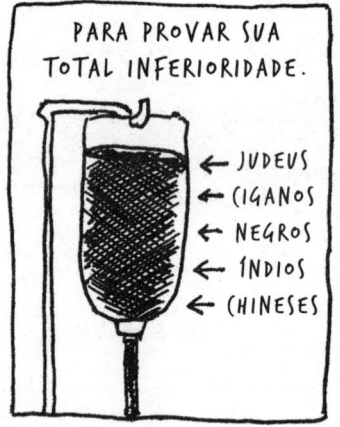

— Vamos misturar o sangue de todas as raças mestiças

— Depois fazer uma transfusão num bebê e criar um monstro...

— Para provar sua total inferioridade.

← JUDEUS
← CIGANOS
← NEGROS
← ÍNDIOS
← CHINESES

Mas a experiência fracassa...

— O bebê está ficando mais forte!

— E muito mais inteligente que um bebê normal!

OS MÉDICOS NAZISTAS MANDARAM UMA ENFERMEIRA MATAR O BEBÊ COM VENENO...

MAS ELA NÃO CONSEGUE COMETER O ATO HEDIONDO.

NÃO VOU FAZER MAL A ESTA LINDA CRIANÇA.

ELA ACOMODA O MENINO NUMA CESTA E A COLOCA NO RIO...

O MENINO FLUTUA POR TRÊS DIAS E TRÊS NOITES...

ATÉ APORTAR PERTO DE UM CASEBRE HUMILDE.

ELE É ENCONTRADO POR UM VELHO E GENTIL TREINADOR DE BOXE, QUE O ADOTA COMO FILHO...

E ENSINA AO MENINO OS SEGREDOS DAS ARTES MARCIAIS.

O MENINO CRESCE CADA VEZ MAIS FORTE E INTELIGENTE.

QUANDO SE TORNA ADULTO, SE TRANSFORMA NUM HERÓI MASCARADO, CONHECIDO APENAS COMO...

O MESTIÇO

PROTEGENDO OS FRACOS E OPRIMIDOS EM TODA PARTE!

O retorno ao Clube de Boxe de Berlim

Aproximei-me do grande prédio de tijolos, uma onda de tensão nauseante espalhando-se dentro de mim. Seis meses haviam se passado desde a última vez que estivera ali, e tudo parecia igual, mas ao mesmo tempo diferente, nublado por minhas ansiedades sobre como seria recebido. Presumi que todos os sócios do clube deviam ter sabido da minha desclassificação no torneio por ser judeu. Aqueles homens haviam me ajudado em minha jornada de menino para homem; foram meus camaradas e amigos. Sentia-me ligado a eles por todo esforço e dor compartilhados. Será que Worjyk me proibiria até mesmo de entrar? Quantos boxeadores de lá, com quem eu lutara e treinara, também seriam nazistas? Como reagiriam a mim agora? Cuspiriam em mim ou tentariam me espancar? Com certeza Neblig não teria me convidado a voltar se achasse que eu teria esse tipo de recepção. No entanto, minhas dúvidas persistiam enquanto eu subia a escada, passando pelos outros andares com as barulhentas máquinas de tecelagem.

Assim que cheguei ao patamar do último andar, percebi que havia algo de errado. As letras douradas na porta do clube haviam sido descascadas, e eu mal podia ler o contorno desbotado de onde as palavras "Clube de Boxe de Berlim" costumavam estar.

Hesitante, enfiei a cabeça pela porta e fiquei chocado com a extrema transformação. Todo o equipamento de boxe – os ringues, os sacos de pancadas, os pesos e até os velhos pôsteres das paredes – havia sido retirado. O espaço agora estava ocupado por uma série de mesas longas com dezenas de mulheres costurando e cortando cobertores de lã. As únicas decorações nas paredes eram um grande relógio industrial e um retrato de Hitler emoldurado. As mulheres usavam aventais azuis lisos e lenços na cabeça, e fitavam atentamente o trabalho em suas mãos. Pilhas de cobertores prontos se achavam empilhados contra a parede, atrás de cada operária. Um supervisor, vestindo um longo jaleco de laboratório branco, andava pelo salão segurando uma prancheta e observando o trabalho das mulheres. De vez em quando ele parava para inspecionar um dos cobertores prontos, a fim de se certificar de que a costura estava correta. Ninguém levantou os olhos quando entrei.

Então, avistei Neblig circulando pelas mesas, empurrando uma grande lata de lixo com rodinhas, apanhando as sobras de tecido e linha que as mulheres haviam cortado. Usava um macacão marrom de operário e um gorro de lã. Quando, por fim, ele ergueu os olhos e me viu de pé junto à porta, um sorriso brotou em seu rosto.

– Karl!

Ele se afastou da lata de lixo e veio me cumprimentar, apertando minha mão calorosamente e segurando meu ombro. O supervisor franziu o cenho e se aproximou.

— Herr Broder, o senhor sabe que não permitimos visitas dentro das áreas de manufatura.

— *Ja*, Herr Schinkel, d-d-d-desculpe-me. Posso tirar meu i-i-i-intervalo de almoço agora, s-s-s-senhor?

— OK — respondeu o supervisor. — Mas não mais longo que o de hábito.

— Claro — disse Neblig. — K-k-k-karl, encontro você lá embaixo em um minuto, na loja da esquina.

Saí e esperei por Neblig na loja da esquina onde costumávamos comprar milk-shakes. A loja não mudara em nada desde a última vez em que eu estivera ali, exceto pelo fato de que agora havia um cartaz na janela da frente que dizia: PROIBIDA A ENTRADA DE CÃES, JUDEUS E CIGANOS. Momentos depois, Neblig veio correndo pela rua e juntou-se a mim.

— É muito b-b-b-bom ver você, Karl.

— É bom ver você também.

— Vamos, eu lhe p-p-p-pago um milk-shake de baunilha.

Ele começou a entrar na loja, mas apontei para o cartaz. Ele o olhou e assentiu.

— Espere aqui. Vou pedir p-p-p-para viagem.

Ele entrou e alguns minutos depois saiu com dois milk-shakes, que tomamos enquanto caminhávamos.

— Worjyk vendeu o c-c-c-clube faz algumas semanas — explicou ele. — Tive sorte porque o dono da fábrica me m-m-m-manteve como servente.

— Mas o que houve com o clube? — perguntei. — Worjyk estava com alguma dificuldade financeira?

— Não. Ele teve seus motivos para v-v-v-vender. B-b-b-bons motivos.

— Não estou entendendo.

Por um momento temi que o fim do clube estivesse ligado à revelação de que eu era judeu. Será que os nazistas tinham fechado o clube só por ele ter um judeu entre seus frequentadores?

— Ele tinha esperanças de que você v-v-v-voltasse para que ele pudesse conversar com você d-d-d-diretamente. Mas deixou esta c-c-c-carta comigo, explicando tudo, para o caso de você voltar depois.

Neblig enfiou a mão no bolso da frente do macacão e tirou um envelope amarelo, gasto e vincado, que aparentemente ele estivera carregando por algum tempo.

Prezado Knochen,

Quando você receber esta carta, já terei deixado o país. Juntei-me a um grupo de judeus que está se instalando na Palestina. Eles dizem que todos teremos de nos tornar fazendeiros ao chegar lá, mas tenho certeza de que também precisarão de treinadores de boxe na Terra Prometida. Por motivos óbvios não pude defendê-lo no torneio. Lamento muito por isso, e para sempre lamentarei. Espero que possa me perdoar. Você tem tudo para ser um grande lutador: bom jogo de pernas, um jab rápido, excelente envergadura e a coragem de um leão. E lembre-se sempre: os judeus são lutadores natos. Davi derrotou Golias, não foi? Espero que você e sua família fiquem bem e em segurança, dentro e fora do ringue.

Atenciosamente,
Abram Worjyk

Meus olhos se fixaram na folha, sem acreditar no que eu acabara de ler. Ainda mais chocante do que a revelação de que Worjyk era judeu era o fato de que ele já havia fugido do país, deixando-me ainda mais nervoso sobre a situação da minha família.

– Ele não tinha ideia de que você era j-j-j-judeu até aquele momento no t-t-t-torneio – disse Neblig.

– Ele foi embora por minha causa? Por que pensou que os nazistas iriam atrás dele?

– Não. Ele vinha planejando a fuga havia m-m-m-meses, talvez anos. Quando t-t-t-tentei encontrar você, no fundo esperava que você tivesse p-p-p-partido também.

Então desabafei. Contei a Neblig toda a história de nossa precária situação financeira, sobre o roubo do Picasso e minha esperança, que recuava rapidamente, de algum dia chegar aos Estados Unidos. Eu nunca falara com ninguém sobre isso, e me senti bem em descarregar minha ansiedade, embora soubesse que Neblig não poderia ajudar.

Finalmente, ele perguntou:

– E M-m-m-max?

– O que tem ele?

– Seu pai não poderia pedir a ele um e-e-e-empréstimo ou a-a-a-algo parecido? Eles não são a-a-a-amigos?

– Eles eram amigos, mas acho que não se falam faz anos, desde que comecei as aulas. E é difícil dizer que espécie de amigos eles realmente eram. Meu pai tinha muitos amigos nos bons tempos, mas parece que todos desapareceram. Além disso, meu pai ainda é um homem orgulhoso; nunca poderia sair pedindo ajuda assim.

– E você?

— Eu?

— V-v-v-você era o mais íntimo de Max no clube. Ele era c-c-c-cordial com todos, mas nunca foi realmente amigo de nenhum dos outros f-f-f-frequentadores. O clube era apenas um lugar para e-e-e-ele se exercitar e encontrar p-p-p-parceiros e *sparrings*. Mas você era diferente. Ele se i-i-i-interessou de verdade por você. Por que n-n-n-não lhe pede ajuda?

— Faz meses que não tenho notícias dele. Não saberia como encontrá-lo.

— Ele está nos Estados Unidos agora, treinando para a revanche c-c-c-contra Joe Louis. Mas faltam apenas duas s-s-s-semanas para a luta. Depois disso, vença ou não, ele v-v-v-voltará para Berlim. Ele mora no hotel Excelsior, na Stesemannstrasse. Você p-p-p-poderia escrever uma carta para ele.

— Não sei — falei. — Não me sinto bem com isso.

— Não deixe o orgulho atrapalhá-lo. O orgulho é um luxo que às v-v-v-vezes não se p-p-p-pode ter. — Ele pôs a mão no meu ombro e sustentou meu olhar. — Isso é algo que tive de a-a-a-aprender na vida da maneira mais difícil.

Fiz uma pausa, deixando que suas palavras se assentassem.

— Vou pensar — falei, por fim.

— M-m-m-muito bem. Agora tenho de v-v-v-voltar ao trabalho. Mas receio ter outra má n-n-n-notícia para você.

— O que é?

Neblig respirou fundo.

— Barney Ross acaba de perder o campeonato dos meios-médios.

— O quê? Para quem?

— Henry Armstrong. Foi uma b-b-b-batalha feroz. Armstrong realmente lhe deu uma surra. Os treinadores de Ross imploraram-lhe que j-j-j-jogasse a toalha, mas ele n-n-n-não quis desistir. E não foi nocauteado. Resistiu quinze a-a-a-assaltos e ficou de pé, embora soubesse que a l-l-l-luta estava perdida. O autor da matéria que li disse que havia sido a luta mais corajosa que ele vira na vida.

– Vai haver revanche?

Neblig balançou a cabeça.

– Ross aposentou-se logo após a luta.

– Aposentou-se?

– *Ja*. Provavelmente é uma b-b-b-boa ideia também. A maioria dos lutadores t-t-t-tenta ficar no ringue por tempo d-d-d-demais.

Senti um vazio enjoativo na boca do estômago. Durante anos Ross fora meu Super-Homem da vida real, um exilado esquelético e pobre que se transformara através de pura força de vontade e determinação num herói. Sempre me agarrara na crença de que, se houvesse um campeão mundial judeu, a situação jamais ficaria ruim demais para os judeus na Alemanha, como se sua existência por si só fosse um escudo para todos nós. Agora ele fora derrotado, e pior, aposentara-se. Fiquei tão atordoado com as notícias sobre Ross e Worjyk que nem pensei em mostrar a Neblig minha revista em quadrinhos. Ele já voltara ao trabalho na fábrica quando me lembrei da revista em minha mochila.

Fui para casa naquela noite e folheei minhas antigas revistas de boxe, relendo todas as matérias sobre a ascensão e a carreira mágicas de Ross. Senti um leve consolo com o fato de que Henry Armstrong, o homem que lhe tomara a coroa, era negro e, portanto, também um símbolo da força das raças mestiças.

Entretanto, eu me sentia num terrível conflito, porque agora minha última esperança parecia ser Max Schmeling, um homem que era apresentado ao mundo inteiro como um símbolo da supremacia ariana e estava se preparando para combater seu próprio adversário mestiço, Joe Louis. Deitado na cama, senti o peso da responsabilidade descer sobre mim ao entender que meu relacionamento com Max podia ser a única esperança de fuga para minha família.

A revanche

Vários meses antes, Joe Louis havia conquistado o título dos pesos-pesados ao derrotar com facilidade Jimmy Braddock, o "Homem-Cinderela". Os cronistas esportivos alemães acusaram os judeus de manipular as coisas para que Louis lutasse, em vez de Max, a fim de que o campeonato permanecesse nos Estados Unidos. Os fãs e cronistas de boxe no mundo todo pareciam concordar que Louis não podia ser considerado o campeão legítimo, a menos que derrotasse Max, o único homem que o vencera no ringue. Com os crescentes temores de outra guerra mundial no horizonte, a revanche no Yankee Stadium não era mais entre dois homens, mas entre duas nações e duas visões de mundo: fascismo *versus* democracia, pureza racial *versus* diversidade, opressão *versus* liberdade.

A maioria dos alemães considerava a vitória de Max inevitável – e também parte do plano da ascendência ariana de Hitler. Para eles, Max era racialmente superior, tinha mais experiência e intelecto, e já derrotara Louis uma vez. Entretanto, alguns cronistas esportivos corajosos eram mais pragmáticos e questionavam se Max, agora dois anos mais velho do que na última vez em que haviam lutado, resistiria até o fim a Louis, muito mais jovem e chegando ao auge.

A luta começou às 3 horas da manhã, horário de Berlim, e, como antes, toda a nação alemã ficou acordada para escutar. Luzes brilhavam em quase todas as casas e apartamentos, e restaurantes, cervejarias e teatros permaneceram abertos até tarde, lotados de clientes ruidosos. Ao caminhar por qualquer rua, era possível ouvir a transmissão de rádio zumbindo pelo ar, vinda de todas as direções.

Em 1938, a violência nas ruas contra os judeus se tornara tão óbvia, comum e ignorada pela polícia que a maioria dos judeus, inclusive minha família, já não se aventurava a sair depois que escurecia, salvo quando absolutamente necessário. Por isso, fui forçado a escutar a revanche, ao contrário da luta anterior, com meu pai e minha irmã no rádio da família, na sala da frente da galeria. Minha mãe se recolheu ao banheiro para mergulhar na banheira, alegando não ter interesse algum na luta.

Meu pai sentou-se estoicamente na única poltrona estofada confortável que trouxéramos do antigo apartamento, enquanto eu me empoleirava numa banqueta de madeira bem ao lado do rádio. Hildy sentou-se no chão, desenhando em um de seus cadernos. Queria ser capaz de ler a mente de meu pai e saber o que ele estava pensando e para quem estava torcendo. Quase todos os judeus na Alemanha estavam agora torcendo por Joe Louis, esperando que um símbolo da força nazista fosse humilhado. Alguns temiam que uma derrota de Schmeling desencadeasse ainda mais antissemitismo e represálias. Outros judeus continuavam a se considerar alemães patriotas e nunca imaginariam torcer por alguém que não um conterrâneo. Apesar do meu ressentimento em relação a Max, eu não podia deixar de torcer por ele, que me tratara com gentileza e atenção quando ninguém mais o fez. Além disso, eu ainda alimentava esperanças de que ele me ajudasse.

Imagens dançaram em minha cabeça quando as palavras velozes do locutor, Arno Hellmis, derramaram-se do alto-falante de nosso rádio. Até Hildy interrompeu seu desenho e olhou para cima quando o gongo soou, marcando o início da luta.

– E eis o gongo iniciando o primeiro assalto. Ambos os lutadores dirigem-se ao centro do ringue... Max de calção roxo e Louis de preto com branco. Os dois estão circulando, lançando jabs, testando um ao outro. E agora Louis parte para o ataque com uma rápida combinação que parece ter surpreendido Max. Max está recuando... Louis acerta um forte direito no queixo de Max... Mais um no estômago, e ainda outro! Max está contra as cordas e Louis continua a disparar socos. Saia daí, Max!

Hellmis elevou o tom da voz quando os gritos do público cresceram à sua volta. Ele mal conseguia falar acima do alarido ou acompanhar a ação. Enquanto Max lutava, Hellmis gritava avisos e incentivos para seu lutador, mais como um amigo preocupado do que como locutor.

– Louis acerta outro golpe brutal no corpo de Max... e mais um! Agora está disparando socos na cabeça de Max, um após o outro. Pelo amor de Deus, Max, levante as mãos! Ele jogou Max contra as cordas. E acerta outro soco! O joelho de Max está se dobrando! Continue de pé, Max! Continue de pé!

O público rugiu mais alto, e em minha mente vi Max oscilando, prestes a desabar.

— O árbitro está separando os dois agora... Max realmente sentiu o último golpe. E agora Louis ataca novamente e acerta outro direto no queixo, e Max cai! Max está no chão! Levante-se, Max! Ele se levanta, mas Louis volta a atacar, e Max cai de novo! Mas consegue se levantar mais uma vez! Está de pé outra vez! Cuidado, Max! Levante as mãos! E Louis acerta outro direto esmagador, e Max vai ao chão pela terceira vez!

Um suspiro de exaustão subiu da plateia, e Hellmis parecia estar à beira das lágrimas.

— Ele está de joelhos, tentando se levantar, mas parece que não vai conseguir! Sim. É isso. Acabou. Max Schmeling foi derrotado! Parece impossível, mas é verdade. Max está...

O sinal do rádio cessou. As autoridades nazistas haviam cortado a transmissão assim que a derrota de Max ficou clara. A luta toda, a revanche do século, mal durou um assalto, pouco mais de dois minutos.

Ficamos sentados fitando um ponto vazio no espaço, no qual estivéramos vendo a luta com os olhos da imaginação. O único som agora era um leve estalo da estática. Por fim, papai se levantou e desligou o rádio.

— Bem — disse ele, secamente —, agora os dois para a cama.

Hildy e eu obedecemos, indo para o quarto sem discussão.

Uma vez no porão, deitei-me na cama e tentei compreender o que acabara de acontecer. Quase não acreditava no que tínhamos escutado. Era inconcebível que Max não só tivesse perdido, mas tivesse sido derrotado tão rápida e completamente. Tentei imaginar a cena, com Louis fazendo chover socos e Max caindo não só uma, mas três vezes.

A reação de papai disse tudo que eu precisava saber sobre seus sentimentos em relação a Max e à possibilidade de pedir qualquer tipo de ajuda. Eu sabia que dependia de mim. Tentei calcular como a derrota poderia influenciar a reação de Max ao meu pedido. Se tivesse vencido, raciocinei, ele teria ficado ainda mais rico, mais poderoso e influente, e teria sido mais fácil para ele nos ajudar de alguma maneira. Por outro lado, se tivesse se tornado campeão, teria sido mais difícil entrar em contato com ele, com todos exigindo ainda mais de seu tempo. Talvez com aquela derrota humilhante ele recebesse de modo mais compassivo um pedido de ajuda de alguém fraco e impotente. Houvera até mesmo rumores de que, se ele perdesse, seria atirado à cadeia pelos nazistas por desgraçar o Reich.

Sentei-me à escrivaninha e tentei escrever uma carta para Max. Foi difícil imaginar por onde começar. Deveria dizer que sentia muito por sua derrota para Louis? Deveria perguntar como estava se sentindo? Deveria contar-lhe como estava difícil a situação de minha família? Escrevi diversos rascunhos, com começos inadequados, antes de finalmente compor uma nota muito breve, na qual simplesmente perguntava se poderia encontrá-lo no hotel Excelsior quando ele voltasse à cidade. Imaginei que seria mais fácil explicar tudo pessoalmente.

Terminei de escrever às quatro da manhã e saí às escondidas da galeria para deixar a carta na caixa de correio da esquina. Nossa vizinhança estava assustadoramente silenciosa e vazia, o oposto da noite da primeira luta de Max com Louis, quando as ruas de Berlim se encheram de gente comemorando até depois de o dia clarear.

Ao me aproximar da caixa de correio, um grupo de três camisas-pardas, bêbados e furiosos, virou a esquina, resmungando sobre a luta. Congelei quando vieram em minha direção.

— O negro deve ter usado algum golpe baixo, como Sharkey fez.

— Foram os judeus – disse outro. – Tenho certeza.

— Eles provavelmente o envenenaram.

— Foi por isso que insistiram para que a luta fosse realizada em Nova York – disse o terceiro –, para que pudessem lançar mão de seus truques sujos.

— Malditos judeus!

Eles passaram bem perto de mim, e um deles esbarrou no meu ombro. Ele parou e disse:

— Cuidado.

— Desculpe – murmurei.

Ele me lançou um olhar furioso. Prendi a respiração enquanto ele me olhava de cima a baixo.

— Vamos – disse um dos outros. – Vamos embora.

Ele virou-se abruptamente e saiu andando noite adentro.

Soltei o ar. Evidentemente, minha aparência não judia me salvara. Estremeci só de pensar o que podia ter acontecido se minha irmã ou meu pai estivessem comigo.

Depositei a carta na caixa de correio e voltei depressa para a galeria.

Vidro quebrado

Nos dias que se seguiram imediatamente à luta, circularam na imprensa nazista rumores infundados de que Max havia sido envenenado ou Louis usara socos-ingleses dentro das luvas. Um jornal alemão chegou a especular que Max morrera em decorrência dos ferimentos no ringue e que a imprensa judaica americana estava conspirando para manter o fato em segredo. Na verdade, Max havia apenas procurado um hospital de Nova York para tratar os ferimentos. Mais tarde surgiram fotografias de Max na cama do hospital, e em entrevistas ele declarou ter sido derrotado de forma honesta.

Diversas semanas depois, ele retornou a Berlim. Dessa vez não houve toque de trombetas, nem jantar com Hitler ou Goebbels, nem contratos de patrocínio, nem desfiles em sua homenagem. Sua chegada mal recebeu uma menção nas páginas de esportes do jornal. Encontrei uma pequena foto de Max e Anny descendo de um carro e entrando no hotel Excelsior. Assim pelo menos eu soube que ele não fora preso.

A fotografia também confirmava que ele se encontrava hospedado no hotel para o qual eu enviara minha carta. Como, porém, após diversas semanas, não havia recebido resposta, escrevi-lhe outra vez, e outra vez, e mais uma vez, uma carta idêntica à outra com intervalo de alguns dias, na esperança de que uma delas chegasse às suas mãos. Mas ele jamais respondeu. Imaginei minha carta perdida num vasto mar de cartas de fãs. Ou pior, talvez Max estivesse apenas ignorando friamente meus apelos.

Naquele verão e no outono que o seguiu, cada semana parecia trazer mais uma notícia ruim para os judeus da Alemanha, como lascas de lenha sendo atiradas numa fogueira que ardia cada vez mais forte e descontrolada. Em julho, todos os judeus foram obrigados a carregar carteiras de identidade especiais em todas as ocasiões. Médicos judeus foram rebaixados ao status de auxiliares médicos e não podiam mais tratar pacientes arianos; e advogados judeus foram proibidos de exercer a profissão. Os incidentes de vandalismo antissemita aumentavam de forma constante e se tornavam cada vez mais evidentes. Um grupo de bandidos nazistas destruiu a grande sinagoga de Munique. Passamos a ser obrigados a ter a letra jota carimbada no passaporte.

A repressão nazista aos judeus parecia marchar para uma agressão mundial, à medida que primeiro anexaram a Áustria e depois a região dos montes Sudetos, uma parte da Tchecoslováquia com numerosa população alemã. O mundo parecia disposto a deixar que os nazistas pegassem tudo que quisessem.

Papai e mamãe reagiam a cada notícia nas edições matutina ou vespertina do jornal com desalento e medo crescentes. Meu pai lia uma matéria e murmurava:

– Não podem fazer isso.

– Já fizeram – respondia minha mãe.
Então dois acontecimentos terríveis ocorreram em rápida sucessão. Primeiro, quinze mil judeus-poloneses foram expulsos da Alemanha e mandados de volta à Polônia. Quando papai leu a manchete em voz alta na mesa do café da manhã, mamãe arrancou o jornal de suas mãos.
– Está vendo? – gritou ela. – Estão nos enxotando como se não passássemos de animais. Como gado.
– E o que você quer que eu faça?
– Alguma coisa! Qualquer coisa! – respondeu ela.
– Acha que não estou tentando?
– Então se empenhe mais! – disse ela, ríspida.
– Obrigado pelo apoio – retrucou meu pai, com amargura. – Tudo que você faz é se meter na banheira o dia todo. Acha que isso ajuda?
– Tenho de encontrar alguma válvula de escape. Não posso ficar observando você não fazer nada!
– Você não é um gênio? Pois então pense numa solução!
Ele se levantou depressa da mesa e saiu da galeria. Ficou fora o dia inteiro. Quando o sol se pôs, comecei a temer que ele tivesse partido para sempre. Não era incomum que homens, incapazes de prover o sustento de suas famílias, simplesmente desaparecessem. Talvez tivesse resolvido nos deixar para que nos sustentássemos sozinhos, ou pior, talvez tivesse sido preso por vender arte pervertida ou por algo que imprimira. Fomos para a cama naquela noite sem notícias dele. Não consegui dormir. Nervoso, olhava o relógio enquanto os minutos se passavam, na expectativa de seu retorno.
Finalmente, à 1h30, ouvi a porta da frente se abrir. O cheiro dele veio no vento quando ele entrou. O leve odor de cha-

rutos e *schnapps* de menta barato atravessou a galeria e chegou ao porão. Escutei fragmentos de discussão com minha mãe em sussurros ásperos.

– Quer dizer que tem dinheiro para bebidas e charutos, mas não para ajudar sua família.

– Estou tentando fechar negócios. Homens de negócios bebem. Colecionadores de arte bebem.

– As prostitutas da Friedrichstrasse também.

– Chega, Rebecca!

Eles duelaram por quase uma hora no mesmo círculo de acusações, raiva e frustração, até perderem as forças e mergulharem num silêncio amargo, e eu ter certeza de que tinham caído no sono.

Na manhã seguinte, o jornal trouxe notícias ainda piores. Um judeu polonês chamado Herschel Grynszpan, que morava na França e cuja família fora deportada da Alemanha de volta para a Polônia, entrara na Embaixada Alemã em Paris e matara a tiros um diplomata alemão chamado Ernst von Rath. Enquanto meu pai lia a matéria em silêncio, seu rosto empalideceu e, sem falar nada, ele entregou o jornal para minha mãe, que reagiu com um silêncio petrificado semelhante.

Naquela noite, estávamos terminando de jantar quando ouvimos uma batida à porta. Ficamos todos paralisados. A batida se repetiu e em seguida uma voz de homem chamou, com urgência:

– Sigmund? É Dolph Lutz.

– Lutz? – disse meu pai, levantando-se para atender à porta.

Ele abriu a porta, e Lutz entrou depressa e a fechou.

– Desculpe incomodar, mas tenho de avisá-lo.

Minha mãe, Hildy e eu fomos para a frente da galeria para nos juntarmos a eles.

– Avisar-me?

– Os nazistas tomaram as ruas e estão atacando judeus e lojas de judeus.

Minha mãe arquejou e cobriu a boca com a mão.

– E a polícia? – perguntou meu pai.

– Recebemos ordens para ficar de fora.

– Ficar de fora?

– *Ja*. Agora tenho de ir. Sugiro que tranquem as portas e janelas e apaguem as luzes, para pensarem que não há ninguém aqui.

Lutz voltou para a porta.

– Vou tentar passar aqui mais tarde para ver como estão, mas não posso prometer nada. Lamento – disse ele em voz baixa, e se foi.

Papai trancou as duas fechaduras da porta depois que ele saiu e apagou as luzes.

– Vão para o quarto dos fundos – instruiu-nos – e não façam barulho.

Nós quatro nos encolhemos no quarto dos fundos, com medo de falar ou mesmo de nos mexer. Ficamos assim por quase uma hora, escutando a respiração um do outro. Minha irmã tossiu, e lançamos olhares zangados para que ela parasse. A rua estava silenciosa. Vez por outra um carro passava, como se fosse uma noite como outra qualquer.

Finalmente, ouvimos vozes altas se aproximando a distância. O primeiro som distinto que ouvi foi uma risada. Depois, as vozes ficaram mais altas e ameaçadoras. Nenhum de nós ousou se levantar para olhar pela janela da frente, mas podíamos escutar as botas pisando forte na calçada, sons de batidas, gritos, berros e canções de cervejaria.

Um grupo parou bem na frente da galeria.

— Acho que esta loja é de judeus! — gritou um rapaz.

— É! Acho que tinham joias aí dentro.

— Não, era uma galeria de arte — disse outro.

— Mas está fechada há anos.

— Sim, mas aposto que eles têm muito dinheiro escondido aí.

— Abra, judeu!

Pancadas altas vieram da porta. Hildy chorava e se apertava mais contra mamãe.

— Fique quieta! — sussurrou meu pai.

— Abram a porta ou vamos derrubá-la!

Continuaram a bater na porta e a sacudir a maçaneta. Houve, então, uma saraivada de chutes e socos contra a velha madeira, e imaginei que a porta não aguentaria muito tempo mais.

— Esperem! Esperem! — disse um deles.

Houve um instante de silêncio. Será que iam desistir?

Então um fortíssimo estrondo soou na frente da galeria, quando a grande janela de vidro se estilhaçou. Meu pai se levantou.

— Fiquem aqui! — disse para minha mãe e Hildy. — Karl, venha comigo.

Como não tínhamos arma em casa, meu pai pegou o cabo de um esfregão e o empurrou em minhas mãos, e tirou um velho martelo enferrujado de uma das gavetas da escrivaninha para ele.

— Venha. — Fez um gesto para que eu o seguisse.

— Sig, tenha cuidado! – disse mamãe.

Corajosamente, ele saiu andando e me guiou pelo escuro corredor improvisado entre as cortinas até a frente da galeria. Quando chegamos à sala da frente, vimos que nossa janela havia sido despedaçada por uma lata de lixo lançada contra ela, e que jazia no chão, inclinada contra o sofá. Um grupo de jovens entrava pela janela como abelhas furiosas de um enxame. Eram quatro, vestidos com camisas pardas bem passadas e botas de cano longo de couro preto. Todos carregavam tacos, e seus olhos estavam desvairados pela sede de sangue e pela empolgação da violenta aventura. O líder era um homem alto, com cabelo louro ondulado, que pensei reconhecer da vizinhança, mas não tive certeza à meia-luz.

Meu pai levantou o martelo acima da cabeça.

— Saiam daqui! Esta é nossa casa!

— Você não tem mais casa na Alemanha, judeu! – disse o líder.

Os olhos de meu pai se estreitaram e ele endireitou os ombros, dando a impressão de ficar ainda mais ereto.

— Eu sou alemão!

De repente, ele avançou para cima dos homens, gritando a plenos pulmões.

Os homens foram surpreendidos pelo ataque de meu pai. O líder mal conseguiu esquivar-se do golpe de martelo, que roçou a lateral do seu braço, rasgando a camisa e cortando uma fina linha em seu antebraço, onde brotou o sangue. Ele rosnou de dor.

— Você vai pagar por isso!

Os quatro homens foram para cima de meu pai com seus tacos. Fiquei paralisado por um momento, vendo-o esquivar-se com movimentos de autodefesa de um especialista, que devia ter aprendido no exército. Ele balançava o martelo na direção deles em movimentos rápidos e amplos, mantendo-os a distância, até que os quatro se separaram e o atacaram de uma só vez. Papai conseguiu atirar dois deles ao chão antes que os outros dois o agarrassem e derrubassem.

Corri para eles com meu cabo de esfregão e tentei golpeá-los e afastá-los de meu pai, que agora estava debaixo deles, recebendo uma cruel série de golpes de taco.

Dois deles se afastaram e vieram para cima de mim. Eu nunca lutara com um cabo de esfregão e tive dificuldade de manejá-lo. Não tinha certeza de como atacar ou me defender com ele. Quem dera pudesse enfrentá-los no ringue, onde saberia exatamente o que fazer. Então, fiz a bobagem de descartar minha arma e ataquei um dos homens com uma rápida combinação de socos. Acertei apenas dois golpes antes que o outro me atingisse na cabeça com seu taco, derrubando-me. Tentei me proteger enquanto ambos me batiam com os tacos e me chutavam.

Vi que meu pai havia de algum modo conseguido desarmar um dos agressores. Ele o prendera ao chão pelo pescoço com uma das mãos, enquanto repelia o outro com o martelo na mão livre. Nesse momento, meu pai dava a impressão de ser mais poderoso que o Super-Homem, Barney Ross ou o Mestiço. Ao contrário de nossos agressores, que pareciam loucos e descontrolados, quase espumando pela boca, ele parecia composto, concentrado e determinado.

Então o homem debaixo de meu pai contorceu-se, esticou uma das mãos no chão e agarrou um caco de vidro recortado, um triângulo mortal de quinze centímetros.

– Papai! – gritei.

Porém, antes que ele pudesse reagir, o homem enfiou o caco de vidro na lateral de seu corpo.

Ele ofegou em agonia e soltou o pescoço do homem, que enfiou o vidro ainda mais fundo, ficou de pé e chutou-lhe o rosto. Fui para cima dele para tentar proteger meu pai, mas os outros dois me puxaram para trás. Senti a borda das botas pisoteando minha nuca até tudo escurecer.

Lona de proteção

Senti a nuca latejando de encontro ao chão e os globos oculares pulsando sob as pálpebras pesadas, tentando desvencilhar-se da dolorosa escuridão. Quando finalmente abri os olhos, uma imagem escura pairava acima de mim. Lentamente a imagem entrou em foco e vi Hildy me fitando com uma expressão de terror.

– Ele está acordando!

Lutei para me sentar. A cabeça me pesava, e a visão turbilhonava em círculos escuros. Levei um momento para ver a sala com nitidez novamente. Todas as cortinas haviam sido arrancadas, deixando a galeria exposta como a sala rústica que de fato era. A mobília havia sido virada de pernas para o ar e destruída, travesseiros rasgados e pratos quebrados. O chão estava coberto por uma camada de penas, lascas de madeira e estilhaços de vidro.

Através da escuridão finalmente vi minha mãe sentada de encontro à parede dos fundos, acalentando meu pai nos braços. O sangue vermelho vivo manchava toda a lateral e a frente da camisa branca dele.

Eu me levantei, mas quase imediatamente tornei a cair por causa da tontura. Toquei a lateral de minha cabeça e senti várias contusões grandes que se projetavam ao longo da parte posterior do meu crânio como uma série de pequenas metades de laranja. Um corte quente e profundo descia logo atrás de minha orelha esquerda.

– Karl, fique sentado – ouvi meu pai gritar com voz fraca. – Espere um minuto até sua cabeça assentar.

– Sig, por favor, não tente falar! – pediu minha mãe.

Contudo, apesar da fraqueza, meu pai assumiu o controle.

– Hildy, traga para sua mãe algumas de minhas camisas para que ela as use como ataduras.

Hildy pegou duas camisas dele no chão e meu pai se sentou.

– Corte-as em tiras – ordenou ele.

Minha mãe fez como ele mandava e rasgou as camisas em tiras compridas.

– Ótimo, agora enrole-as à minha volta, aqui – disse ele, indicando a própria barriga.

Ele gemeu de dor quando mamãe apertou as ataduras.

– Sig – ela ofegou –, não quero machucar você.

– Está tudo bem. Precisa apertar para que pare de sangrar – disse ele. – Enrole um pedaço do tecido e coloque em minha boca.

Minha mãe dobrou uma pequena parte da camisa, e meu pai mordeu o tecido, trincando os dentes, enquanto ela continuava a enrolar e fixar as ataduras. Quando ela finalmente terminou, ele cuspiu o tecido e soltou o ar, a respiração pesada.

– Ótimo. Agora tragam um copo d'água para mim e para Karl.

Hildy pegou os copos e trouxe um para cada um de nós. A água ajudou a me reanimar e deu firmeza às minhas pernas. Esforcei-me para me pôr de pé.

– Temos de tirar o vidro para deter o sangramento – disse minha mãe.

– Não. Se tentarmos tirá-lo, vai causar mais danos. Tenho de ir até um médico de verdade.

– Não podemos arrastá-lo pelas ruas assim – disse ela.

– Ligue para Steiner, Hartzel ou Hein Voorman – gemeu ele, e agarrou a lateral do corpo, em agonia. – Eles têm carro e me devem favores. Veja se um deles pode vir me levar até um médico.

Minha mãe correu para os fundos da galeria e fez algumas ligações, retornando alguns minutos depois.

– Hartzel disse que pode fazer isso, mas avisou que pode demorar um pouco para chegar aqui.

– Quanto tempo? – perguntou meu pai.

– Ele não disse.

Ficamos todos reunidos em torno de meu pai, esperando que o carro chegasse. Ruídos altos e furiosos do tumulto continuavam a fluir e refluir lá fora. Sangue fresco atravessava as ataduras improvisadas de meu pai e escorria por sua calça. Sua respiração tornava-se mais ofegante a cada minuto que passava, e os olhos se agitavam, abrindo-se e fechando-se.

– Sig, fique acordado! – dizia minha mãe sempre que ele parecia prestes a dormir.

Meu rosto e pescoço latejavam, e as contusões pareciam expandir-se e conectar-se umas às outras, fazendo com que minha cabeça inteira parecesse uma grande ferida. O simples ato de piscar os olhos fazia agudas centelhas de dor explodirem dentro de minha cabeça como pequenos fogos de artifício. Meus polegares também doíam. Em meu ataque precipitado, eu havia me esquecido completamente da regra mais básica: fechar o punho com o polegar dobrado com segurança sob as articulações dos dedos. Tive sorte de não ter quebrado nada.

Após 45 minutos de uma espera tensa, ouvimos uma leve buzina de automóvel lá fora. Mamãe correu para a janela.

– É ele! – exclamou ela. – Karl, me ajude a colocar seu pai de pé.

Mamãe e eu o levantamos. Ele gemeu de dor quando o erguemos e o arrastamos até a porta da frente e o carro que o aguardava. O sangue encharcara toda a atadura, de modo que parecia uma faixa carmesim. Nossa rua estava coberta de lixo e vidros quebrados, mas o bando itinerante de nazistas parecia ter seguido para outra área.

Papai rangeu os dentes e soltou arquejos curtos e ásperos quando o baixamos desajeitadamente até o banco traseiro do carro.

Hartzel, o pintor de paisagens bávaras que meu pai exibira em um dos últimos vernissages da galeria, encontrava-se sentado no lugar do motorista, tamborilando nervosamente os dedos no volante e espiando pelo para-brisa.

– Muito obrigada por vir – disse mamãe.

– É melhor irmos logo – replicou ele rapidamente.

– Hildy, você e Karl sentem-se no banco da frente. Eu vou ficar atrás com seu pa...

– Não podemos levar as crianças – avisou Hartzel.

– O quê? – disse minha mãe.

– Isso chamaria muita atenção. Seríamos parados. Eu seria preso. Todos seríamos presos.

— Não vou deixar as crianças!

— Elas provavelmente vão ficar mais seguras aqui mesmo — retrucou ele. — Os desordeiros já se foram. Neste momento, esta rua está mais tranquila que o restante da cidade.

— Não vou fazer isso!

— Rebecca, ele tem razão — disse meu pai do banco traseiro. — Karl agora é um homem. Ele pode cuidar das coisas. — Ele me olhou no olho, e eu fiz um pequeno gesto afirmativo com a cabeça. — Todos estaremos correndo perigo maior se viajarmos juntos — acrescentou ele.

— Mas, Sig...

— Sem discussões, Rebecca. Preciso de ajuda.

— Vamos ficar bem, mamãe — afirmei, entrando na conversa.

Ela fitou a mim e a minha irmã, pesando sua escolha.

— OK — disse por fim.

Então acomodou-se no banco traseiro, ao lado de papai.

— Aqui, cubram-se com isto — disse Hartzel, passando para eles, por cima do banco da frente, um tecido manchado de tinta.

— Como ele vai respirar com isso cobrindo-lhe a cabeça? — perguntou minha mãe.

— Não posso sair por aí com ele sangrando abertamente — disse Hartzel. — Não conseguiríamos percorrer duas quadras.

— Ele está certo — interrompeu meu pai. — Cubra-nos logo, Rebecca.

Nossa mãe sentou-se ao lado de papai e ajeitou a lona de proteção sobre o corpo dos dois. Antes de se cobrirem completamente, meu pai pediu:

– Espere. Crianças, venham aqui.

Hildy debruçou-se para dentro do carro e abraçou e beijou minha mãe e em seguida meu pai.

– Não tenha medo, minha bela – falou papai. – Eu vou ficar bem. E Karl é o cara mais durão no pedaço agora.

Beijei minha mãe e então estendi a mão para apertar a de meu pai.

– Não se preocupem – eu disse. – Vamos ficar bem.

– Aproxime-se, Karl – pediu meu pai.

Inclinei-me em sua direção e ele tocou com ternura meu rosto e me beijou. Eu não me lembrava da última vez em que recebera um beijo de meu pai, e a sensação era estranha.

– Finalmente eu o vi lutando – disse ele. – Você deve ser bom no ringue. Cuide de sua irmã, está bem?

– Vou cuidar – afirmei.

Senti uma onda de emoção em relação a meu pai, como sentira no dia em que minha mãe me visitara no porão. Eu queria dizer que o amava, mas as palavras ficaram presas em minha garganta.

– Até logo, Karl – disse ele.

Cobri os dois com o tecido de proteção de modo que ficassem totalmente escondidos e fechei a porta. Meus pais se abaixaram no assento sob o tecido, até que pudessem passar por uma pilha de suprimentos de pintura, em vez de dois seres humanos vivos e respirando. Então Hartzel partiu noite adentro. Quase ao mesmo tempo que dobravam a esquina, um estrondo veio de um ponto mais adiante no quarteirão, na outra direção.

– Vamos entrar – falei.

Um passeio noturno com titia

Eram apenas dez horas quando tornamos a entrar, embora parecesse já passar da meia-noite. Descemos para o porão, porque calculei que seria mais seguro para nós. Qualquer pessoa que entrasse na galeria veria que ela já havia sido saqueada e, eu esperava, deduziria também que tinha sido abandonada.

Hildy estava apavorada, e, sentados na escuridão, ela me metralhava com perguntas para as quais eu não tinha resposta: "Para onde vão levar papai?", "Ele vai ficar bem?", "Quanto tempo vamos ter de ficar sozinhos?", "O que vamos fazer?" Tentei acalmá-la, mas minha falta de qualquer informação concreta ou de um plano foi deixando-a cada vez mais histérica.

Então ouvimos outro estrondo. Um bebê chorou em um apartamento ali perto. O som de gritos, risadas e cantorias cresceu quando outra onda de homens e garotos encheu a nossa rua. Um tijolo foi atirado por nossa janela já quebrada, estilhaçando a maior parte do vidro que sobrara. Hildy gritou aterrorizada.

– Shhhh!

– Eles vão matar a gente – chorou ela.

– Fique quieta!

— Eu quero a mamãe!
— Por favor, Hildy. Não perca o controle.
— Não consigo!
— Fale baixo ou eles vão ouvir você.
— Eu quero a minha mãe!
— Eu estou aqui. Está tudo bem.
— Não está, não. Eles vão pegar a gente.
— Eu vou proteger você.
— Você não pode...
— Eu posso. Vou tirar a gente daqui.
— Como?
— Acho que sei de um lugar onde podemos nos esconder.
— Onde?
— Fique aqui embaixo. Tenho de voltar lá em cima e dar um telefonema.
— Quero ir com você! Não me deixe sozinha!
— Não. Fique bem aqui. Está tudo bem.
Levantei-me para subir a escada e ela gritou:
— Karl!
Cobri-lhe a boca com a minha mão.
— Quieta! – sibilei.
Sua respiração acalmou-se um pouco, e eu retirei a mão.
— Você pode vir comigo, mas tem de prometer ficar quieta. Pode fazer isso?
Ela assentiu.
Tornamos a subir lentamente pela escada escura até o andar principal. Procurei na escuridão até encontrar o caderninho de endereços do meu pai.
— Preciso que você acenda um fósforo para eu poder procurar um número – falei. – Pode fazer isso?

Hildy assentiu. Encontrei uma caixa de fósforos, e ela acendeu um deles. Seus olhos estavam arregalados de pavor enquanto eu folheava o caderninho até encontrar o nome que estava procurando: BERTRAM HEIGEL. Peguei o telefone.

Vinte minutos depois a porta se abriu devagar, e a voz estranha e alta da Condessa chamou:

– Karl?

A Condessa passou por cima de nossa mobília quebrada e entrou na sala principal.

– Você está aqui?

Hildy e eu surgimos dos fundos vestidos com nossos suéteres, echarpes, chapéus e sobretudos. Ambos havíamos guardado em nossas mochilas alguns livros e alguns pertences que conseguimos encontrar em meio aos destroços.

– Obrigado por vir – eu disse.

– Mas claro – replicou ele. – Uma garota como eu está sempre pronta para uma noite na cidade.

Entrei no campo de luz e a Condessa arquejou.

– Karl, meu querido garoto, você está com um aspecto horrível.

– Não está tão ruim assim – retruquei.

Em meio à escuridão, pude ver que ele estava com a comprida peruca loura e maquiagem e tinha um lenço amarrado na cabeça. Usava um vestido azul simples debaixo do sobretudo. Eu não sabia por que ele havia se vestido como mulher, mas fiquei feliz que assim fosse. Uma mulher andando com duas crianças teria muito menos probabilidade de ser atacada que um homem.

– Hildy – eu disse –, esta é a Condessa.

— Você não é um doce? – disse a Condessa, aproximando-se, pegando-a pelo queixo e fitando-a na escuridão. – Aposto que você é a princesinha do papai.

Hildy assentiu, nervosa.

— Gosto de ser chamada de Condessa, mas você pode me chamar de tia Bertie, se quiser. Eu sempre quis uma sobrinha igual a você.

Outro estrondo veio da rua. Todos estremecemos.

— Bem, são apenas algumas quadras daqui até o meu apartamento – continuou a Condessa. – E, se alguém perguntar, vocês são minha sobrinha e meu sobrinho e só estamos dando uma caminhada, voltando de um delicioso jantar, como uma brincadeira de faz de conta. Acha que pode fazer isso?

Hildy assentiu.

— Muito bem então, vamos embora.

Saímos na rua e seguimos na direção do edifício da Condessa. Pelo caminho vimos que dezenas de lojas e casas de judeus haviam sido atacadas. Passamos pela loja de suprimentos de arte de Herr Greenberg, e tubos de tinta e lápis coloridos espalhavam-se pelo chão diante da loja, de maneira que grandes redemoinhos de cor misturavam-se ao vidro quebrado de sua vitrine da frente. Pegadas multicoloridas de botas levavam em todas as direções, como rastros de sangue na floresta que um caçador poderia seguir para encontrar um animal ferido. Vi riscos de vermelho misturados e me perguntei se o sangue de Herr Greenberg fora derramado junto com sua tinta.

A Condessa segurava a mão de Hildy enquanto seguíamos rapidamente pela calçada. Um grupo de garotos aparentando a minha idade surgiu em uma esquina, vindo em nossa direção. Imediatamente reconheci um deles como meu antigo amigo

Kurt Seidler. Fazia mais de dois anos que eu não via Kurt, desde o dia em que eu fora expulso da escola com todos os outros judeus. Kurt e seus amigos não estavam usando uniformes nazistas, mas percebi que todos carregavam itens que deviam ter pilhado de casas ou estabelecimentos judeus. Um dos garotos trazia um bule de prata, outro carregava um pequeno rádio enfiado debaixo do braço, e o próprio Kurt segurava um par de castiçais de bronze de Shabat, um em cada mão.

Puxei o chapéu sobre o rosto quando nos aproximávamos. Os garotos sorriam e conversavam animadamente. Quando passávamos, Kurt dirigiu-se à Condessa:

– Ei, sobrou alguma coisa para pegarmos mais acima?

– Não – respondeu a Condessa rapidamente.

Olhei para cima com cuidado, e Kurt de repente me viu. Um lampejo de reconhecimento perpassou seu rosto. Seus olhos fixaram-se nos meus. Meu pulso acelerou enquanto eu me perguntava o que ele faria. Depois de nos fitarmos por um longo momento, ele desviou rapidamente o olhar.

– Venham, garotos – chamou ele. – Vamos olhar, de qualquer forma.

Kurt e os amigos seguiram em frente. Voltei a respirar e olhei sobre o ombro para eles. Estavam tão tomados pela agitação da noite que quase pareciam saltitar pela calçada. Uma onda aguda de náusea me atingiu. Perguntei-me o que teria acontecido com meus outros amigos. Estariam eles por aí pilhando e atacando judeus também?

– Aquele não era Kurt Seidler? – perguntou Hildy.

– Não sei – falei. – Vamos embora.

Seguimos pelo quarteirão e vimos um grupo de nazistas chutando um judeu idoso caído na rua. Hildy gritou quando os viu, e a Condessa a puxou para mais perto de si. Ouvi os gritos abafados do judeu quando passávamos: "Por favor, parem!" Os nazistas estavam tão concentrados em sua tarefa que não perceberam nossa passagem no lado oposto da rua.

Finalmente chegamos ao edifício em que ficava o apartamento da Condessa, situado em uma tranquila rua residencial, num bairro onde viviam poucos judeus. Como resultado, a rua estava totalmente intocada e silenciosa, como se aquela fosse mais uma noite comum.

Quando entramos no apartamento, percebi que os quartos da frente pareciam diferentes. Várias peças de mobília e algumas obras de arte estavam ausentes. A Condessa percebeu minha expressão interrogativa.

– Tive de redecorar um pouco nesses últimos dois anos. Tempos mais difíceis pedem um estilo mais sóbrio. Mas mantive meu *boudoir* intacto. Aqui, Hildy, venha dar uma olhada.

A Condessa nos conduziu até o quarto, que era dominado por uma grande penteadeira coberta com cosméticos e frascos de perfume multicoloridos. Boás de penas e echarpes pendiam das bordas do espelho. A Condessa sentou Hildy em uma pequena cadeira bordada diante da penteadeira.

– Nunca vi tanta maquiagem assim – disse Hildy, boquiaberta.

– Nem todas nós somos naturalmente bonitas como você, minha querida. Você pode experimentar o que quiser. Karl, venha me ajudar na cozinha.

Segui a Condessa até a pequena cozinha, onde ela me ajudou a limpar e pôr curativos em minhas feridas. Então despejou um pouco de leite em uma panela no fogão e preparou chocolate quente.

— Ela sabe que sou homem?

— Não. Creio que não. Eu não disse nada.

— Ótimo. Não diga. Ela vai ficar mais à vontade se achar que sou mulher. Todas as garotinhas querem a mãe quando precisam de conforto, *ja*?

— Eu preciso encontrá-los — eu disse. — Preciso saber se meu pai está bem. Ele perdeu muito sangue...

— De manhã — interrompeu ele. — Não há nada que possa ser feito esta noite. Lá fora virou um manicômio.

— Preciso pelo menos ligar para os hospitais.

— Não tenho mais telefone no apartamento. E é arriscado demais usar o telefone público no saguão para o qual você ligou mais cedo. Muitos ouvidos indiscretos. Não seria seguro para nenhum de nós. Vou encontrar um telefone seguro para usarmos amanhã. Vamos encontrá-los. Não se preocupe.

Ele misturou pedaços de chocolate amargo e açúcar no leite fervente, então serviu três xícaras e voltamos para o quarto.

Hildy examinava uma grande pilha de discos fonográficos que se alinhavam em uma prateleira ao lado da penteadeira.

— Você tem tantos discos!

— Eles são a minha tábua de salvação. Vendi o rádio meses atrás. Fiquei enjoada de ouvir más notícias e a música ruim que tocam atualmente.

— Nunca vi uma coleção tão grande de cantores de jazz.

— Sim. Infelizmente ninguém mais tem permissão de tocar esse tipo de música. Isso não é ridículo? Como se Louis Armstrong fosse algum tipo de agente político. Mas eu ainda os ouço tarde da noite com o volume bem baixo.

Um grande e velho gramofone de madeira encontrava-se ali perto, e a Condessa começou a pegar discos pretos e grossos e a colocá-los, um a um, para tocar. Ouvimos a música crepitante enquanto bebíamos o chocolate quente. Algumas das músicas de cabaré da era do jazz eram engraçadas, outras eram tristes, e muitas tinham um quê de desilusão com o mundo.

– Todas essas músicas são dos bons e velhos tempos, que não pareciam tão maravilhosos na ocasião, mas que agora parecem cada dia melhores. Esta sempre foi a minha favorita. É de Josephine Baker. Sabem quem é ela? É uma cantora negra maravilhosa da América. Costumava se apresentar no cabaré daqui, e a fila dobrava a esquina. Fazia uma dança maluca usando apenas bananas!

– Com casca ou sem? – Hildy deu uma risadinha.

A Condessa pôs o disco arranhado para tocar, e uma voz que era ao mesmo tempo frágil e sexy se fez ouvir. A letra me pareceu pressagiosa, como se estivesse cantando sobre uma Alemanha que ela sabia que estava morrendo lentamente:

Ela é um tanto triste e um tanto alerta
Tem um quê de anjo e um quê de esperta
Gosta de perigo, de dançar, brigar e beber
Ela tem tudo a ganhar e nada a perder

Ela é meu amor berlinense
Uma estrela cadente brilhante
Meu amor berlinense
Sempre vai longe demais

Vamos dançar e cantar, comer e beber
Quem se importa com o que o amanhã trouxer
A manhã pode nem sequer acontecer
Portanto, vamos algum pecado cometer

Ela é meu amor berlinense
Uma estrela cadente brilhante
Meu amor berlinense
Sempre vai longe demais
Sempre vai longe demais
Sempre vai longe demais.

Os últimos acordes da música se dissiparam, e a agulha arranhou ao chegar ao fim do disco. A Condessa a ergueu e desligou o aparelho. Hildy adormecera em um pequeno sofá de veludo roxo. A Condessa delicadamente colocou um travesseiro sob sua cabeça e a cobriu com um cobertor.

– Ela pode dormir aqui. Você fica com o sofá da sala.

Ele me entregou um travesseiro e um cobertor apanhados no closet.

– Obrigado – falei. – Você teve muita coragem de ir nos buscar.

– Foi você quem teve coragem, Karl. Você bolou o plano e assumiu o controle. Eu só atendi ao chamado. Você é igual ao seu pai.

Experimentei uma desconhecida sensação de orgulho ao ser comparado a meu pai.

Quando me retirei para a sala e me acomodei no sofá já passava havia muito da meia-noite. Ao me deitar, minha mente disparava, cheia de preocupações e ansiedades. Como eu iria rastrear os meus pais? Teria meu pai recebido tratamento a tempo? Quanto tempo durariam aqueles ataques antissemitas? Será que algum dia terminariam, já que a polícia e o governo não se davam ao trabalho de detê-lo? Como escaparíamos desse pesadelo?

Peguei minha mochila e fiz um inventário das poucas coisas que conseguira salvar da galeria: uma pequena pilha de meus cadernos de desenho e diários, o pouco dinheiro que eu havia guardado debaixo do colchão, meu estimado exemplar da revista *The Ring* com a história de capa sobre Barney Ross, o livro *Fundamentos de boxe para garotos alemães* e o primeiro número da *Action Comics* com a origem do Super-Homem. Abri a mochila de Hildy e olhei lá dentro. Ela também havia apanhado alguns de seus diários, o vestido favorito e um suéter que nossa mãe tricotara para ela. Fiquei aliviado ao ver que ela havia apanhado também Herr Karotte e o primeiro livro de *Winzig und Spatz*. Esses itens de nossa antiga vida me trouxeram um pouco de conforto. Os nazistas haviam estilhaçado nossas janelas e quebrado nossa mobília, mas não tinham nos destruído. Pus os livros de lado e finalmente adormeci.

A finta

NA MANHÃ SEGUINTE, A CONDESSA ENCONTROU UM AMIGO a alguns quarteirões dali que concordou em nos deixar usar seu telefone. Era arriscado demais voltar à galeria, pois bandos de nazistas ainda perambulavam pelas ruas, pilhando o que quer que encontrassem e atormentando qualquer judeu que cruzasse o seu caminho. Alguns nazistas forçavam os judeus a varrer ou limpar a sujeira nas ruas, como se fossem eles que a tivessem causado.

O amigo da Condessa era um velho cavalheiro chamado Herr Braun, que tinha um grande bigode branco e usava um lenço no pescoço e um paletó de seda. Morava em uma casa de tijolos, independente, que já havia sido bastante grandiosa, mas que, assim como suas roupas, tinha começado a se desgastar. Hildy ficou no apartamento enquanto a Condessa e eu fomos dar os telefonemas para tentar encontrar nossos pais. Com a ajuda de Herr Braun, entramos em contato com todos os hospitais e clínicas que nos ocorreram, mas ninguém conseguia encontrar registro da admissão de Sigmund Stern para atendimento.

– Se foram inteligentes, procuraram um médico particular – disse Herr Braun.

– Seus pais eram amigos de algum médico? – perguntou a Condessa. – Médicos judeus?

– Ninguém que eu saiba.

– Bem, estou certa de que é isso que devem ter feito – disse a Condessa, com uma confiança um pouco forçada demais.

– Houve muitas prisões na noite passada – disse Herr Braun. – Eu estava ouvindo as notícias no rádio esta manhã. Eles podem ter sido descobertos e presos.

Instantaneamente, imagens horríveis de meus pais apodrecendo em uma cela suja de prisão invadiram minha mente. O que aconteceria com Hildy e comigo se eles houvessem sido presos? Nós seríamos presos também?

– Não há necessidade de deixar o garoto em pânico – disse a Condessa.

– Só estou tentando ser realista – afirmou Herr Braun.

– Por que eles iriam prendê-los? – perguntei.

– Por incitar os tumultos – replicou ele.

– Incitar os tumultos? O que eles fizeram para incitar os tumultos?

– Nada, é claro – respondeu Herr Braun. – Mas os noticiários estão atribuindo aos judeus a culpa de começar os distúrbios. Fala-se até que o governo pretende fazer os judeus pagarem todo o prejuízo. E pode haver mais tumulto esta noite. Eu sugiro que vocês fiquem dentro de casa até que tudo isso passe.

– Você e sua irmã são bem-vindos em meu apartamento pelo tempo que precisarem.

– E se isso não passar? – perguntei.

Nenhum dos dois homens respondeu.

— Preciso encontrar os meus pais.
— Eu não recomendaria dar mais nenhum telefonema — disse Herr Braun. — Não é bom fazer muitas perguntas. Você pode atrair suspeitas para si mesmo... e para nós.
— Suspeitas de quê?
— Não importa. Suspeita de qualquer coisa.
— Vamos dar um tempo, Karl — disse a Condessa suavemente. — Tenho certeza de que as coisas vão se acalmar passados alguns dias. E então vamos encontrá-los.
— Não. Tenho de encontrá-los agora.
— É arriscado demais — disse Herr Braun.
— Conheço alguém que pode ajudar — falei.
— Quem? — perguntou a Condessa.
— Alguém apenas. Que não mora muito longe daqui.
— Por que você não liga para essa pessoa primeiro? — indagou a Condessa.
— Não. Preciso vê-lo pessoalmente.

Como Max havia ignorado todas as minhas cartas, temi que ele não atendesse minhas ligações. Eu precisava confrontá-lo cara a cara.

— Você não devia andar pelas ruas sozinho, Karl — disse a Condessa.
— Vou ficar bem — eu disse. — Não pareço judeu. Ninguém vai me incomodar.

O hotel Excelsior dominava um quarteirão inteiro e gabava-se de ser o maior hotel no continente europeu. O edifício contava com seiscentos quartos de hóspedes, nove restaurantes, várias lojas, uma biblioteca com sete mil volumes e um túnel subterrâneo especialmente construído para conectá-lo à Anhalter

Bahnhof, a estação ferroviária do outro lado da cidade. O hotel tinha sua própria força de segurança e até publicava seu próprio jornal diário. Era uma cidade dentro da cidade, e, ao me aproximar dele aquele dia, pareceu-me tão imponente quanto uma fortaleza armada.

Eu havia pensado em várias maneiras para romper a segurança do hotel e encontrar Max, de me passar por um entregador de telegramas a me esconder em um carrinho da copa ou da lavanderia, como uma cena de comédia pastelão de um dos filmes dos irmãos Marx. Até pensei em subornar uma das camareiras ou um dos zeladores com o pouco dinheiro que me restava. No fim, percebi que o risco de qualquer uma dessas ideias era grande demais e as chances de sucesso eram mínimas. Assim, decidi simplesmente usar a abordagem direta.

Entrei no saguão principal, um grande salão ornamentado com pesadas luminárias douradas e mobília estofada, e me aproximei do balcão, onde vários recepcionistas elegantemente uniformizados ocupavam seus postos. Dirigi-me a um que parecia acessível.

– Posso ajudá-lo? – perguntou o recepcionista.

– Estou aqui para ver Max Schmeling.

Os olhos do recepcionista se estreitaram.

– Ele o está esperando?

– Bem, não, mas...

– Lamento, mas Herr Schmeling não recebe visitas não agendadas de fãs.

– Eu não sou um fã. Sou um amigo. Ele é um velho amigo da família.

– Verdade? – perguntou o funcionário, duvidando.

— E é meu treinador de boxe.
— Seu treinador de boxe? Eu não sabia que Herr Schmeling precisava aceitar alunos.
— Sou o único. Ou era. Costumávamos treinar no mesmo lugar, o Clube de Boxe de Berlim, e...
— Ouça, não creio que Herr Schmeling tenha tempo para ser incomodado hoje...
— Apenas ligue para ele. Por favor. Tenho certeza de que ele ia querer me receber se soubesse que estou aqui.
— E por que não ligou antes para avisar a ele que vinha?
— Eu só estava passando e pensei em dizer olá. Acho que ele vai ficar bastante insatisfeito se souber que fui dispensado. Ele sempre falou tão bem do pessoal daqui. Eu detestaria que ele tivesse de se queixar com a administração sobre um dos empregados.

Estreitei os olhos, como se tentasse ler o nome no crachá do recepcionista.

— Seria uma pena, não seria, Herr Preysing?

O recepcionista franziu a testa e ergueu o telefone.

— Nome?

— Karl Stern.

Ele se afastou do balcão e discou. Ocorreu-me que Max poderia nem estar ali. Ele e Anny poderiam estar em sua casa de campo. O recepcionista falava ao telefone em voz baixa, mas ainda assim eu conseguia ouvir o que ele dizia.

— Quarto sete-zero-um, por favor. *Danke.* [Pausa.] *Guten Morgen*, Herr Schmeling. Aqui é Heinrich Preysing, da recepção. Lamento muito incomodá-lo, senhor, mas tem um rapaz aqui embaixo que deseja vê-lo e afirma que é um amigo da família e seu aluno de boxe. Sim, o nome dele é Karl Stern.

Fez-se uma longa pausa, que pareceu uma eternidade. Observei o rosto do funcionário enquanto ele ouvia e assentia com a cabeça. Um sorrisinho cruzou seus lábios, e eu tive certeza de que Max o havia instruído a me dispensar, destruindo minha última esperança. Senti náuseas. Minha mente começou a procurar outro plano para rastrear meus pais, mas não havia outro plano.

– É claro, Herr Schmeling. Até logo.

Ele desligou o telefone.

– Pegue o elevador até o sétimo andar e vire à esquerda. O apartamento de Herr Schmeling e Frau Ondra é o número sete-zero-um.

– *Danke sehr* – agradeci.

Atravessei o vasto saguão. Um homem magro de cabelos escuros cuidadosamente penteados, lendo jornal sentado em uma poltrona, me lançou um olhar quando passei. Suspeitaria de alguma coisa? Ele voltou ao seu jornal, mas, enquanto eu continuava andando, tinha a sensação de que uma centena de olhos me acompanhava. Eu esperava a qualquer momento ouvir alguém gritar: "Judeu!", e um segurança do hotel vir e me atirar na rua. Mas consegui chegar ao elevador, entrei e dei um suspiro de alívio quando a porta se fechou atrás de mim. Um ascensorista uniformizado puxou manualmente uma alavanca de metal e fez a cabine subir até o sétimo andar. Ali, a porta se abriu e eu saí no corredor revestido por um longo tapete amarelo estampado com um padrão de filigrana bordô. Segui os números nas portas até parar diante do 701, na extremidade do corredor. O cômodo tinha portas duplas amplas e uma campainha no lugar de uma aldrava simples, como os outros quartos. Respirei fundo e toquei a campainha.

Enquanto esperava, tentei pensar no que diria a ele, mas nenhuma palavra me ocorreu. Devia mencionar as cartas que eu havia enviado? Perguntar se ele tinha se recuperado dos ferimentos? Ou devia pular a conversa-fiada e simplesmente lhe pedir ajuda de cara? Cresceu em mim o pânico de perder completamente o controle. Por fim, ouvi alguém se aproximar do outro lado da porta e, quando ela se abriu, lá estava Max, vestido casualmente com calça de lã, camisa de botões branca e suspensórios. Ocorreu-me que só o vira vestido para lutar, exercitando-se no clube, ou de terno formal ou smoking. Alguma coisa naquele traje casual me desconcertou, como se eu estivesse vendo o verdadeiro Max pela primeira vez. Sua expressão era neutra quando ele me viu, não zangada, mas tampouco estava ali seu sorriso descontraído de costume. Os olhos pareciam sérios, talvez até um pouco aborrecidos com a interrupção.

– Karl – disse ele, estendendo a mão.

– Desculpe-me aparecer assim, mas...

– Não tem problema, entre – cortou ele, conduzindo-me para o interior do apartamento e fechando a porta. Antes que ela se cerrasse de todo, vi que ele espiava por cima de mim e corria os olhos pelo corredor, como se se certificasse de que ninguém nos vira.

– Olhe, estou com outros convidados neste momento. Se você esperar alguns minutos, logo estarei livre.

Ele me levou para uma saleta à direita da porta de entrada. Mesmo no breve vislumbre do corredor, pude ver que o apartamento era grande, com pelo menos três ou quatro quartos, e elegantemente decorado com a mobília mais fina. Sentei-me em uma poltrona estofada e esperei. Havia uma tigelinha de cristal cheia de balas verdes de menta na mesa ao lado de minha cadeira. Eu não havia comido durante todo o dia, e a visão do doce me deixou tonto de fraqueza. Peguei um punhado e rapidamente os enfiei na boca, esmagando-os com os dentes para poder engolir o mais rápido possível, antes que Max voltasse.

A sala também tinha uma escrivaninha antiga junto a uma das paredes. Sobre ela havia duas fotografias emolduradas: um retrato formal de Anny Ondra, a outra uma foto pessoalmente autografada por Adolf Hitler. Um pedaço irregular da bala prendeu-se em minha garganta, e eu tive de tossir para desalojá-lo.

Ouvi Max retornar à outra sala e retomar a conversa com seus convidados. Parecia haver dois outros homens na sala.

– Eles têm de me dar uma revanche, não tem? – disse Max.

– Não é com os americanos que estou preocupado – afirmou outro homem. – É com nosso amado governo.

– Eles não vão querer correr o risco de outra derrota – disse o terceiro homem. – Isso constrangeria o Reich.

– Constrangeria o Reich – cuspiu Max. – Eu ganhei uma e Louis ganhou outra. Sou o único homem que já o derrotou. Sei que posso oferecer a ele uma boa briga.

– Sabemos disso, Max. Mas Hitler não quer uma boa briga; ele só quer a vitória.

– É minha única chance de recuperar o título.

– Não creio que eles estejam preocupados com o título. Você já foi Campeão Mundial de Pesos-pesados. Isso já basta. Não vale o risco para eles.

– Preciso de algumas lutas na Europa. Provar a todos que ainda posso competir.

— Não se preocupe com isso, Max. Vamos conseguir agendar alguma coisa.

— E quanto a Louis?

— Isso vai levar algum tempo.

— Pense no quanto seria o prêmio para uma briga pelo título contra Louis — disse Max. — Vocês precisam me conseguir essa luta. Estou envelhecendo a cada dia que passa, vocês sabem. Não sou como um vinho bom que fica melhor à medida que envelhece. Estou mais para um queijo forte. Só posso ser envelhecido por um determinado tempo, antes de começar a feder.

Os outros homens riram.

Minhas orelhas queimavam. Meu pai fora apunhalado. Judeus estavam sendo roubados e espancados a torto e a direito. Meu mundo inteiro estava desmoronando, e Max e seus colegas ficavam ali sentados falando de boxe e dinheiro, como se esse fosse um dia normal. Seria possível que ele não soubesse o que acontecia?

Finalmente, Max acompanhou seus amigos na saída do apartamento. O tempo todo em que estive ali, não os vi nem fui visto por eles. Eram apenas vozes desencarnadas. Depois de fechar a porta de entrada, Max veio até mim.

— Desculpe fazê-lo esperar, Karl.

Eu o vi olhar rapidamente para o retrato de Hitler que estivera me fitando o tempo todo. Seus olhos encontraram a fotografia e rapidamente se desviaram.

— Vamos conversar lá na sala, *ja*? Anny está na casa de campo, e fiquei aqui tentando fechar alguns negócios.

Ele me conduziu até uma sala ampla e lindamente mobiliada que dava para a estação ferroviária e a cidade. Um dos jornais diários encontrava-se em uma mesa de vidro no centro da sala com a manchete: REVOLTAS JUDAICAS IRROMPEM POR TODO O REICH. Ali estava, diante dele. Sim, ele sabia.

– Sente-se – disse ele, indicando um dos sofás.

Porém, eu não podia me sentar. Alguma coisa naquela manchete do jornal me deixou paralisado, as pernas travadas. E toda a emoção, frustração e raiva dos últimos dois dias fervilhou, chegando à superfície. Eu sempre tivera respeito por Max e fora sempre cauteloso com o que dizia a ele. Mas agora não consegui me conter.

– Como você pôde deixar que isso acontecesse?

– Do que você está falando?

– Disto! – eu disse, apontando o jornal. – Você sabe o que está acontecendo lá fora, certo?

– Sim – respondeu ele, sentando-se devagar diante de mim. – É... extremamente lamentável.

– Lamentável? Isso é tudo que você pode dizer? É tudo que pode fazer?

– Não sei exatamente o que você espera...

– Você é um homem poderoso.

– Mas sou um homem apenas – disse ele, mantendo a voz baixa e controlada.

– As pessoas o ouviriam.

– Receio que não seja assim tão simples.

– O que não é tão simples?

– Você não entende.

– Então me faça entender.

– Acha que aprovo o que está acontecendo? – Sua voz elevou-se, aguda e na defensiva. – Acha que isso é culpa minha?

– Então por que você não se manifesta?

— Ninguém se manifesta atualmente.

— Mas você é Max Schmeling.

— Eu seria jogado na cadeia com a mesma rapidez de qualquer outro.

— Não acredito nisso.

— Veja o que aconteceu com von Cramm.

— Gottfried von Cramm? O tenista?

— Sim. Ele criticou o governo, então eles o enquadraram em uma acusação qualquer e o atiraram na cadeia. A carreira dele acabou. A vida dele acabou. — Ele estava quase implorando, desesperado para que eu o compreendesse.

— Von Cramm não é você. Você é mais importante que ele.

— Tem muitas coisas que você não entende.

— Você tem razão. Eu não entendo como você pode ter tantos amigos judeus e jantar com Hitler e Goebbels.

— Eu não sou um deles. Nunca me filiei ao partido. — Ele se pôs de pé e começou a andar de um lado para o outro da sala, fazendo gestos abruptos com os braços a fim de enfatizar suas palavras. — O que devo fazer quando o líder do nosso país pede para me ver? Dizer não? Desculpe, mas esta noite eu não posso. Tenho planos mais importantes.

— Talvez.

— Estes são tempos difíceis, Karl. Muito difíceis. E você pode não acreditar, mas todos precisam ter muito cuidado. Inclusive eu. — Ele se aproximou e inclinou-se na minha direção. — Sabe o que Anny queria que eu fizesse depois que fui derrotado por Joe Louis? Sabe?

— Não.

— Ficar na América. Ela ligou e disse: "Não volte para casa, Max. É perigoso demais para você." Estava convencida de que me mandariam para a prisão por ter perdido e envergonhado o Reich.

– Então por que você voltou?

– Sou alemão – disse ele. – O que quer que esteja acontecendo, agora vai passar.

– Foi exatamente isso que meu pai disse.

– Sig sempre foi um homem inteligente. Seu pai e eu somos ambos sobreviventes. Ele compreende. Ouça, Karl, até aqui você foi um excelente aluno de boxe, mas tem uma coisa que nunca ensinei a você. E essa pode ser a estratégia mais importante para sua sobrevivência no ringue. É chamada de finta.

– Finta.

– Sim. A finta é um truque. Quando você finge um soco ou tenta dar a seu adversário a impressão de que você foi esmurrado ou machucado, de modo a poder montar seu ataque. Sempre que você engana alguém no ringue. Isso é uma finta. É a mesma coisa na vida. Às vezes você precisa dar a impressão de que está fazendo uma coisa a fim de fazer outra e sobreviver. Você nunca deve dar a seu adversário uma ideia clara de suas reais intenções.

Tudo que ele dizia fazia todo sentido, mas aquelas últimas palavras de repente mudaram a maneira como eu o via e a todos os outros alemães que acreditavam fintar em meio à ascensão de Hitler e dos nazistas. Até ali, Max havia sempre representado força, mas agora eu via apenas fraqueza e interesse pessoal. Meus olhos queimavam e minha garganta se estreitou enquanto eu o fitava.

– Ontem à noite nossa casa foi atacada por uma gangue de bandidos. Tudo foi saqueado ou destruído, e a polícia não fez nada para detê-los. Meu pai e eu fomos espancados, e ele foi apunhalado na barriga. Não tenho certeza se ele conseguiu receber tratamento. Não tenho a menor ideia de onde ele ou minha mãe possam estar neste momento. Até onde sei, ele pode estar morto ou os dois podem ter sido presos. Não tenho nenhum dinheiro. Nenhum parente a quem recorrer. Minha irmã e eu estamos escondidos na casa de um amigo de meu pai, mas não temos um lugar de verdade para morar nem para onde ir. Como a finta vai me ajudar nessa situação?

Então fiz algo que não fazia havia muitos anos e certamente nunca diante de Max ou de ninguém do Clube de Boxe de Berlim. Perdi o controle e chorei.

O Excelsior

Max me enviou com seu motorista no sedã Mercedes-Benz para buscar Hildy e levá-la para o Excelsior, onde ele disse que éramos bem-vindos para ficar o tempo que precisássemos. Quando cheguei ao apartamento, Hildy lamentou deixar a Condessa, que a havia paparicado o dia todo, permitindo-lhe experimentar seus melhores vestidos e fazer experimentos com sua maquiagem. Hildy e a Condessa se abraçaram na hora de nossa partida.

– Até logo, tia Bertie – disse Hildy.

– Até logo, princesa Hildegard – replicou ele em seu estranho falsete. – Quero que fique com isto para que sempre se lembre de mim.

Ele lhe deu um pequeno estojo arredondado, contendo de um lado um ruge de um vermelho intenso e do outro, um espelho.

– Para mim?

– Para você.

– Não posso aceitar.

– Por favor, querida, eu insisto. Uma dama precisa estar sempre preparada para qualquer coisa.

— Obrigado mais uma vez — falei, apertando a mão da Condessa.

Ele me puxou e me abraçou com força. Eu não ficava assim tão perto da Condessa desde aquele primeiro dia, quando tentou tocar meu rosto e me esquivei. Dessa vez, retribuí o abraço.

— Você é um bom rapaz, Karl. Tenho certeza de que seu pai tem muito orgulho de você.

Descemos as escadas até o carro à nossa espera. E, quando entramos, Hildy disse:

— Por que ele foi tão bom conosco?

— Ele?

— É. Ele.

— Quer dizer que você sabia?

— Não sou boba, Karl. Por que ele nos ajudou?

— Ele e papai foram para a guerra juntos. Papai salvou a vida dele. Ele foi um herói, você sabe.

— Não sabia disso — disse ela. — Mas fico feliz de saber agora.

Ela deu um sorrisinho, mas seu rosto logo tornou-se sério. Ela olhou pela janela e brincou com o estojinho o trajeto inteiro, abrindo e fechando a tampa com um leve estalido.

O motorista de Max nos levou até a entrada dos fundos do hotel. Max estava esperando na plataforma de carga onde os empregados do hotel recebiam as entregas. Ele olhou para um lado e para o outro quando saltamos do carro e rapidamente nos levou para um corredor de serviço.

— Bem-vinda ao Excelsior — disse Max a Hildy.

— *Danke*, Herr Schmeling — agradeceu ela.

— Peço desculpas por não podermos recebê-los pelo saguão, mas não quero levantar suspeitas.

– Nós compreendemos – falei.

– Venham por aqui.

Ele nos guiou por um corredor escuro até chegarmos ao grande elevador de serviço. Um zelador nos esperava ali, mantendo aberta a pesada grade de metal que servia como porta.

– Obrigado, Hermann – disse Max ao zelador quando entramos no elevador. Hildy deu um salto quando o zelador fechou a porta com um estrondo e em seguida puxou uma alavanca. O elevador começou a subir. Seguimos todos em silêncio até chegarmos ao sétimo andar, onde o zelador empurrou a alavanca, desacelerando-o até parar.

– Sétimo andar – anunciou ele, puxando a grade para abrir.

Todos saímos. Max voltou-se para o zelador e apertou-lhe a mão.

– Obrigado outra vez – disse Max.

Percebi que Max segurava furtivamente um maço de cédulas na mão e o passou discretamente para o zelador ao trocarem o aperto de mãos.

– Naturalmente, Herr Schmeling – replicou o homem, pegando as notas e rapidamente enfiando-as no bolso.

Pelo restante da manhã, Max deu telefonemas tentando rastrear meus pais. Ele tinha contatos com a polícia e com o governo local, mas ninguém parecia saber de nada. Ele então deu uma saída rápida para fazer uma consulta em uma delegacia de polícia local onde tinha um amigo.

– Fiquem dentro do apartamento – instruiu ele. – Quanto menos pessoas souberem que vocês estão aqui em cima, melhor.

Hildy e eu passamos o dia sentados à espera em um quarto de visita, sentindo-nos frustrados e impotentes. Por volta do

meio-dia, ouvimos a porta de entrada do apartamento se abrir e uma voz de mulher chamar:
— *Hallo*. Limpeza.
Hildy e eu nos entreolhamos. Os olhos dela se arregalaram de medo.
— *Hallo?* Herr Schmeling? — ouvimos a voz chamar novamente.
— Bom — disse outra voz feminina, baixinho. — Devem ter saído.
Ouvimos as empregadas da limpeza ligarem o rádio na sala e conversarem casualmente, como se estivessem sozinhas.
— O que vamos fazer? — sussurrou Hildy.
Tentei pensar. Não podia deixar que nos encontrassem. Max nos instruíra para que não fôssemos vistos. E nossa presença pareceria ainda mais suspeita por não termos respondido quando elas chamaram. Não podíamos arriscar tentar sair do apartamento, porque teríamos de passar por elas. E não tínhamos nenhum lugar para ir.
— Venha — sussurrei para Hildy.
Peguei a mão dela e fui até a porta do nosso quarto, espiando o corredor para me certificar de que o caminho estava livre. Então a puxei na direção do quarto principal, mais distante da frente do apartamento, onde as empregadas estavam limpando. Examinei rapidamente o quarto, procurando um esconderijo. Atrás das cortinas? Debaixo da cama? Certamente elas limpariam esses locais. Max e Anny tinham um closet imenso. Abri a porta e lá dentro descobri fileiras de roupas penduradas, prateleiras com elegantes sapatos masculinos e femininos, um armário alto e um baú enorme coberto com adesivos de viagens de várias partes do mundo.

Abri o baú, que estava vazio e era grande o bastante para que Hildy coubesse ali.

– Entre – falei.

– Como vou respirar? – perguntou ela.

– Vou deixar uma fresta aberta para que o ar possa entrar.

– E você?

– Não se preocupe. Vou pensar em alguma coisa. Só entre aí e fique quieta. E, aconteça o que acontecer, não saia, a menos que eu lhe diga que está tudo bem.

Empurrei-a para dentro e fechei o baú com cuidado, deixando uma fresta aberta. Examinei o closet, procurando outras ideias. Eu deveria tentar fazer uma parede com os ternos de Max e me esconder atrás dela? Isso não funcionaria. Abri as portas do armário, que tinha prateleiras do chão ao teto, não restando nenhum espaço para que eu me escondesse.

Ouvi as vozes das empregadas se aproximando. Rapidamente usei as prateleiras do armário como degraus de uma escada, subi e me escondi no alto do armário, que ficava oculto por uma peça decorativa. Dali, estendi o braço, fechei as portas do armário e me encolhi na posição fetal, torcendo para que todo meu corpo estivesse oculto de quem olhasse de baixo. Então esperei. O alto do armário estava empoeirado, e eu sentia meu nariz começar a coçar.

Parecia que horas haviam se passado, até que finalmente as empregadas entraram no quarto principal e começaram a limpar. Eu ouvia pequenos fragmentos da conversa acima do barulho do aspirador de pó:

– ... Meu ônibus passou pelos bairros judeus a caminho daqui hoje de manhã.

– *Ja*, o meu também.

– Que confusão, não é?
– Eles merecem.
– Eu trabalhava com uma judia. Ela não era tão má.
– Uma faxineira judia. Eis aí uma coisa que não se vê com frequência.

Meu corpo inteiro começou a transpirar, e eu podia sentir a umidade se formando no meu rosto e escorrendo pelo nariz, misturando-se à poeira. Senti um espirro chegando e fiz de tudo ao meu alcance para contê-lo.

Uma das empregadas abriu a porta do closet e entrou para aspirar e tirar o pó. Fechei os olhos e prendi a respiração. Ouvi o zumbido do aparelho movendo-se de um lado para o outro no chão. Então ela abriu a porta do armário e redobrou algumas das roupas ali dentro. Meu corpo estava encharcado de suor. Sentia as gotas pingarem do meu nariz no alto do armário. Pensei que com certeza uma gota cairia nela e me denunciaria.

Finalmente, ela fechou a porta do armário e saiu do closet. Fiquei absolutamente imóvel por mais meia hora, enquanto elas terminavam a limpeza. Quando me senti confiante de que elas tinham ido embora, desci do armário e abri o baú. Hildy desabou no chão, arquejando em busca de ar.

Max voltou uma hora depois, sem notícia alguma dos nossos pais. Contei a ele o que havia acontecido e ele amaldiçoou a si mesmo por ter se esquecido de cancelar o serviço de limpeza.

Instintos saudáveis

MAX CONTINUOU A BUSCA PELO TELEFONE, SEM NENHUMA SORTE. Durante a noite, houve mais distúrbios dispersos e ataques aos judeus por toda a Alemanha. Hildy e eu dividimos um quarto de hóspedes no apartamento, mas nenhum de nós conseguiu dormir. Eu a ouvia se virando e revirando na cama ao lado da minha. Nenhum de nós falou, temendo que expressar abertamente nossas ansiedades pudesse de alguma forma torná-las ainda mais reais. Minha mente estava cheia de horríveis pesadelos sobre o que poderia ter acontecido com nossos pais. E todas as vezes que eu ouvia um barulho dentro do hotel, via imagens de bandidos nazistas enchendo o elevador e subindo pelas escadas do Excelsior para vir nos pegar.

Quando o dia finalmente amanheceu, eu queria sair e procurar meus pais a pé, mas Max achava que era perigoso demais, então ele se ofereceu para sair de carro comigo e com seu motorista para procurá-los. Apesar dos protestos, ele insistiu para que Hildy ficasse no hotel e lhe deu instruções rigorosas para que não atendesse a porta ou o telefone. A recepção anotaria qualquer mensagem que chegasse.

Embora eu houvesse vivido o pior, as cenas de devastação eram mais impressionantes à luz cáustica do dia. Fileiras de lojas haviam sido vandalizadas, sinagogas queimadas; restos de livros rasgados, móveis quebrados e cacos de vidro cobriam os bairros judeus como uma camada de neve fresca. Eu esquadrinhava as ruas, procurando meus pais ou algum rosto familiar, mas era difícil conseguir ver alguém. Os judeus que ousavam sair à rua estavam limpando ou consertando suas lojas com a cabeça baixa, tentando arrumar a bagunça ou cobrir vitrines quebradas com compensado. Havia alguns nazistas uniformizados por ali, observando-os com uma expressão de satisfação. Mas a maioria dos alemães comuns que eu via simplesmente passava pela destruição desviando os olhos, como se tentasse fingir que ela não acontecera. Parecia que a maior parte da cidade de Berlim tentava intencionalmente evitar o contato visual.

Finalmente, chegamos à frente da galeria. Olhando do carro, ela parecia deserta, mas eu não consegui ver muito do interior escuro através da vitrine quebrada. Max e eu descemos e entramos, passando cuidadosamente sobre a porta quebrada e chegando à sala da frente. Tentei acionar o interruptor de luz, mas as lâmpadas haviam sido quebradas na confusão. À meia-luz vi nossos pertences espalhados pela sala e a pequena poça de sangue onde havíamos sido atacados. Max ajoelhou-se ao lado do sangue para examiná-lo.

– Seu pai? – perguntou ele.

Fiz que sim.

Segui na direção da sala dos fundos, passando sobre pilhas de roupas e livros. Nosso escritório e cozinha improvisados também haviam sido destruídos. Então ouvi o som. Era um chiado fraco, vindo do banheiro.

– *Hallo?* – chamei. Mas não houve resposta.

Fui até a porta do banheiro. Não havia luz lá dentro. Empurrei a porta, abrindo-a, e o barulho ficou mais alto. Vi uma figura nas sombras do cômodo.

– Quem está aí? – perguntei.

Max correu até onde eu estava no momento em que acendi a luz, que, por algum milagre, ainda funcionava.

Lá estava minha mãe, totalmente vestida e sentada na banheira sem água, abraçando os joelhos e respirando pesadamente. Os olhos avermelhados estavam estatelados de medo, olhando para um ponto vazio no espaço.

– Mamãe.

Ela não se virou imediatamente para me olhar.

– Mamãe! – repeti, aproximando-me e sacudindo-lhe o ombro.

Ela virou-se e finalmente pareceu nos ver.

– Karl?

– Sim. Sou eu, mamãe.

– Karl... Hildy está...?

– Ela está bem – falei. – Está no hotel de Max.

Ela olhou para Max e pareceu se dar conta da presença dele pela primeira vez.

– Saia daí, mamãe.

Nós a erguemos da banheira, mas ela parecia atordoada e desorientada.

– Onde está Sig? – perguntou Max.

– Eles o levaram – disse ela.

– Quem o levou?

– A Gestapo.

– Você sabe para onde?

– Não – disse ela. – Eu... eu...

E começou a chorar.

– Venha – disse Max. – Vamos voltar para o meu apartamento. Vamos rastreá-lo de lá.

– Não – gemeu ela. – Eu tenho de ficar aqui. Tenho de esperar...

Ela chorava histericamente. Tentei levá-la dali pelo braço, mas ela se soltou das minhas mãos.

– Não posso ir – insistiu ela.

– Mamãe, por favor – falei. – Temos de sair daqui.

– Não! – gritou ela.

– Sim – eu disse, agarrando-a pelos ombros e fitando-a nos olhos. – Não estamos mais seguros aqui. Temos de ir. Temos de ir agora. Hildy precisa de você. Eu preciso de você. Agora venha.

Minhas palavras pareceram penetrar sua mente e seus soluços abrandaram. Fui buscar um copo d'água, que ela bebeu de um único e longo gole. Então sua respiração relaxou até alcançar um padrão normal.

– Precisamos mesmo ir – disse Max, olhando na direção da vitrine quebrada.

– Temos de recolher algumas das nossas coisas – disse ela, vasculhando as pilhas de objetos. Ela apanhou alguns livros velhos e esfarrapados, um atlas, um livro grande de fotografias de monumentos europeus, uma antologia de gravuras de mestres holandeses, objetos aleatórios.

– Mamãe, não tem nada aqui que valha a pena levar.

– Faça o que estou dizendo, Karl! – retrucou ela. Fiquei surpreso com a ferocidade e a clareza de sua reação. Ela me entregou os livros e começou a recolher outras coisas.

Max e eu a ajudamos a arrumar alguns de nossos pertences em uma caixa de papelão e uma velha mala, e finalmente conseguimos convencê-la a sair da galeria e se dirigir ao sedã que esperava. Duas jovens passavam pela calçada, vindo em nossa direção, no momento em que saímos. Elas notaram Max, e uma sussurrou e o apontou para a outra. Max manteve os olhos fixos no carro e ajudou a conduzir minha mãe ao banco traseiro. As duas jovens pararam para observar enquanto Max e eu entrávamos no carro e nos afastávamos.

Quando voltamos para o apartamento, Hildy correu para os braços de mamãe e as duas ficaram abraçadas sem falar nada por vários minutos. Max e eu esperamos ali parados, sem jeito, sem querer quebrar o encanto. Minha mãe manteve um braço na cintura de Hildy e acariciava-lhe a cabeça com a outra mão, enquanto Hildy enterrava o rosto no peito de mamãe. Isso pareceu reanimar ambas, e minha mãe conseguiu finalmente sentar-se e nos contar o que havia acontecido.

– Hartzel nos levou para a clínica Hessendorf, mas havia grupos de nazistas sendo atendidos lá com pequenos cortes e contusões, então tivemos de seguir adiante. Finalmente, cerca de meia hora depois, chegamos ao Hospital Judaico, do outro lado da cidade. A essa altura, seu pai havia perdido muito sangue e estava tendo alucinações. A enfermaria estava cheia de outros judeus que haviam sido atacados, gente comum, mulheres, crianças com talhos na cabeça e ossos quebrados. Eles o atenderam imediatamente, removeram o vidro de seu corpo e o costuraram. Ele teve sorte que o vidro não atingira algum órgão vital, senão certamente já estaria morto. Submeteram-no a uma transfusão de sangue e depois de algumas horas ele se sentia um pouco melhor.

"Assim que voltou a pensar com clareza, queria retornar para encontrar vocês. Mas era uma e meia da madrugada, e os médicos o convenceram de que precisava descansar até de manhã. Deram-lhe morfina contra a dor, e ele adormeceu. Eu fiquei a noite toda acordada, preocupada, pensando em vocês. Tentei ligar, mas as linhas telefônicas do hospital não estavam funcionando.

"De manhã, o ferimento de seu pai ainda estava bastante sensível, mas ele insistiu em voltarmos à galeria para nos certificar de que vocês estavam bem. Naturalmente, quando chegamos lá, não os encontramos. Nós dois entramos em pânico porque não tínhamos a menor ideia de onde procurar vocês. Estávamos tentando pensar no que fazer, quando chegou um carro com um grupo de homens da Gestapo. Estavam usando ternos comuns, e a princípio pensei que fosse um grupo de corretores de seguros vindo avaliar os danos. Não é ridículo? Mas era o que pareciam à primeira vista, um bando de inofensivos corretores de seguros. Então notei suas expressões, sombrias e famintas. E um deles usava aquelas botas pretas por baixo da calça.

"Eles começaram a nos questionar sobre nossas convicções políticas e tentaram fazer seu pai confessar que era um agitador comunista. Seu pai, naturalmente, riu daquilo, o que não lhes agradou. Então eles revistaram a galeria e, quando encontraram a velha prensa no porão, algemaram seu pai e o prenderam. Disseram que a máquina fora usada para imprimir material político proibido e que ele era um traidor da Alemanha. Então puseram-no no carro e se foram. Não houve nada que eu pudesse dizer para detê-los e ninguém a quem eu pudesse recorrer, nenhuma polícia, nenhum advogado, nenhum vizinho. Não tenho a menor ideia de para onde o levaram.

Mas fiquei com medo de tentar segui-los. Precisava encontrar vocês, mas também não tinha a menor ideia de onde procurá-los. Assim, simplesmente fiquei lá, esperando. Os minutos se transformaram em horas, e minha mente encheu-se dos piores pensamentos, que me pesavam como pedras, até que eu não conseguia mais me mover."

Ela baixou os olhos para o jornal na mesa de centro, que exibia a manchete GOVERNO CONSIDERA MEDIDAS PARA FAZER JUDEUS PAGAREM PELOS DANOS CAUSADOS NOS ATAQUES. Ela apanhou o jornal, correu os olhos pelo artigo e leu alguns trechos em voz alta: "O ministro do Reich, Goebbels, comentou que as manifestações refletiam os instintos saudáveis do povo alemão. Ele explicou: 'O povo alemão é antissemita. Ele não tem o menor desejo de ter seus direitos restringidos ou de ser provocado no futuro por parasitas da raça judia.'"

Ela deixou o jornal de lado e murmurou para si mesma: "Instintos saudáveis..." Então ergueu o rosto para Max e disse:

– Você precisa nos ajudar a sair daqui.

O *Amerika*

DESDE A DERROTA PARA JOE LOUIS, A INFLUÊNCIA DE MAX NOS círculos do governo havia evaporado completamente. Como resultado, ele fez pouco progresso quando tentou descobrir o paradeiro de meu pai por meio dos canais oficiais. Na maioria das vezes, Max era simplesmente ignorado, o que teria sido impensável apenas alguns meses antes, quando ele estava em alta como o homem mais celebrado da Alemanha. Eu podia perceber a frustração em sua voz enquanto ele passava horas no telefone, tentando romper o silêncio e a burocracia:

– Agora quer que eu escreva uma carta para seu supervisor? Pensei que você fosse o supervisor. Que imbecilidade é essa? Você sabe quem eu sou? [Pausa.] Sim, senhor. Peço desculpas por ter levantado a voz, mas se o senhor pudesse apenas... [Pausa.] *Ja*. Vou escrever ao seu supervisor.

No entanto, em alguns aspectos, o recente anonimato de Max veio a ser benéfico. Ele estava em bem menos evidência e podia cuidar de seus assuntos sem um holofote constantemente voltado para si. Na verdade, o ministro Goebbels havia especificamente instruído os jornalistas esportivos que mantivessem Max fora dos jornais, de modo a não lembrar o povo alemão de sua humilhante derrota.

E Max ainda era um homem rico. Depois de alguns dias de busca infrutífera, ele pagou um pequeno suborno a um funcionário do governo, que conseguiu descobrir que meu pai estava sendo mantido pela Gestapo na prisão de Gerlach Haus, acusado de algum tipo de crime político. Ele não tinha permissão para receber visitas. A Gerlach Haus era o centro de interrogatórios da Gestapo em Berlim e tinha uma sombria reputação. Dizia-se que tarde da noite os gritos das vítimas de tortura podiam ser ouvidos da rua. O funcionário advertiu Max e minha mãe a não perguntarem sobre ele ou correriam o risco de ser julgados culpados por associação, embora meu pai não fosse culpado de nada, para começar.

Ficamos todos no Excelsior durante vários dias. Hildy e eu fazíamos o possível para ficar fora do caminho de Max. Era estranho, para mim, estar perto dele sem o elo comum do boxe e com a aflitiva questão do destino de meu pai pairando sobre todos nós. Estávamos no apartamento de Max fazia uma semana, quando minha mãe nos chamou ao seu quarto e fechou a porta. Nos sentamos juntos na cama e ela nos atualizou mais uma vez de sua falta de progresso. Quando terminou, perguntei:

– Bem, o que vamos fazer agora?

– Max vai me ajudar a continuar procurando. Ele concordou em me deixar ficar aqui pelo tempo que eu quiser.

– Você não quer dizer nós? – perguntou Hildy.

– Não. – Mamãe sacudiu a cabeça. Ela respirou fundo e disse: – Você e seu irmão vão para a América.

— América? — disse Hildy. Era a primeira vez que ela ouvia falar do plano.

— Vocês vão morar um tempo com os primos de seu pai.

Uma descarga de adrenalina percorreu meu corpo com o pensamento de que meu sonho de ir para a América podia de fato estar prestes a se tornar realidade. Mas a sensação foi embotada pelo medo de deixar nossos pais para trás para enfrentar um destino incerto. Por mais que eu quisesse ir, não podia abandonar meus pais.

— Não vou embora sem você e papai — falei.

— Nem eu — acrescentou Hildy.

— As providências já foram tomadas.

— Então desfaça-as — repliquei. — Tenho de ficar e ajudar a encontrar papai. Hildy deve ir.

— O quê? — gritou Hildy. — Não quero ir sozinha.

— Ouçam, vocês dois precisam ser razoáveis.

— Sou um homem agora — eu disse. — Posso ajudar.

— Eu sei. É por isso que preciso que você vá com sua irmã. Não vou deixar que ela faça essa viagem sozinha.

— Mas e papai?

— Ele ia querer que vocês dois fossem. Disso eu tenho certeza.

— Mas...

— Nada de mas, Karl. Foi necessário um esforço incrível para fazer esses arranjos. E eles não podem ser modificados. Hildy, você vai morar com Hillel, o primo de seu pai, e a mulher dele, Ida, em Newark, Nova Jersey. Eles têm um filho que tem mais ou menos a sua idade. Acho que o nome dele é Harry. Karl, você vai ficar com o primo Leo e a mulher dele, Sarah, na Flórida.

– Flórida?

– Sim. Numa cidade chamada Tampa.

– Por que não podemos ficar juntos? – perguntou Hildy.

Eu queria fazer a mesma pergunta. Porque por mais adulto que me achasse, também me sentia decepcionado e apreensivo com o fato de que Hildy e eu não ficaríamos juntos no Novo Mundo.

– Nenhum deles podia ficar com vocês dois. E não vai ser para sempre. Temos muita sorte por eles terem concordado em receber vocês.

– Por quanto tempo? – perguntou minha irmã.

– Não sei, Hildy. – Mamãe suspirou.

– Mas e você? – perguntei.

– Vou para junto de vocês assim que conseguirmos libertar seu pai.

– Não quero ir morar na América – choramingou Hildy. – Quero ficar com você.

– Você não tem escolha. As providências já foram tomadas.

– Mas como podemos pagar... – comecei a dizer.

– Max foi gentil o bastante para nos emprestar o dinheiro que precisamos e providenciar o transporte.

Nossa passagem estava reservada em um navio coincidentemente chamado *Amerika*, que partia de Hamburgo no dia seguinte. Tudo aconteceu tão rápido que não tive chance de voltar à galeria para pegar nada mais nem dizer adeus a ninguém. As únicas pessoas que restavam em Berlim e que me importavam eram Neblig e a Condessa. Escrevi uma carta para ambos e enviei também para Neblig meu exemplar da origem do Mestiço. Calculava que pudesse entrar em contato com eles novamente assim que estivesse instalado em Tampa.

Max e nossa mãe nos acompanharam até Hamburgo em um vagão particular. Mamãe vigiava nervosamente a porta do compartimento durante toda a viagem. Ela quase deu um pulo de susto quando o condutor chegou para recolher nossas passagens.

Com cerca de uma hora de viagem, Max foi ao banheiro, deixando-nos sozinhos. Alguns minutos depois, dois homens da Gestapo surgiram à porta de nosso vagão. Minha mãe arquejou ao vê-los, mas tentou se compor quando eles entraram. Um era alto e usava óculos; o outro, baixo e gorducho. Ambos usavam uniformes pretos e chapéus com a insígnia da caveira.

– *Guten Morgen* – disse o mais alto. – Documentos, por favor.

– Certamente – disse minha mãe. E entregou seu passaporte.

Percebi que as mãos de minha mãe tremiam e lhe dirigi um olhar, como se ela pudesse fazê-las parar.

– E os das crianças – disse o baixo, apontando para mim e para Hildy. Seus olhos demoraram-se em Hildy, que baixou os olhos para o colo.

Minha mãe assentiu, e nós dois entregamos nossos passaportes.

Os homens abriram os documentos. Cada um deles tinha um *J* vermelho carimbado com destaque na parte interna.

– E aonde vocês estão indo? – perguntou o policial alto.

– Hamburgo – disse ela.

– Esse é o seu destino final?

– As crianças estão indo para a América.

– América. Ouvi dizer que é um bom lugar para crianças mestiças como estas – disse o alto. – E por que a senhora não vai com elas?

Minha mãe mordeu o lábio inferior, considerando sua resposta. Obviamente ela não podia falar sobre meu pai, o que poderia colocar a todos nós em perigo.

– Tenho negócios a concluir aqui – replicou ela.

– Que tipo de negócios? – perguntou o alto.

– Que tipo de negócios? – repetiu mamãe.

– *Ja*. É uma pergunta simples – disse o alto.

Minha mãe o fitou por um longo momento, mordendo o lábio inferior.

Nesse momento, Max retornou ao vagão.

– Alguma coisa errada? – perguntou ele.

Os olhos do policial baixo se arregalaram à visão de Max.

– Herr Schmeling – disse ele, entusiasmado –, é uma honra.

Ele estendeu a mão e trocou um aperto de mãos com Max. O policial alto parecia menos impressionado. Max estendeu a mão e o homem a apertou devagar.

– Estávamos justamente conhecendo seus amigos – disse ele secamente.

– O marido dela é um parceiro comercial meu – explicou Max.

– Que interessante.

– Posso lhes garantir que está tudo em ordem – afirmou Max.

– Herr Schmeling – disse o policial baixo –, o senhor se importa de me dar um autógrafo? É para o meu filho.

– Claro – respondeu Max, pegando sua caneta-tinteiro e um bloquinho de papel no bolso de seu casaco. – O nome dele?

– Rudolf – respondeu o homem.

O policial alto de repente riu.

– Rudolf! Esse é o *seu* nome. O filho dele é Friedrich.

Rudolf enrubesceu.

— OK, quero um para mim também — confessou ele. — Qual é o problema?

— Nenhum problema — disse Max.

Ele assinou os autógrafos.

— Pronto, aqui está — falou Max, entregando os autógrafos ao homem baixo.

— *Danke*.

— E para os seus filhos? — perguntou Max ao alto.

— Não tenho filhos — disse ele, secamente.

— Então um para você? — ofereceu Max.

— Não — recusou o homem alto. Então voltou-se para minha mãe. — Posso perguntar em que tipo de negócios a senhora e seu marido estão?

Os olhos de minha mãe se arregalaram, e ela hesitou. Hildy enroscou a mão na minha.

— O marido dela é comerciante de arte — interveio Max. — E Frau Stern é decoradora. Eles estão ajudando minha esposa, Anny, e eu a decorarmos nossa casa de campo.

— É mesmo? — perguntou o alto.

— *Ja* — prosseguiu Max. — Na verdade, Magda Goebbels ficou tão impressionada com o trabalho deles na última visita que nos fizeram que ela e o ministro do Reich estão considerando contratar os serviços deles na casa de Berlim.

— O ministro Goebbels?

— Já nos encontramos várias vezes para falar do projeto — disse minha mãe.

— Ele está planejando construir uma pequena sala de projeção na casa deles — acrescentou Max. — Vai ser algo espetacular.

O alto hesitou, olhou demoradamente para minha mãe e para Max, então voltou-se para seu colega.
– Venha, vamos embora.
Ele virou-se bruscamente e deixou o vagão. Rudolf apertou novamente a mão de Max e seguiu o policial alto. Voltamos a respirar quando a porta se fechou e nos vimos sozinhos novamente. Daquela vez, a finta dera certo.
Chegamos ao porto de Hamburgo na hora certa de embarcar no navio e mal tivemos tempo para dizer adeus.
Minha mãe me abraçou com força e sussurrou em meu ouvido:
– Karl, estou contando com você agora para agir como homem e cuidar das coisas. Os livros estão com você?
Minha mãe havia empacotado cuidadosamente os livros grandes que pegara na galeria: o atlas, o livro antigo de fotografias de monumentos europeus, uma coleção de gravuras de mestres holandeses.
– Sim – falei. – Estou com eles.
– Esses livros são especiais, Karl. Guarde-os com muito cuidado. Se alguma coisa acontecer comigo ou com seu pai, quero que você os leve a um homem chamado Louis Cohen, em Nova York.
– Louis Cohen – repeti.
– Ele é um negociante de livros, proprietário de uma loja chamada The Argosy, em Manhattan. Anotei todos os seus contatos em um pedaço de papel que pus dentro do atlas. Ele é um bom homem. Você vai se lembrar disso?
– Sim. Eles são valiosos?
– Os livros não. Há muito tempo seu pai escondeu nas guardas dos livros coisas que Louis Cohen irá ajudá-lo a ven-

der. Embalei cola e guardas extras para o caso de você ter de selá-los novamente. Tenha cuidado com esses livros. Eles são o nosso futuro.

— Terei — falei.

Ela me abraçou com força e me beijou o alto da cabeça exatamente como fazia quando eu era um garotinho.

— Tenho muito orgulho de você, Karl.

— Eu te amo, mamãe. E diga a papai...

Minhas palavras foram cortadas quando sufoquei um soluço que me subia na garganta. Abracei minha mãe com força.

— Eu direi — disse ela. — Eu direi.

Retive-a por mais um momento, então ela se virou para Hildy, que se atirou em seus braços. Minha mãe a abraçou e acariciou-lhe os cabelos. Mamãe sussurrou no ouvido de Hildy, e minha irmã assentiu, os olhos úmidos arregalados, tentando absorver as palavras.

Virei-me para Max.

— Dê lembranças minhas à América — disse ele. — Acho que vocês vão gostar de lá. É um país jovem, cheio de energia e pessoas diferentes. Mas tenha cuidado. Às vezes os jovens podem ser estúpidos e imprudentes. Entende o que quero dizer?

— Acho que sim.

— Tente continuar seu treino. Você tem as ferramentas para ser um grande lutador.

— Vou continuar — respondi. Mas, na verdade, eu não tinha a menor ideia se voltaria a lutar.

— Vou cuidar da sua mãe. Não se preocupe. E vamos encontrar uma maneira de libertar seu pai.

— Obrigado — falei, embora pudesse perceber incerteza sob sua confiança forçada.

Estendi a mão e trocamos um aperto. Ele segurou minha mão e me olhou nos olhos.

– Nem todos os alemães são iguais, Karl – disse ele. – Isso vai passar.

As palavras soaram tão vazias quanto à voz de meu pai ecoando em minha cabeça, dizendo exatamente a mesma coisa.

Hildy e eu embarcamos no navio. Subimos pela prancha de embarque até o convés. Examinamos a multidão que acenava do cais, mas nossa mãe e Max já haviam desaparecido.

O navio livrou-se de suas amarras e gemeu, ganhando vida. Os motores imensos zumbiram, e rebocadores deslizaram ao longo do navio, libertando-o do porto.

O sol estava se pondo e a paisagem terrestre ia desaparecendo banhada por uma luz laranja-escuro. Hildy e eu ficamos ali lado a lado, observando nossa pátria ir diminuindo a distância. Ela chegou ainda mais perto e pegou minha mão, recostando a cabeça em meu ombro. Seus olhos escuros olhavam a multidão no cais por trás das lentes grossas dos óculos. Ela piscou, reprimindo as lágrimas, e apertou minha mão. Não falamos nada por vários minutos. Até que finalmente sussurrei:

– A aventura está no ar...

Ela ergueu os olhos cheios de lágrimas para mim e respondeu:

– E o bolo espera para ser comido.

Ficamos ali parados no convés, de mãos dadas, enquanto os rebocadores lentamente nos conduziam para o mar. Apesar de minha tristeza por deixar nossos pais para trás, fui tomado por uma sensação de leveza ao ver a Alemanha nazista diminuir a distância. Por fim, nos vimos fora do porto. Os rebocadores afastaram-se e voltaram na direção do cais, e o navio lentamente virou-se para mar aberto. Hildy e eu permanecemos no mesmo lugar, mas nos voltamos para ver a terra se afastando cada vez mais, até finalmente desaparecer de vista.

Bem tarde naquela noite, eu me encontrava acordado, fitando o teto de nossa pequena cabine, enquanto Hildy dormia encolhida no outro beliche encostado à parede oposta. O navio subia e descia suavemente, mas meus pensamentos estavam em terra, de volta à Alemanha, imaginando onde meus pais estariam nesse momento e se estariam a salvo. Além disso, minha mente voltava aos livros e ao que meus pais haviam escondido dentro deles. Pensei que, se eu soubesse o que guardavam, teria a sensação de que eles estavam perto, como se falassem comigo. Finalmente, a curiosidade me venceu. Saí da cama silenciosamente, tomando cuidado para não acordar Hildy. Acendi uma lâmpada suave e deitei os três livros em meu beliche. Peguei uma navalha que havia incluído em meu kit de toalete.

    Primeiro abri a primeira capa do atlas enorme. Respirei fundo e então, usando a lâmina, cortei delicadamente ao longo da borda da guarda, traçando uma linha perfeita em torno do perímetro. Após completar o corte, ergui com muito cuidado a guarda, revelando várias peças de arte ali embaixo. Reconheci imediatamente dois desenhos de Rembrandt e várias gravuras de Albrecht Dürer.

    Repeti o mesmo procedimento cirúrgico com os outros dois livros, cada um deles revelando várias obras de arte maravilhosas, de diversas eras, inclusive diversos estudos de Rodin, uma pequena paisagem de Matisse, o desenho de um garoto feito por Picasso e vários trabalhos dos amigos expressionistas de meu pai, Otto Dix, Max Beckmann e Ernst Ludwig Kirchner. A coleção valia uma pequena fortuna.

Quando removi a última guarda, arquejei diante do que vi. Era um desenho de George Grosz de um homem vestindo um smoking, erguendo uma taça de champanhe em um brinde. Eu sabia, mesmo sem a echarpe reveladora, que aquele era um retrato do meu pai. Senti a garganta fechar e meus olhos se encherem de lágrimas diante da visão de meu pai em toda sua glória. Eu via tantos atributos no desenho que nunca antes percebera em meu pai: confiança, humor, força e, talvez o mais importante, a pura alegria de estar vivo. Meu pai. Eu levara 17 anos para começar a compreendê-lo, e agora, quando mais precisava dele e o queria, éramos forçados a nos separar.

Ergui o desenho para revelar outro esboço de Grosz. Era um estudo para o quadro que fizera de Max Schmeling e que havia posto minha carreira no boxe em marcha. A imagem de Max, embora me fosse familiar, também parecia diferente. Pela primeira vez, notei que suas mãos estavam levantadas em uma posição defensiva, como se ele estivesse tão preocupado com a autopreservação quanto com o triunfo.

Sem Max, jamais teríamos conseguido escapar da Alemanha. No entanto, eu me perguntava o quanto ele teria nos ajudado, se é que teria ajudado, se eu não o houvesse confrontado. Então me lembrei da Condessa. Ninguém havia mostrado mais coragem que ele em nosso resgate, enfrentando o pior de nossa noite de terror para nos guiar através das ruas e nos abrigar desinteressadamente em seu apartamento. Ele mesmo poderia ter facilmente sido preso ou mesmo morto. Em muitos aspectos a Condessa tinha mais força que qualquer pessoa que já conheci.

Coloquei as duas gravuras de Grosz uma ao lado da outra. Na superfície, pareciam ser completos opostos – meu pai, um homem de cultura e intelecto; Max, um guerreiro, dedicado à força física e ao esporte. E, no entanto, eram ambos o que meu pai chamaria de modernos, homens que não queriam ser limitados por velhas tradições e rótulos. Os dois lutaram para se definir como indivíduos, e ambos fracassaram por causa dos nazistas.

Enquanto fitava os desenhos, ocorreu-me que eu poderia não voltar a ver nenhum dos dois. Uma dor profunda encheu meu peito, e meus olhos arderam com as lágrimas enquanto eu tentava me ver em cada um dos retratos, mas me dava conta de que eu não me encaixava perfeitamente em nenhuma das duas molduras. Eu teria de tentar me agarrar aos melhores elementos de ambos. Mas teria de me tornar meu próprio modelo.

Um dia, na estação, Fefelfarve elabora seu plano mais diabólico...

Vou me livrar daqueles parasitas Winzig e Spatz de uma vez por todas!

Ele fixa redes perto de todas as janelas para pegar Spatz

E coloca ratoeiras por todos os cantos para pegar Winzig.

Então espalha comida envenenada por toda a parte

VENENO

Mas é tarde demais. Nossos heróis já escaparam para um novo mundo chamado...

AMÉRICA!

Nota do autor

Esta é uma obra de ficção que tem como pano de fundo acontecimentos históricos reais. Max Schmeling de fato resgatou dois garotos judeus na *Kristallnacht*. Embora esta não seja a história desses meninos, o incidente me inspirou a explorar a aventura de Schmeling e dos judeus de Berlim. Qualquer semelhança entre a família Stern e a dos meninos resgatados é mera coincidência.

Por causa de sua derrota para Louis, Schmeling perdeu a proteção do governo, foi convocado e serviu como paraquedista durante a Segunda Guerra Mundial. Ele era velho para ser paraquedista, e havia fortes suspeitas de que fora forçado ao serviço perigoso como punição por sua derrota para Louis e por nunca ter se filiado oficialmente ao Partido Nazista. Depois da guerra, ele e Anny Ondra reconstruíram sua vida, e ele acabou se tornando um homem de negócios bem-sucedido, como um dos principais executivos da Coca-Cola na Alemanha. Depois de se reunirem no programa de TV *This Is Your Life*, na década de 1950, Max e Joe Louis se tornaram amigos e mantiveram contato até a morte de Louis, em 1981. Louis enfrentara dificuldades financeiras e Schmeling ajudou a pagar suas despesas médicas e os custos do enterro, além de ter sido um dos que carregaram seu caixão na cerimônia. Ele raramente falava de seus atos heroicos durante a *Kristallnacht*. Anny Ondra e Max foram casados durante 54 anos e não tiveram filhos. Max Schmeling morreu em 2 de fevereiro de 2005, poucos meses antes de seu centésimo aniversário.

Fontes

Consultei dezenas de fontes durante o tempo em que escrevi este livro. Para compor o pano de fundo de Schmeling e suas lutas com Louis, recorri ao livro *Beyond Glory: Joe Louis vs. Max Schmeling and a World on the Brink* (Além da glória: Joe Louis *versus* Max Schmeling e um mundo no limite), de David Margolick; *Max Schmeling: An Autobiography* (Max Schmeling: A autobiografia, editado e traduzido para o inglês por George von der Lippe) e *Ring of Hate* (Ringue de ódio), de Patrick Myler. Dois livros em particular ofereceram maravilhosos insights sobre o apogeu do boxe judeu: *Barney Ross: The Life of a Jewish Fighter* (Barney Ross: A vida de um lutador judeu), de Douglas Century, e *When Boxing Was a Jewish Sport* (Quando o boxe era um esporte judaico), de Allen Bodner. Para fatos gerais e linhas do tempo da Alemanha nazista, utilizei *Enciclopédia do Holocausto* (Museu Memorial Norte-Americano), de Walter Laqueur, e *The Holocaust Chronicle* (A crônica do Holocausto), do Dr. John Roth.

O YouTube mostrou-se um recurso inestimável, pois pude assistir a cinejornais da Berlim da década de 1930, filmes das lutas tanto de Schmeling quanto de Louis em sua totalidade, assim como muitas outras lutas da época. Até encontrei clipes do filme de Max e Anny Ondra, *Knockout*.

A Neue Galerie na cidade de Nova York, é um museu maravilhoso dedicado à arte alemã e austríaca do início do século XX. Ali pude ver trabalhos da maioria dos grandes artistas expressionistas mencionados no livro e experimentar a excelente culinária austríaca no Café Sabarsky.

Deliciei-me revisitando o trabalho dos pioneiros dos quadrinhos e das tirinhas Wilhelm Busch (*Juca e Chico*), Jerry Siegel e Joe Shuster (*Super-Homem*), Bob Kane e Bill Finger (*Batman*), Ham Fisher (*Joe Palooka*), Rudolph Dirks (*The Katzenjammer Kids*), George Herriman (*Krazy Kat*), Lee Falk (*Mandrake, o mágico*), Harold Gray (*Little Orphan Annie*) e muitos outros. Para informações gerais sobre a história dos desenhos animados, contei com *100 Years of American Newspaper Comics* (*100 anos de tirinhas em jornais americanos*), editado por Maurice Horn. E eu seria negligente se não mencionasse a inspiração que tirei da série épica de *graphic novels* de Art Spiegelman: *Maus*.

De longe os insights mais valiosos que me ocorreram vieram das conversas com pessoas que viveram na Alemanha naquele período. Sou profundamente grato a Gerald Liebenau, Ursula Weil e Rose Wolf, que partilharam comigo histórias sobre sua infância na Alemanha nazista. Eles deram vida à história de uma forma que nenhum livro ou filme jamais poderia.

Agradecimentos

Primeiro, queria agradecer à minha editora, Kristin Daly Rens. Quando descobri que íamos trabalhar juntos, a única informação que tinha a respeito de Kristin era que ela falava alemão. Fiquei extremamente satisfeito e me senti privilegiado ao descobrir que ela é também uma editora brilhante e criativa.

Minha agente, Maria Massie, da LMQ, é uma defensora, conselheira e amiga (um trio de funções não muito fácil de equilibrar) maravilhosa. Também quero agradecer à Kassie Evashevski, da UTA, que bravamente navegou as trincheiras de Hollywood por mim. Minha assistente, Barbara Clews, é sempre imensamente útil e suporta com coragem minha rabugice quando chego ao escritório depois de uma sessão matinal de redação. Muitos amigos leram os primeiros rascunhos do manuscrito, mas quero agradecer especialmente a Martin Curland, com quem posso sempre contar para insights bons e sinceros. Também agradeço a Keith Fields, que me ensinou os rudimentos do boxe, apesar de minha quase crônica falta de ritmo e disciplina.

Meus pais são incansáveis em seu amor e apoio, a mim e à minha literatura. Minha irmã, Susan Krevlin, lia e desenhava para mim quando eu era um garotinho e ajudou a alimentar meu amor pelos livros e pela arte. Minhas queridas filhas, Annabelle e Olivia, são meus maiores amores *e* distrações. E nem poderia ser de outra forma. Finalmente, quero agradecer ao meu outro grande amor, minha mulher, Stacey, a quem este livro é dedicado. Todos os livros em minha vida começam e terminam com ela.

Este livro foi impresso na Gráfica JPA Ltda,
Rio de Janeiro - RJ.